Franz Spichtinger
Remsky, Hamlet und Beaufort

Franz Spichtinger

Remsky, Hamlet und Beaufort

Roman

Die Bibliografische Information der Deutschen Bibliothek

Die Deutsche Bibliothek verzeichnet diese Publikation in der Deutschen Nationalbibliografie; detaillierte bibliografische Daten sind im Internet über www.d-nb.de abrufbar.

Originalausgabe
Einbandgestaltung unter Verwendung einer Fotografie des Autors
Herstellung und Verlag:
BoD – Books on Demand, Norderstedt
ISBN 978-3-7357-3924-7
© 2014 Alle Rechte beim Autor
www.Franz-Spichtinger.de

1

Berthold Remsky war der einzige Spross einer wohl situierten Anwaltsfamilie. Er hatte bereits am frühen Morgen für die alltägliche Aufregung gesorgt.

»Der Romanowsky geh ich nicht mehr in die Schule«, tobte er. »Darauf könnt ihr euch verlassen.« Der Vater bot ihm an, ihn heute ausnahmsweise mit dem Auto vor die Schule zu fahren.

»Und dieses kindische Geschwätz der Bande um mich herum nervt mich total.« Berthold kam nie in Erklärungsnot, er verfügte über die Sprachgewalt und Beweisführung eines Staatsanwalts und über eminente Geisteskraft. Wohlmeinende Argumente, die sein unmögliches Verhalten in rechte Bahnen lenken sollten, verfingen nicht und liebenswürdig vorgetragene, feinst gedrechselte Ratschläge der Mutter zerpflückte er mit heftigster Vehemenz. Seine emotionale Heftigkeit, die Dauerattacken, mit denen er das Familienleben aufmischte, brachten den Vater zur Weißglut, die Mutter an den Rand nervlicher Erschöpfung.

»Du bringst deine Mutter noch ins Grab«, meinte der Vater die Diskussion beenden zu müssen.

»Die Mutti ist gesund. Diese Debatten sind ihr Lebenselixier.« Er schüttete seinen Frühstückstee in sich hinein und schlug die leere Tasse auf den Tisch. »Der Tee war auch wieder zu heiß«, giftete er zum Vater hin. Der überlegte, ob er dem renitenten Filius nicht doch seine Hand spüren lassen sollte. Aber eine solche Reaktion würde die Situation nur noch eskalieren lassen. Außerdem hielt er nichts von Schlägen in der Erziehung.

Vater und Mutter Remsky gingen durch eine anstrengende und extreme Lebensschulung. Sie mussten beizeiten lernen, dass dieses junge Wesen in ihrem Haus sich schnell und unaufhaltsam zu einer absolut autarken Persönlichkeit entwickelte. Berthold hinterfragte jeden Blick und jede Geste der Eltern und saugte trotzdem jedes Wort auf wie ein trockener Schwamm. Geringfügigste Anlässe brachten ihn auf höchste emotionale Gipfel, er überschüttete seine geliebte Mama mit nicht zu überbietenden verbalen Angriffen. Er brauchte ihren Widerspruch wie der Fisch das Wasser, zugleich sezierte er jedes Wort, das sie ihm entgegnete, danach umarmte und koste er seine Mama mit höchster Liebenswürdigkeit und herzerweichendem Charme. Die Mütter seiner Spielgefährten luden ihn nur ein einziges Mal ein und dann nie wieder. Der erste Versuch, ihn bei einer Klavierlehrerin unterzubringen, konnte nur misslingen. Er schlug den Klavierdeckel zu mit deutlicher Ablehnung der Anweisungen der wohlmeinenden Musikpädagogin. »Die Frau hat keine Ahnung, wie man Klavier spielt, die erklärt mir schon zwei Stunden die Teile des Klaviers, so was weiß man, zudem klemmt das Fortepedal und überall hängt Staub«, damit war für ihn der Fall erledigt, »außerdem riecht sie«, fügte er hinzu. Er bräuchte kein zweites Mal kommen, sagte die Klavierlehrerin der Ludmilla ins Telefon.

Ludmilla, die erwähnte Mutter, hatte sich schon lange wieder, erschöpft von den fortwährenden Streitereien mit ihrem Sohn, ins Schlafzimmer zurückgezogen.

Der Vater fuhr tagaus, tagein mit der Straßenbahn vom ländlich geprägten Vorort der Stadt in sein Anwaltsbüro. Er hatte sich auf Scheidungs-und Arbeitsrecht spezialisiert und verdiente gutes Geld. Seine Partnerin, Frau Dr. Sabine Wölfchen, verehrte den Berthold Remsky sen. seit er sie sozusagen von der Straße aufgelesen hatte. Ein Studienfreund hatte die junge Frau dem Remsky empfohlen. »Nimm sie, die leckt dir die Stiefel«, meinte Dr. Brunswiek, den er schon vom Studium kannte. »Ich bin ihrem Vater etwas schuldig.

Vielleicht kann ich mich revanchieren. Sie ist fleißig, eine Aktenfresserin, weiß auf den Punkt genau, welcher Kollege wann die Pfeile aus dem Köcher zieht, du wirst es nicht bereuen«.

Wölfchens wenig attraktives Äußeres, ihr spießiges Gehabe und muffiges Temperament waren immer wieder Grund für die vorzeitige Aufkündigung von Arbeitsverhältnissen gewesen. Durch die häufigen Stellungswechsel verfügte sie jedoch über eine recht vielseitige Erfahrung und brachte viele Adressen aus alten Arbeitsverhältnissen für ihren neuen Chef mit. Im Gerichtssaal argumentierte sie präzise und holte für ihre Mandanten respektable Erfolge ein. Sie schielte mit dem rechten Auge deutlich und ihr jeweiliges Gegenüber wusste nie, ob Wölfchen sie nun anstarrte oder ob ihr Blick irgendwohin abirrte. Sie litt unter ihrer Behinderung und sehnte den Augenblick herbei, an dem die Wissenschaft ihr helfen konnte. Aufsehen erregende Fortschritte schienen da in der Luft zu liegen.

Remskys Frau Ludmilla war mit der Sozia einverstanden, musste sie doch nicht fürchten, dass ihr Mann sie mit dem Wölfchen hintergehen würde. Ludmillas ganzer Stolz war der ungezügelte kleine Berthold, der die körperliche Fülle des Vaters in den Genen hatte, ebenso die ausgeprägte Kinnpartie der Mutter, aber auch ihre schönen braunen Augen. Berthold konnte mit drei Jahren schon perfekt und mit äußerst geschliffener Formulierungskunst den Debatten am Frühstückstisch seinen Stempel aufdrücken. Die Eltern kamen nicht zu Wort, wenn der Stammhalter ins Plaudern kam.

»Er wird Anwalt werden wie du«, beendete Ludmilla die morgendlichen, sehr einseitigen Unterhaltungen, »er redet jedermann in Grund und Boden«.

2

Schon die Erzieherinnen im Kindergarten hatten über Erschöpfungszustände geklagt. Berthold nahm sie vom frühen Morgen an, wenn er das Tor zum Kindergarten durchschritten hatte, in Beschlag und quasselte vier Stunden ohne Unterlass. Er war im wahrsten Sinn tonangebend.

Sein total dominierendes Wesen ließ andere Meinungen kaum gelten, er war in beispiellosem Maße unduldsam, begegnete dem Gerede Gleichaltriger mit durchdachter Erwachsenenlogik und brachte sie so recht bald zum Schweigen. In der Volksschule hatte er keine Freunde, eher Bewunderer.

In der ersten Klasse war er gefürchtet, bei den Kameraden ebenso wie bei den Lehrerinnen. Er zerpflückte die dürftigen Argumente seiner Klassenkameraden, so dass sich schließlich niemand mehr traute, die Impulse der Klassenlehrerin aufzugreifen, mussten sie doch gewärtig sein, dass Berthold sie nieder argumentierte. Von Hausaufgaben, soweit sie geschrieben werden mussten, hielt er nichts: »Ich sehe nicht ein, warum ich das Zeug auch noch schreiben muss, ich weiß das doch alles, hab das im Kopf, das Aufschreiben ist unnötige Arbeit, die mir die Zeit für anderes nimmt«, wetterte er. Die Argumente, die ihm Frau Romanowsky dagegen hielt, entkräftete er auf seine eigene Art. »Ich sehe das zwar nicht ein, aber um des lieben Friedens willen, schreib ich das Zeug auf, ist doch Firlefanz«.

»Ihr Berthold ist ein hoch intelligentes Kind, er wäre an einer anderen Schule besser aufgehoben, könnte seinen Begabungen entsprechend gefördert werden...«, berichtete die deprimierte Klassenlehrerin, Frau Romanowsky, der jungen Mutter des Wunderknaben, »er hat keine Freunde, lässt niemand zu Wort kommen, weiß alles besser, richtet sich den Unterricht nach Belieben ein, redet dazwischen...«.

»Hören Sie auf, Frau Romanowsky«, stöhnte Ludmilla, »ich kenne meinen Sohn. Ich bin glücklich, dass ich die ersten sechs Jahre ohne allzu große gesundheitliche Schäden überstanden habe. Zwischen acht Uhr morgens und dreizehn Uhr bin ich die zufriedenste Frau der Welt, da ist er in Ihrer Obhut und es tut mir leid, dass Sie meinen Sohn aushalten müssen.«

3

Mit der prall gefüllten Aktentasche unter dem rechten Arm verließ der Abgeordnete Gerhard Beaufort das Fraktionszimmer. Nach zwei erschöpfenden Stunden wollte er nur noch nach Hause. Der Fraktionsvorsitzende hatte die Debatte wieder dominiert.

Nun fand er sich am Ende des mit italienischem Marmor belegten langen Korridors, griff sich mit der linken Hand den glatten Handlauf des Geländers und schritt die Treppe hinab. Auf dem Podest zwischen Erdgeschoss und erstem Stock des Parlamentsgebäudes stand ein recht ansehnlicher, zur Korpulenz neigender Mann. Mit einem Taschentuch hatte er sich die Stirn gewischt, bückte sich, hob einen schmalen, schwarzen Koffer und trachtete nach oben. Er steckte in einem schwarzen Anzug, eine elegante Fliege zierte seinen Hemdkragen, ein gelbes Einstecktuch ragte aus der kleinen Tasche am linken Revers.

Die beiden Herren standen sich gegenüber, tauschten einen kurzen Gruß. Gerhard Beaufort trat nach rechts zur Seite, der elegante Herr bedankte sich und wandte sich nach rechts, um seinen Weg fortzusetzen.

»Der Beaufort«, dröhnte er, »der Gerhard Beaufort. Ich wusste, dass ich dich treffen werde, nur nicht wann und wo in unserem Hohen Haus.«

Beaufort blieb stehen, drehte sich um, schaute sich den prallen Kerl an. Ja, es war der Remsky, wie er leibt und lebt. Kein bisschen leiser, zurückhaltender, eher noch lauter, deftiger, dröhnender, selbstbewusster, als er ihn in Erinnerung hatte.

»Was treibt dich ins Parlament?« fragte er Berthold, nachdem sie sich die Hände geschüttelt hatten. Der lange Korridor hallte wieder vom polternden Gelächter des Berthold Remsky. »Ich gehöre hier schon lange dazu. Ich wohne hier sozusagen. Dich muss ich nicht fragen, Herr Abgeordneter. Deinen Lebensweg verfolge ich seit geraumer Zeit. Du bist wohl gerade dabei, dich im House of Parliaments zurecht zu finden? Dass wir uns aus den Augen verloren haben«, donnerte er mit seiner unüberhörbaren, markanten Stimme, »ist schlichtweg eine Schande«.

»Dass wir uns treffen, ist wie Weihnachten«, auch Gerhard konnte sich nicht beruhigen. »Ich konnte nicht ahnen, dich hier zu treffen«.

4

Weihnachten war für den kleinen Berthold immer ein besonderes Ereignis gewesen, die Erwartung vor dem Fest konnte nicht größer sein. Er kultivierte die Vorfreude, indem er seiner Mutter zur Hand ging, was er sonst selten genug tat.

In den Adventstagen schon wurde er ungewohnt zurückhaltend, still, hörte der Mutter zu, wenn sie aus alten Zeiten, wie er meinte, erzählte und wenn sie diese besinnlichen Lieder auf ihrer Geige spielte, war er in sich gekehrt und empfänglich für ein gutes Wort.

Dann zog der Duft der Weihnachtsplätzchen durchs Haus. Er beobachtete, wie die Mama Töpfe, Tiegel und Tellerchen, Pinsel, Messer, Schaber und Spachteln bereitlegte. Die Spannung stieg, wenn sie den Teig zuzubereiten begann, das Backbrett mit Mehl bestreute und umsichtig die geformten Plätzchen auswalkte. Mit besonderer Vorfreude wartete er auf die Zubereitung der Lebkuchen.

Die Mutter schickte ihn zur Frau Stolz, die um die Ecke einen kleinen Laden betrieb, in dem die Mutter all jene Zutaten bekam, die sie zur Herstellung der Lebkuchen benötigte. »Hilfst wieder mit beim Backen, Berthold?«, fragte ihn die Frau Stolz. Er nickte und die Spannung stieg, während er sich auf den kurzen Nachhauseweg machte, in einer Hand den Korb mit den Zutaten, in der anderen Hand die obligatorischen Schokobonbons, die die Frau Stolz bereitwillig den Kindern zusteckte.

Dann schnitt die Mama die Hälfte von der Butter ab und legte sie in den weißen Porzellantiegel, gab Zucker und zwei Eier dazu und verrührte das Ganze zu Schaum. »Nun brauche ich noch einen Teelöffel Zimt und gemahlene Nelken, etwas Kakao und vermische das alles«, sagte sie.

Er erlebte zu diesen Zeiten seine Mama von ihrer herzlichsten Seite, gelöst und voller Freude. Er brachte ihr die Gewürze, das Zitronat und das Orangeat an den Tisch, ein Schüsselchen mit Haselnüssen und eines mit Rosinen, die sie auf die Anrichte gestellt hatte. Aus einem Becher goss sie sorgfältig die genau abgemessene Milch in das Gefäß und schüttete vorsichtig mehrere Kellen Mehl, die sie zuvor mit Backpulver vermengt hatte, darüber. Dann rührte sie alle diese köstlich riechenden Zutaten zu einer Masse, formte mit einem großen Löffel kleine Klümpchen und strich diese auf weiße Oblaten. Die Backröhre war vorgeheizt, dann schob sie ein Bachblech um das andere mit den geformten Lebkuchen in die Röhre.

Er erinnerte sich, dass sie einmal, abgelenkt durch jemand, der an der Haustüre stand, versäumt hatte, die Lebkuchen zur rechten Zeit aus der Röhre zu ziehen. Berthold sog den leicht brenzligen Geruch durch die Nase und schrie: »Es brennt, es brennt«.

»Die Leute kommen doch auch immer zur falschen Zeit«, stöhnte die Mama ärgerlich und schüttete die angebrannten Lebkuchen in den Mülleimer.

Dann warteten sie bis die Lebkuchen abkühlten und bestrichen sie mit einer weißen Masse aus Puderzucker und Eiweiß. »Da gehört auch Zitronensaft und etwas *Mondamin* hinzu«, sagte die Mama. Berthold verschwand indessen eine Weile und las im Lexikon des Vaters, dass es sich bei Mondamin um eine Maisstärke handelte, die der Glasur die Festigkeit gebe, dass der ungewohnte Name sich auf eine Inkagottheit beziehe. Das erzählte er dann der Mama, die den Kopf beim Backen hatte.

Längst hatte er verstanden, dass die Mutter selber das liebe Christkind war, machte aber das Spiel mit und fragte doch vorsorglich nach, ob das Christkind denn seine Wünsche erfüllen könne, ob es wisse, dass er dieses oder jenes Buch ganz besonders gerne hätte.

An einem Heiligen Abend, die Mutter legte großen Wert darauf, dieses kirchliche hohe Fest zu feiern, umarmte Berthold seine Mutter ungestüm, seine Augen leuchteten. »Das hätte ich nicht erwartet, dass du mir dieses wunderbare Buch schenkst«. In den ersten Adventstagen waren beide über den Adventsmarkt gebummelt, Berthold wünschte sich Bratwürste, hatte jedoch andere Dinge im Kopf. »Müssen wir da noch länger bleiben, ich würde gerne zum Schaufenster beim Buchhändler Mark gehen«. Schon seit Wochen, kaum war der Schulvormittag zu Ende, stand er vor dem Buchladen und drückte sich die Nase am Fenster platt. Dieses Buch hätte er gerne, jenes würde ihm gefallen, dieses Lexikon bräuchte er, in dem möchte er nachschlagen. Nun lag »Das Reich der Mitte« vor ihm auf dem Gabentisch und

Berthold hatte für andere Geschenke kein Auge mehr. Der Christabend wurde friedlich und harmonisch, wie immer, wenn Berthold sich in ein Buch vertiefen konnte.

»China liegt in der Mitte der den Chinesen damals bekannten Welt und sie kannten keine andere Macht, die größer war als sie selbst und rund herum um dieses Riesenreich gab es viele kleinere Länder. Wenn es genau wörtlich übersetzt wird, bedeutet China das *Land in der Mitte*, die Chinesen sagen dazu *Zhongguo*«. Als der Erdkundelehrer, Herr Wildbalk, in der ersten Unterrichtsstunde nach den Weihnachtsferien die Schülerinnen und Schüler fragte, welches ihrer Weihnachtsgeschenke sie am liebsten hätten, würden sie denn nur eines davon auswählen dürfen, erzählte Berthold Remsky von seinem neuen Buch über China. In diesen vierzehn Weihnachtsferientagen hatte er sich das Buch einverleibt und sich im großen Brockhaus-Lexikon seines Vaters umgesehen und wusste über die einzelnen Dynastien der chinesischen Reiche ebenso zu berichten wie von einem Mann namens Konfuzius und dass die Chinesen nicht nur das Porzellan erfunden hätten, sondern auch das Schießpulver, was aber gar nicht so gewiss sei. Und wenn die Schüler heute auf Papier schreiben könnten, so hätten auch das die Chinesen erdacht und es für den Buchdruck genutzt. Sogar die Schifffahrt hätte weltweit von den Chinesen profitiert, weil sie den Magnetkompass erfunden hätten, der den Seefahrern die Navigation auf den Meeren ungemein erleichtert habe. Aber davon würde er ihnen ein anderes Mal erzählen, erläuterte er seinen Mitschülern, wenn sie Lust hätten, davon zu hören, und er habe auch einen Kompass zu Hause. Nur so viel wollte er ihnen noch verraten, dass der Kompass mit dem Magnetfeld der Erde zu tun habe. Lehrer Wildbalk war er von da an nicht mehr geheuer und den Mitschülern erschien er als der Messias persönlich.

»Kluge Leute sind das gewesen, die Chinesen, vor zweitausend Jahren schon, da waren unsere Vorfahren, die Germanen noch hinter den Wildsäuen hergelaufen«, deklamierte er vor der staunenden Kinderschar. Und ob seine Mitschüler sich vorstellen könnten, was zweitausend Jahre bedeuteten, setzte er fragend hinzu. Die Schüler starrten den Berthold an, der Ruf des Remsky als geistiger Überflieger festigte sich und der eine oder andere seiner Lehrer lernte, sich sehr gewissenhaft auf den Unterricht vorzubereiten.

5

Gerhard Beaufort hatte einen bunten Lebensweg hinter sich. Mit seinen zweiundvierzig Jahren gehörte er bereits zu den Lebenserfahrenen seiner Fraktion.

Nach dem Abitur war er nach Kanada gefahren und hatte sich, ob seiner spontanen Entscheidung, den Unmut des Vaters eingehandelt.

»Die Beauforts wussten immer, wo es lang geht«, schnarrte der Alte aus dem Lehnstuhl, in den er sich nach Feierabend zurückzog. »Das Wort des Vaters hat immer gegolten. Nur du scheinst dir die Welt nach eigenem Gutdünken zu bauen. Nach Kanada geht der Herr. Zum Studieren oder zum Flanieren, das ist hier die Frage. Mein Geld bekommst du erst, wenn du dich wieder sehen lässt, ein anständiges Studium aufnimmst und deine Aufgaben im Leben erfüllst. Rechtschaffen erfüllst, füge ich hinzu.« Er schlürfte seinen obligatorischen Wein. Ein halber Liter durfte es schon sein, tagaus, tagein, hatte er doch sonst keine Leidenschaft.

»Aber werde nicht Arzt, da bist für jeden eingebildeten Schmerz zuständig, auch wenn nur ein starker Wind durch die Därme rast und für jede Leiche bist verantwortlich. Werd' Anwalt oder so was. Schreiner haben wir auch in der Verwandtschaft gehabt, ernähr' dich redlich«.

Die Mutter grämte sich schon, noch bevor ihr Gerhard sich auf den Weg in die weite Welt gemacht hatte. Sie war bedrückt und besorgt. »Schreib, wenn du etwas brauchst«, sagte sie, »und pass auf dich auf«, fügte sie hinzu. Sie war es, die den Buben, wie sie ihn nannte, zum Flughafen fuhr.

6

Den Traum von Kanada hatte er bereits vor dem Abitur akribisch vorbereitet. Sprachgewandt, sehr besonnen für sein Alter, hatte er Kontakt mit einem Hotel in Toronto aufgenommen. Dort würde er zunächst in der Küche arbeiten, einiges Geld verdienen, dann wollte er Land und Leute kennen lernen. Toronto hatte ihn schon lange fasziniert, einer seiner Lehrer hatte dort studiert und die Schüler begeistert. »Auf dem Ontariosee habe ich segeln gelernt«, erzählte German Vauske, der Englischlehrer, »das ist ein kleines Meer, der Bodensee ist dagegen eine Lache«. Vauske's plastische Erzählungen regten seine Phantasie an. »Ich gebe dir einige Adressen, solltest du in Not sein«, lachte er, »dort findest du Unterschlupf, die Freunde helfen dir weiter. In der Hoskin Avenue, nahe des Queen's Parks, findest du Kim Lang, einen meiner chinesischen Freunde, der dort eine Großküche in der dritten Generation bewirtschaftet«.

Er würde irgendwann auch in den Nordosten gehen, vertraute er seiner geliebten Mutter auf der Fahrt zum Flughafen beiläufig an, in den französisch kultivierten Teil von Kanada. Montreal mit seinem frankophonen Charakter, seit dem sechzehnten Jahrhundert hauptsächlich von französischen Einwanderern besiedelt, würde ihn reizen. Er habe sich schon lange vorbereitet, nicht nur im englischsprachigen Teil von Kanada zu leben. Aber man würde sehen, fügte er hinzu. Das würde den Vater wohl versöhnen. Denn es war üblich, dass die Beauforts die französische Sprache pflegten. Seit Generationen legten sie Wert darauf, ihre Abstammung auf diese Weise in Ehren zu halten. Die hugenottischen Vorfahren waren aus dem katholischen Frankreich des siebzehnten Jahrhunderts nach Norddeutschland geflohen, in der Hoffnung, dass sie im evangelischen Norden des Nachbarlandes, von Verfolgung frei, eine neue Heimat finden würden. Jede neue Generation der Beauforts schrieb das Leben der Vorausgegangenen auf und fügte die Ereignisse des Alltags, Freud und Leid der lebenden Sippe hinzu. Sie brachten es im Holsteinischen nach hundert Jahren harter Bauernarbeit zu Wohlstand und Ansehen. Anfang des neunzehnten Jahrhunderts wurde ein Beaufort Bürgermeister einer norddeutschen Stadt. Von da an waren sie Regierungsbeamte, Pfarrer, Lehrer, Handwerker, je nach Verstand, Lust und Begabung.

Vor dem Zweiten Weltkrieg noch verzog Jaques Beaufort, Gerhards Großvater, der Liebe wegen nach Süddeutschland, zeugte mit einer fränkischen Pfarrerstochter mehrere Kinder und starb in Frieden nach einer langen Laufbahn als Obermedizinalrat. Zwei Söhne und zwei Töchter entstammten der Ehe.

Jaques Beauforts Sohn Stephan verlegte sich auf die Agrarwirtschaft und heiratete eine Bauerstochter, die er auf einer Auktion kennen gelernt hatte. Seine Tochter, Jeanette, Gerhards Lieblingstante folgte ihrem Mann, einem Brasilianer, in dessen Heimat. Und die jüngere Tochter, Leonie, hatte sich der Bildhauerei zugewandt. Sie legte wenig Wert auf ihr Äußeres. Nach einem Kunststudium fand sie einen ausrangierten Bauernhof, richtete ihn passabel her und lebte glücklich ohne Mann und Kind nur für Ihre Arbeit. Die Kontakte zwischen den Geschwistern waren sporadisch, man schrieb sich immer wieder einmal nach Jahren, aber man besuchte sich nicht. Das war eben Beaufort'sches Understatement. Gerhards Vater schließlich, der vierte im Kleeblatt, studierte ebenso Medizin wie der nun schon längst verstorbene Großvater. Die Großmutter hatte Gerhard als zärtliche, weiche Frau in Erinnerung.

7

Kanada hatte Beaufort sen. für seinen Sohn jedoch nicht eingeplant. »Zu den Eskimos zieht es dich, zu den Indianern, was kannst du denn in diesem Urwald lernen?« Immer wieder drückte er seine Sorgen um den Sohn in unbeholfener Art, in oft heftiger Sprache aus, mehr scheltend und zurechtweisend. Dass bei den Beauforts nun das Wort des Vaters nicht mehr zur Geltung kam, wie der Senior nicht müde wurde hinzuzufügen, war wohl tatsächlich der Zeit geschuldet, aber es war eben nicht mehr seine Zeit.

Das kanadische Abenteuer des Gerhard Beaufort dauerte drei Jahre. Dann stand Gerhard wieder vor der Tür der Praxis seines Vaters. Im Herbst wurde er zweiundzwanzig, hatte einen Teil der neuen Welt kennen gelernt und schrieb sich an der Universität ein, Sprachwissenschaften sollten es sein. Das Französische parlierte er so elegant wie Englisch und der dreijährigen Planlosigkeit im Spanischunterricht in den letzten Schuljahren vor dem Abitur sollte nun zudem ein gewissenhaftes Studium der spanischen Sprache folgen. Ob er sich dann ins Lehramt einfinden wollte, stand in den Sternen. Jura zu studieren und dann als Anwalt sein Dasein zu fristen, wie der Vater anregte oder als freier Übersetzer zu arbeiten, gar ein Handwerk zu lernen, ging ihm in der Tat eine Zeit lang durch den Kopf. Ob er gar in der Industrie oder in einer europäischen Behörde arbeiten würde, darüber wollte er sich zunächst nicht den Kopf zerbrechen.

8

»Berthold, du bist vorlaut, sehr unhöflich – und jetzt halt endlich deinen Mund, sonst werfe ich dich hinaus. Es gibt keine Stunde, in der du nicht penetrant störst.«

Remsky stand auf, abrupt, dass sein Stuhl nach hinten fiel. »Das lass' ich mir von Ihnen nicht bieten. Habt ihr das gehört? Halt die Fresse, hat die gesagt. Halt die Fresse. Ihr habt das doch gehört.«

Dann sprang er vor das Pult der Lehrerin und drohte ihr mit dem Rechtsanwalt. Danach verließ er das Klassenzimmer und schrie durch den Schulhausgang: »Halt die Fresse, hat die gesagt. Halt die Fresse.«

Die Kinder waren entsetzt. Wieder einmal drehte der Remsky der Lehrerin das Wort im Mund um. Frau Kottan, die Lehrerin der vierten Klasse, verließ weinend den Klassenraum, ging zum Rektor und schilderte ihm die unhaltbare Situation in ihrer Klasse.

Der Rektor rief die Mutter Ludmilla an und drohte ihr an, das Jugendamt einzuschalten, wenn sie nicht fähig wäre, den Sohn anständig und zu einem gemeinschaftsfähigen Menschen zu erziehen.

Ludmilla flüchtete immer häufiger vor den ausufernden Attacken ihres tobenden Sprösslings, zog sich in das Schlafzimmer zurück und wartete, bis der Junge sich wieder im Griff hatte. Die stoische Ruhe ihrer slowenischen Mutter hatte sie nicht im Blut, schon eher deren Musikalität. Sie suchte Trost in der Musik und das Schluchzen ihrer Geige veranlasste den Berthold immer wieder aufs Neue zu hämischen Kommentaren. Er lief aus dem Ruder, gutes Zureden half nicht, Schläge setzte es im Hause Remsky nie. Der Vater überließ der Mutter die gesamte Erziehung, er fehlte dem Berthold zur Gänze. Berthold durchblickte schon in sehr jungen Jahren das gespannte Verhältnis der Eltern. Er litt unter dem Zynismus des Vaters und den Schreianfällen der Mutter und reagierte seinerseits mit verbalen Attacken gegen die Mutter. Der Vater kam spät abends nach Hause, fragte nicht nach schulischem Erfolg, freute sich nie mit dem Sohn an dessen Fortschritten, er nahm ihn nicht zur Kenntnis.

Die Eltern diskutierten mit ihrem Sohn, der im vierten Schuljahr in das Humanistische Gymnasium übertreten sollte, die Konsequenzen aus seinem dauernden, aggressiven Fehlverhalten. Berthold Remsky nutzte seinen brillanten Verstand, ging tatsächlich in sich, entschuldigte sich tags darauf bei seiner Lehrerin, bewies nun Takt und Einfühlungsvermögen und verließ die Schule mit einer Liste voller Einsen.

Es wäre eine Sache des Charakters, sagte er beim Abschied zu seiner Lehrerin, man habe rücksichtsvoll zu sein. Seine Lehrer an der Volksschule schlugen das Kreuz und wünschten diesem äußerst unkonventionellen Menschen, der die ganze Schule vier lange Jahre auf den Kopf gestellt hatte, alles Gute.

9

Berthold wollte unbedingt einen Hund. Es musste ein irischer Wolfshund sein. Der Vater kaufte also einen irischen Wolfshund, dem speziellen Wunsch des Sohnes konnte er sich nicht widersetzen, zudem wollte er sich die Nerven aufreibenden Debatten mit dem Sohn nicht leisten.

»Der ist von einer sanften Ruhe und Souveränität wie sie bei keinem anderen Hund vorhanden sind«, wurde ihm am Telefon gesagt. »Wenn sie den im Hause haben, können sie jeden Streit vergessen. Seine beruhigende Wirkung auf Menschen ist sprichwörtlich.«

Die Dame am Telefon versprach, sich um Vater Remskys Wunsch zu kümmern. Das würde jedoch nicht billig, meinte sie.

»So einen Typen brauchen wir im Haus«, sagte Remsky sen. zu seiner Ludmilla und er versprach sich von der therapeutischen Wirkung dieses Hundes Wunder. Der Neuankömmling machte Eindruck. Er war ein Jahr alt und hatte schon die Größe eines Schäferhundes. Er war lammfromm und begleitete den Berthold durch die folgenden gymnasialen Jahre. Hund und Sohn wurden ein unzertrennliches Paar. Kurz vor Bertholds Abitur war die Stunde des Abschieds gekommen. Rowdy machte es kurz. Er verweigerte eines Abends das Fressen und das Wasser. Berthold war beunruhigt. Am nächsten Morgen lag der zottlige Gefährte tot im Wohnzimmer.

»Die werden nicht so alt«, sagte der Tierarzt, der ihn abholte, zu Ludmilla.

Nach dem Unterricht gab es den ersten Streit seit vielen Jahren. »Der Rowdy kommt in den Garten, nicht zum Abdecker.« Berthold war erzürnt.

So schaufelte die Ludmilla gemeinsam mit dem Berthold nahe der Laube, in der Berthold gerne nachdachte, ein Grab für den Friedensstifter Rowdy. Sie legten ihn behutsam hinein. Dann häufte Berthold sanft, sehr sanft, eine Schaufel Erde um die andere über den Freund, der ihn so lange Jahre durchs Leben begleitet, der ihm Ruhe gebracht und Freude bereitet hatte. Aus einem Steinbruch holte er gemeinsam mit dem Vater eine Granitplatte und legte sie auf das Grab, ohne Inschrift. Er wusste ja, wer darunter ruhte. Berthold hatte selten Freunde ins Haus gebracht, Geschwister fehlten ihm nie, Rowdy war ihm Freund, Bruder, Kumpan, Intimus.

10

»So wie Sie das erklären, kann es ja keiner verstehen!« Berthold Remsky war unbestrittener Klassenprimus. Wenn andere zu Hause lernen mussten, beschäftige er sich mit seinen speziellen Vorlieben für Philosophie. Mit seiner vorlauten Bemerkung, ohne jedes Gespür für Zurückhaltung und Anstand, reizte er bewusst den in seinem Fach absolut souveränen Oberstudienrat Kremser. Er provozierte mit seinem überbordenden Esprit, wusste um seinen Vorrang, ohne eitel zu sein. Er war hoch kreativ, lehnte den in der Klasse bevorzugten Dialekt rundweg ab, er hatte eine absolut überlegene Position in der Klasse und lange vor den Mitschülern gelernt, selbstständig zu werden.

»Die ganze Klasse weiß, wie geistreich und gebildet Sie sind, Herr Remsky und wir hoffen alle, dass Sie im Leben mit ihrem nassforschen Auftreten bestehen können.«

Remsky ließ sich wie immer auf einen unfruchtbaren Disput ein, brachte dem Oberstudienrat noch während der Unterrichtsstunde gewaltige Schweißflecken bei, bis der sein Buch in die Ecke donnerte.

»Ich wünschte, Sie wären das, Remsky«. Die Klasse applaudierte ihrem geschätzten Lehrer.

»Du musst nicht ständig ausrasten, Berthold, schon gar nicht bei Kremser«. Gerhard Beaufort nahm sich den Klassenkameraden Remsky in der Pause zur Seite, redete ihm gut zu, wollte ihn überzeugen, dass er den Klassenfrieden nicht ohne Unterlass stören könne, dass er kurz vor dem Abitur vielleicht mit einem Verweis von der Schule rechnen müsse.

»Beaufort«, sagte Remsky ruhig und besonnen, »du solltest Politiker werden«.

Er machte dann in aller Ruhe sein Abitur und die Wege

des Berthold Remsky und des Gerhard Beaufort trennten sich.

11

Die Woche war arbeitsreich gewesen, Gerhard Beaufort verließ das Parlamentsgebäude und machte sich auf den Heimweg. Heute Abend war noch eine Parteiveranstaltung zu absolvieren.

Nach einer guten Stunde Fahrt mit dem Auto – er nutzte diese sommerlichen Abendstunden, um seinen Stimmkreis kennen zu lernen – kam er in seiner Wohnung an. Auf dem Anrufbeantworter tummelten sich Parteifreunde und Antragsteller. Der Vater bat um Rückruf: »Von dir hört man gar nichts mehr. Seit du im Parlament sitzt, bist du nicht zu erreichen. Da hast du dich auf was eingelassen. Rufst du mich bei Gelegenheit an?«

Sein Vater hatte die Angewohnheit, die eher negative Sicht der Dinge zu betonen. Mutter war anders gewesen, häufig seltsam traurig, verschlossen auch, jedoch munterte sie ihren Sohn in seinen etwas schwierigen pubertären Jahren immer wieder auf und durchlitt seine hitzigen Phasen. Er hatte nur mehr eine vage, dunkle Erinnerung an seine Mutter. Sie hatte damals den Gerhard Beaufort mit noch sehr jungen Jahren geheiratet, Sekretärin an der medizinischen Fakultät war sie gewesen, charmant, der Gerhard kam dann zu früh und sie war schon schwanger, als sie heirateten.

Seine Mutter war sein ein und alles, und sein Vater nannte sie nur die Mutter, nie bei ihrem Namen Viktoria. Ihr Vater hatte sie nach der englischen Königin Viktoria benannt, die im neunzehnten Jahrhundert das britische Empire zu Ruhm und Ansehen geführt hatte. Königin Viktorias Vater wiederum war ein Duke of Kent and Strathearn gewesen, in der englischen Grafschaft Devon geboren und in selbiger Grafschaft hatte wiederum Viktorias Vater Hans Kaulwart studiert.

Im schönen Exeter, keine sechzig Meilen nördlich von Plymouth hatte er die englische Sprache native, ursprünglich gelernt, wie er immer sagte, und war dann Lehrer für Englisch und Französisch geworden. Viktoria liebte er abgöttisch, sie war sein einziges Kind, ihr Name eine Reminiszenz an seine Studienzeit wie an die britische Königin und in ihrer Ehe mit dem etwas introvertierten Beaufort glaubte Viktorias Vater, das Töchterlein habe doch wohl den rechten Mann gefunden. Gerhard hatte keinerlei Erinnerung an die Großeltern.

12

Als er nach dem Abitur in seiner jugendlichen Spontaneität »den Kontinent verlassen hatte und zu den kanadischen Indianern emigrierte« wie der Vater sagte, war die Mutter seine ganze Stütze gewesen, aber das war nun schon lange her. Nach ihrem Tod hatte sich der Vater sehr schwer getan. Er war hilflos und auf jemand angewiesen. Den allgemeinen Unbilden des Alltags außerhalb seiner beruflichen Tätigkeit als praktischer Arzt war er nahezu wehrlos ausgeliefert. Mutter hatte ihm die Nöte, mit denen er zu kämpfen hatte, bereitwillig abgenommen. Sie hatte ihn versorgt und jetzt stand er sozusagen mutterseelenallein in der Welt.

»Ein Beaufort gibt nicht auf«, sagte er sich. Auf einer Kreuzfahrt, er wollte Abstand finden, lernte er dann eine Dame kennen. Annerl war wie seine verstorbene Viktoria herzensgut und gebildet und führte das Versorgungswerk seiner ersten Frau weiter. Sie verstanden einander und Gerhard wusste den Vater wieder in guten Händen. Sie war wesentlich jünger als der Vater und ihre erfrischende, junge Art brachte Gerhard Beaufort sen. bald wieder zurück in die Wirklichkeit des Lebens. Die Verbindung hatte nur kurzen Bestand. Noch bevor sie sich näher kommen konnten, sie wollten eine Ehe wagen, schlug das Schicksal wieder zu. Ein blitzartiger Bauchspeicheldrüsenkrebs setzte dem Leben dieser vortrefflichen Frau an Vaters Seite ein Ende. »Und ich habe diesen Krebs nicht erkannt, ich habe als Arzt versagt«, Beaufort sen. war verzweifelt. Nun hatte er in seinem Leben zwei Frauen geliebt und sie beide so schnell verloren.

13

Gerhard Beaufort warf die Tür ins Schloss, begutachtete die Inhalte im Kühlschrank und goss den Rest einer seit Tagen auf der Spüle stehende Flasche Rotwein in ein Glas. »Ich müsste Ordnung halten«, nahm er sich vor.

Der Fraktionsvorsitzende hatte angerufen und gebeten, er möge heute Abend in seiner Rede doch auch ganz besonders die Leistungen des örtlichen Bürgermeisters hervorheben.

»Ich habe den falschen Beruf. Ich habe mich breit schlagen lassen. Die Quittung bekomme ich schon heute Abend serviert«, Gerhard ärgerte sich über den Fraktionsvorsitzenden, der glaubte sich überall einmischen zu müssen.

»Denk dran, der Hubertus lebt vom Lob. Wenn du ihn nicht gebührend herausstreichst, wird er in der eventuell anschließenden Diskussion renitent. Das können wir uns nicht leisten, weil die Presse vom Zwist in unseren Reihen lebt.«

In der Abendveranstaltung des Ortsverbandes der Partei, dieser genannte Hubertus hatte vermutlich alle Mitglieder auf die Beine gebracht, jeder Platz war besetzt, sprach Gerhard Beaufort über die allgemeine politische Situation im Land, speziell über Fragen der Innenpolitik, da vornehmlich über die Integration, da er selbst dem Innenausschuss angehörte.

»Sag einiges zu unserer Arbeit«, zischte der Bürgermeister in einer kurzen Unterbrechung Beaufort zu, »den Kanal haben wir fertig und die Emmerichstraße ist nagelneu und um die Zuschüsse ist mir nicht bange, ich renn' denen im Ministerium ja Tür und Tor ein«. Der Bürgermeister schnaubte.

Gerhard betonte nun vor allem die Bedeutung einer funktionierenden Kommunalpolitik und stellte seine Worte schließlich ganz besonders auf das erfolgreiche Wirken seines geschätzten Freundes, des örtlichen Bürgermeisters ab, legte seine linke Hand demonstrativ auf die Schulter des neben ihm sitzenden Gemeindeoberhauptes und hob dessen konstruktives, kompetentes kommunalpolitisches Wirken und das hohe persönliche Engagement des »ersten Mannes in der Gemeinde« hervor.

Der ergriff in der Diskussion das Wort, dankte vor allem dem geschätzten und von allen hoch respektierten und angesehenen Abgeordneten Beaufort, der dem Ortsverband heute Abend die Ehre gäbe, für seine politische Leidenschaft, seine innenpolitische Autorität, sein vortreffliches Engagement und bemerkte so beiläufig: »Wenn der Vorsitz im Innenausschuss frei wird, gibt es keinen besseren als unseren Parteifreund Gerhard Beaufort. Das sollte sich der Herr Ministerpräsident merken.« Auf die Schlagzeilen in den Zeitungen war Gerhard gespannt, hatte Hubertus doch nicht versäumt, die politischen Redakteure beider Zeitungen einzuladen.

Gegen Mitternacht verließ Beaufort die Gaststätte und setzte sich in sein Auto. Der Tag war schwül gewesen. Bevor er den Schlüssel ins Zündschloss steckte, wollte er sich etwas entspannen.

Die Straßen waren nass, starker Wind peitschte Blattwerk und Äste in die Fahrbahn. Er musste höllisch aufpassen und konnte nur ganz langsam fahren.

Weit voraus bemerkte er ein Fahrzeug an der Straßenseite. Ein Polizeibeamter mit einer Leuchtkelle dirigierte ihn in eine Omnibushaltebucht. Beaufort drehte das Fenster herunter.

»Was gibt es, Herr Kommissar?«

»Das wissen Sie doch selber am besten. Steigen Sie aus. Grätschen Sie die Beine und lehnen Sie sich mit dem Bauch an ihr Auto. Beine grätschen, sag ich.«

»Was wollen Sie. Wie gehen Sie mit mir um. Ich bin der Abgeordnete Gerhard Beaufort.«

»Wie soll ich diese Bemerkung verstehen? Wollen Sie durch ihr Mandat einen Vorteil herausschlagen? Wir sind Beamte und unbestechlich. Blasen Sie in das Röhrchen.«

»Ich verstehe überhaupt nichts. Riechen Sie Alkohol bei mir? Aber gut, ich werde blasen.«

Gerhard Beaufort blies in das Röhrchen.

»Das war zu erwarten. Sie können nicht fahrtüchtig sein, das sind weit über 1,5 Promille. Sie sind ja betrunken. Sie wollen Abgeordneter sein, ein Vorbild für die Jugend sozusagen. Dass ich nicht lache.«

Die beiden Beamten krümmten sich vor Lachen, der Speichel des einen triefte ihm ins Gesicht, Gerhard wischte den Schaum mit der rechten Hand weg. Er fühlte sich wie vor einem Abgrund, eine Katastrophe bahnte sich da an. Er saß mit Alkohol im Blut am Steuer seines Wagens, er, der künftige Vorsitzende des Innenausschusses wird auf einer Alkoholfahrt von zwei Polizeibeamten in flagranti ertappt. Eine Katastrophe. Seine Karriere findet nun ein plötzliches und jämmerliches Ende. Was wird der Parteivorsitzende, was werden die Kollegen, die Schulfreunde, die Lehrer, der Vater, die Verwandten, die Freunde von ihm denken.

»Aber ich sag Ihnen doch. Ich habe nicht getrunken. Ich protestiere.« Er schlug mit der Faust auf den linken Kotflügel, dass es mächtig dröhnte.

Dann erwachte er aus diesem dramatischen Traumgeschehen. Er war, noch bevor er den Rückweg antreten konnte, vor Übermüdung im Auto eingeschlafen. Ein schweres Gewitter hatte ihn geweckt, Blitze und Donner lösten sich in raschem Wechsel ab. Durch das leicht geöffnete Seitenfenster war ihm der Regen ins Gesicht geschlagen. Dann fuhr er nach Hause. Weit nach Mitternacht fiel er in sein Bett. »Verdammte Politik«, stöhnte er, »wäre ich doch nur Richter geblieben«.

14

Am Morgen danach verließ er – es war ein sonniger Samstagmorgen – die Wohnung gegen neun Uhr. Er wollte um die Ecke in ein Cafe gehen, dort in Ruhe frühstücken und die Zeitung lesen. Vielleicht war schon ein Bericht über den gestrigen Abend zu finden.

Bevor er die Wohnung verließ, fiel sein Blick auf die Vitrine an der Eingangstür. Dort standen die Bilder der verstorbenen Großeltern und seiner Mutter. Der Großpapa, Jaques Beaufort, der vor dem Krieg aus dem Kieler Landstrich weggezogen war, der Liebe wegen, schaute ihn mit milden Augen an, der erste hugenottische Beaufort, der sich in den katholischen Süden der Republik aufgemacht hatte. Die Liebe muss groß gewesen sein. Bevor er in den zwanziger Jahren die schöne Pfarrerstochter ehelichte, hatte er sich nach Frankreich, nach Reims aufgemacht. »Bevor ich heirate, muss ich wissen, woher ich komme«, sagte er zu seiner Braut.

Die Vorfahren waren vor dreihundert Jahren aus dieser wunderbaren Stadt in den Ardennen weg gezogen, über Nacht, wohl vorbereitet, verkleidet, alles zurück lassend. Sie hatten nur ein Ziel, die Grenze zu Preußen.

Da stand er vor der großen Kathedrale Notre Dame de Reims, einem gotischen Prachtbau aus dem 14. Jahrhundert. Wie viele französische Könige dort gekrönt worden waren, wusste er nicht. In den Annalen seiner Vorfahren war davon nicht die Rede. Aber dass sie in der Kathedrale, wohl in einem Seitenschiff des prächtigen Gotteshauses getauft worden waren, das faszinierte ihn immer wieder. Er solle sich an das Katasteramt der Stadt wenden, dort würden alle alten Unterlagen aus dem späten Mittelalter und der beginnenden Neuzeit aufbewahrt, empfahl der Beamte in der Stadtverwaltung. Jaques Beaufort verließ die Heimat seiner Ahnen nach einer Woche wieder, in der er die Stadt und das bezaubernde Umland erkundet hatte.

Lange hatte er dann wieder in seiner Stube gesessen und seine Erlebnisse notiert, »für die heutige und die künftigen Generationen der Beauforts«, wie er immer wieder feststellte.

15

Im Cafe Lila vertiefte sich der Enkel Gerhard Beaufort in die örtliche Morgenzeitung. Eilig blätterte er zur Kreisseite durch. Der Redakteur hatte tatsächlich der Veranstaltung gestern Abend Raum gegeben, knappe dreißig Zeilen, aber mit der Feststellung in der Schlagzeile der Überschrift: »Beaufort neuer Vorsitzender im Innenausschuss«. Diese

Meldung würde in der Fraktion und in der Partei für Aufregung sorgen.

Nach einem Stadtbummel kehrte er gegen Mittag in seine kleine Wohnung zurück. Der Anrufbeantworter flatterte. Mehr als zehn Parteifreunde, mehrere Redakteure, waren neugierig und wollten eine erste Stellungnahme.

Gerhard Beaufort packte das Nötigste ein und fuhr ins Oberland.

»Du bist willkommen«, lachte sein alter Schulfreund Wendel Schneck, der das Gasthaus seines Vaters in vierter Generation weiterführte.

16

Gerhard Beaufort war ein Gentleman und solchen Menschen passieren die seltsamsten Dinge. Sie treffen Zeitgenossen, die anderen Menschen nicht über den Weg laufen. Er parkte unter einer schattigen Buche auf dem kleinen Parkplatz hinter dem Gasthof Schneck.

»Diese zwei Tage gehören mir«, dachte er und schaute zur Rechten. Eine junge Dame hatte auf sehr drängende und flotte Art ihr Cabrio neben seinen alten Benz gestellt. Sie öffnete die Autotür und wuchtete sie gegen die rechte Bordwand seines Fahrzeugs.

Der Stoß rüttelte am Bestand des Vehikels, das er schon seit mehr als einem Dutzend Jahren fuhr. Es hatte ihm treue Dienste geleistet. Bis an die Adria schafften sie es letzten Sommer noch gemeinsam, dann war die rechte vordere Feder gebrochen. Bald darauf war der Dachträger durchgerostet, die Scheibenwaschanlage gab den Geist auf, der Auspuff hing bis zum Boden, die Bremsen taugten nicht mehr. Bei der Hauptuntersuchung meinte der Ingenieur: »Wollen Sie weiterhin Interesse an unfallfreiem Fahren haben, rate ich zur Verschrottung oder Sie wechseln mehrere Dutzend Teile aus und lassen das Ding als Oldtimer durchs Land laufen«.

Gerhard entschied sich für die Reparatur der nötigsten Teile und sein Benz trug ihn weiterhin treu an seine Ziele.

Die Türe des Cabrios neben ihm und rechte Vordertüre des Benz waren durch den massiven Anprall, bedingt auch durch das durchgerostete Blech, ineinander verkeilt.

»So ein Schitt«, zischte die junge Dame, »da park ich schon seit Jahren immer an derselben Stelle und da plötzlich stehen Sie da und schon kracht es. Sie Unglücksrabe.«

Sie rüttelte, zog und riss an der Türe ihres Flitzers. Cabrio und Benz waren nicht zu trennen.

»Wenn das kein gutes Omen ist«, meinte Gerhard Beaufort, als er sich den Schaden anschaute. »An meinem Wagen ist nichts mehr kaputt zu machen und der Kratzer an Ihrer Tür dürfte auch kein Problem sein.«

»Ich schick Ihnen den Wirt, der wird es richten«, dann war sie im Haus verschwunden.

»Das war meine kleine Schwester, hat sie dir einen Auftritt geliefert?« fragte Wendel Schneck.

Sie trennten die beiden Kutschen mit starker Hand und betraten die Gaststube.

Schneck stellte seiner Schwester den Freund vor.

»Ach, Sie sind das, wenn ich das gewusst hätte, wäre ich etwas höflicher gewesen. Dafür bekommen Sie jetzt einen guten Kaffee.«

Zwei Tage Erholung in dieser schönen Landschaft sollten sein Innenleben wieder zu Recht rücken.

»Der Remsky ist mir über den Weg gelaufen.«

Wendel lachte: »Ist er noch immer von harscher, unbarmherziger Intelligenz?«

»Ich werde öfter mit ihm zu tun haben«, entgegnete Beaufort. »Berthold arbeitet als höherer Beamter im Umweltministerium. Was den bewegt hat, in die politische Verwaltung zu gehen? Mag sein, dass er dort nach Höherem strebt, vielleicht als Berater des Ministers.«

17

Auf dem Heimweg am Sonntagabend, die Sonne stand schon tief am Firmament, machte er einen Schwenk zur Autobahnkirche, die ihn auf der Herfahrt schon eingeladen hatte. Er war ganz allein, die Strahlen der tief liegenden Sonne brachen sich in den farbenfrohen Glasfenstern.

Müsste er ein Resümee seiner bisherigen Arbeit, seines Selbststandes, seiner Zukunftsvorstellung bringen, würde ihm der Stoff ausgehen. Es sind die Mütter, die ihre Kinder für die Religion sensibilisieren. Seine katholische Mutter starb früh. Sein Vater hat auf diesem Erziehungsfeld geschlampt, er hatte das Leben an sich gerissen, nicht über den Alltag hinaus gesehen. Religion bedeutete für Beaufort sen. wenig. Ohne Einwände hatte er seinen Sohn den katholischen Händen seiner geliebten Frau anvertraut, die Taufe des Kleinen und etliche kirchliche Anlässe hatte er noch wahrgenommen.

Die hölzerne Kirchenbank war angenehm warm, er lehnte sich zurück und betrachtete die Kirchenfenster, still war es in der Kirche, seine Gedanken griffen weit aus.

Er dachte an Kanada, Caroline Silvestre aus Toronto kam Gerhard in den Sinn, erstmals seit vielen Jahren, ihr erstes Kennenlernen an einem heißen kanadischen Sommertag, weitab von Toronto auf der Straße in den Norden vor Huntsville. Die Musik wäre es, die ihr helfe, sagte sie, ihr die Religion, ihr spirituelles Bewusstsein aufzuschließen. Sie schwärmte von ihrem Gospelchor, in dem sie seit langem mitsang.

»Lass sie«, sagte ihr Vater, Pedro Silvestre, der Geschäftsleiter des Delta Hotels in Toronto, in dem er seine ersten Gehversuche als künftiger Milliardär machte, »lass sie, jeder von uns hat seinen Tick. Die Frauen sind eben anders als wir Männer«. Dass er seine Caroline damit verletzte, war ihm nicht bewusst.

»Immer die Väter«, dachte Gerhard Beaufort, »sie ruinieren mit unbedachtem Reden oft mehr, als sie je wieder heilen können.« Einen Tick hatte sie nicht gehabt, die Caroline, sie war nur viel weiter im Denken und Fühlen als ihr Vater, dachte er, während er die Stille der Autobahnkirche genoss.

»Die Winterabende werden lange bei uns«, Caroline schenkte ihm eines Tages ein Buch über den Schwarzwälder Johann Jacob Astor, der Ende des achtzehnten Jahrhunderts in die benachbarten Staaten eingewandert war und der auch, wie sie aus der Schule wusste, mit Hilfe der kanadischen Hudson Bay Company reich wurde. Er, Gerhard, solle sich ein Beispiel nehmen, an seinem berühmten Landsmann. Sie erzählte ihm Geschichten eines berühmten kanadischen Fallenstellers und Pelztierjägers, eines Trappers, Bill Peyto hieß er und der Peyto Lake sowie ein mächtiger Gletscher in den kanadischen Rocky Mountains seien nach ihm benannt. Vor zwei Jahren sei sie einen ganzen Tag im Flugzeug gesessen, um den Peyto Lake nördlich von Calgary in der westlichen kanadischen Provinz Alberta zu sehen und die vierzehn Tage hätten ihr nicht genügt. Er könne sie ja bei Gelegenheit begleiten. »Wenn du durch Kanada reist, musst du alle europäischen Maßstäbe vergessen«.

Das Jahr darauf verbrachte er die Urlaubswochen zunächst mit einer kleinen Gruppe junger Abenteurer an der Hudson Bay, in einem alten amerikanischen Land Rover maßen sie die Wege und Straßen aus und er lernte dieses gewaltige Land lieben und verstehen, wenn Menschen ihr Leben lang einsam und in Einklang mit den Unbilden und

Unwägbarkeiten einer oft unbarmherzigen Natur in den abgeschiedenen, riesigen Wäldern leben und sich nie mehr an Städte oder Menschenansammlungen gewöhnen.

18

Draußen begann es Abend zu werden, eine Stunde schon saß er in Gedanken verloren in der Autobahnkirche, hörte die Geräusche der vorbeifahrenden Autos. Solche Stunden brauchte Gerhard Beaufort, um wieder zu sich selbst zu finden. Seine Erinnerungen glitten zurück in die Vergangenheit, er sah seinen ehemaligen Studentenpfarrer vor sich, einen jungen, eleganten Mann, der seinen priesterlichen Dienst quittierte, eine Studentin heiratete und schließlich als Kirchenredakteur arbeitete, von seiner Kirche nicht fallen gelassen wurde.

»Irgendwann werden sie darin lesen«, sagte der Studentenpfarrer, der ihm schon im ersten Studiensemester eine Dichtung des Johannes von Tepl schenkte, eine Kostbarkeit spätmittelalterlicher deutscher Literatur: Der Ackermann von Böhmen.

Gerhard war noch jung und obwohl er die Welt schon kennen gelernt hatte, war sie ihm in ihren Geheimnissen, ihrer Weite verborgen geblieben. »Hier streiten der Ackermann und der Tod, der ihm seine liebe Frau genommen hat, hier geht es um wesentliche Fragen«. Pfarrer Ellick steckte ihm das Büchlein zu. Gerhard hatte sich seinerzeit in einen Studentengottesdienst verirrt.

Auf dem Heimweg in seine Studentenbude fragte er sich dann, ob er vielleicht gar ein guter Priester würde. Am nächsten Tag hat er sich dann vom Sprachenstudium abgemeldet und sich bei den Rechtswissenschaften eingeschrieben.

»Es ist das Recht, das die Gesellschaft zusammen hält«, referierte der Professor bei der Begrüßung der Neusemester. »Gerechtigkeit wird Ihnen der liebe Gott zukommen lassen. Unverdient, meine Damen und Herren, unverdient. In der Welt, in der Sie leben, gilt jedoch das Recht als Maxime, ob Sie nun Anwalt oder Richter werden.«

Neue Gedanken prägten damals sein noch junges Leben. Er war dreiundzwanzig, kannte halb Kanada, aber was ist das schon, wenn er in einem fernen Kontinent einen neuen Landstrich, neue Leute, andere Sitten kennen lernt.

Die freien Abende der ersten Studienjahre verbrachte er oft genug beim Technischen Hilfswerk, in den Semesterferien beteiligte er sich an Auslandseinsätzen in irgendwelchen Krisengebieten. Mit Politik hatte er nichts im Sinn, noch weniger mit Religion und Kirche.

In der Religion gab es nichts Neues mehr, meinte er, da wurde schon alles gesagt, da schien alles ausgereizt, nur stete Wiederholung. Oder waren gar die Wiederholungen, das immer wieder kehrende Gedächtnis im Kult, das Wesentliche, das Maß aller Dinge, wie in der Biologie der Rhythmus? Und im Übrigen habe ja jede Religion ihre eigene Wahrheit, wozu sich dann auf eine festlegen. Gab es eine Analogie zwischen Recht und Religion? War wirklich schon alles gesagt, war wirklich alles, was Religionen offenbarten, gleich gültig, gleich wahr, gab es nichts Neues unter der Sonne oder ist uns nur der Blick hinter die Geheimnisse verwehrt?

19

Da saß er nun auf seiner harten Bank in der Autobahnkirche, die in ihrer baulichen Struktur auf die göttliche Dreifaltigkeit verweisen sollte und konnte seine Gedanken nicht von Kanada loslösen.

Pedro Silvestre, Carolines Vater, kam ihm in den Sinn. Er war aus Italien zugewandert, sein Herz hing wohl ein Leben lang an der Heimat. Er stammte aus einem dieser kargen Dörfer nahe Viterbo, hundert Meilen nördlich von Rom. Sein Vater, auch schon der Großvater, hatten einen Stall voller Schafe, einige Rinder und Pferde gehabt, dazu Wein angebaut. Der Besitz wurde immer weniger, die Böden blieben karg, die Erträge wurden kümmerlicher, die Kinderzahl durch die Generationen größer, so dass die Jüngeren schließlich über den großen Teich fuhren, in New York und Boston, San Francisco und in Los Angeles ihr Auskommen fanden.

Nur Pedro drängte es mit einigen Freunden aus Viterbo nach *Kanada*. »Ihr braucht einen Beruf in dieser neuen Welt, sonst buttern euch die anderen Einwanderer unter.« Pedros Vater war ein pragmatischer Mensch. »Ihr müsst gut ausgebildet in der neuen Welt ankommen, lasst euch also Zeit«. So lernte Pedro den ehrenwerten Beruf des Kochs in Viterbo, verdiente sich seine ersten Sporen im *Ristorante Tre Re*, ging nach Pescara, schnupperte die milde adriatische Meeresbrise, zog ein Jahr nach *Rom* ins *La Pergola* und dort »lernte er das Kochen richtig«, schrieb er seinen Eltern. Seine Zukunft sah er jedoch auf dem nordamerikanischen Kontinent, dieses Ziel verlor er nie aus den Augen.

20

»Schon wieder ein Italiener«, rief der Küchenchef des *Delta Hotels*, als der junge Silvestre sich bei ihm vorstellte. » Aber ein guter«, lachte Pedro, »und ich koche, backe, dämpfe, dünste, brate was Ihr Herz begehrt«. Er legte dem Chef seine Zeugnisse vor. Seine Kenntnisse und das freundliche Temperament der *Silvestre* öffneten dem jungen, strebsamen Mann die Türen und das Vertrauen des Hoteleigners erschloss ihm seinen Weg nach oben. Nach fünf Jahren schon wurde er der Stellvertreter des Küchenchefs, heiratete dessen Nichte und verzichtete auf die Selbstständigkeit. »Lieber ein geordnetes Einkommen«, sagte Pedro zu seiner Braut, »als den ständigen Druck, dem die Selbständigen ausgeliefert sind«.

Die Italiener in Toronto, im Stadtviertel von York hielten zusammen, ebneten einander die Wege, stützten einer den anderen. *Klein-Viterbo* entstand auf der westlichen Seite des *Humber* River, nahe dem *Cloverdale Park*. An den freien, sommerlichen Wochenenden angelten diese italienischen Männer ihren Lachs, gestikulierten bei jedem Fang, wer den prächtigsten Fisch, ein *King Salmon* wäre es natürlich immer, an Land gezogen hatte, auch wenn es nur eines der Leichtgewichte, ein *Red Salmon* war, schäkerten mit ihren Frauen und Kindern und hatten auch mit wenig Geld ihr Auskommen in der neuen Heimat.

Am fischreichen Oberlauf des Humber River besaßen Caroline Silvestres Großeltern eine Mühle, die noch aus dem frühen neunzehnten Jahrhundert stammte, mit Grundmauern aus massivem Fels schien sie für die Ewigkeit gebaut. Das ausladende Bauwerk hatte schon Jahrzehnte leer gestanden bevor es schließlich vom Großvater erstanden wurde. »Diese urige Mühle könnte viel von den schwierigen Anfängen der Besiedelung erzählen«, sagte Caroline, als sie mit Gerhard Beaufort ihren Onkel, den Bruder ihrer Mutter, besuchte, der das Anwesen wieder instand gesetzt hatte.

Pedro Silvestres Freunde trafen sich oft genug in den ersten Jahren, erzählten von der Heimat, lasen sich die Briefe der Eltern, der Geschwister vor, bestaunten, küssten die Fotografien, die man ihnen zusandte, nahmen Anteil am Leben des Heimatdorfes, an den Ereignissen, am Leben und

Sterben der Dorfbewohner, weinten vor Heimweh. Sie erkundeten gemeinsam die aufblühende Stadt, in der sie nun wurzelten, das nahe Umland, konnten nicht satt werden von der unglaublichen Vielzahl und oft unfassbaren Vielfalt der Natur, der Vielgestaltigkeit der Eindrücke in der neuen Heimat, zogen in den Urlaubstagen hinaus bis zu den westlichen großen Seen, hinauf bis Ottawa. Sie heirateten, einer nach dem anderen, blieben in der Stadt, und lebten ihr eigenes Leben. Dann kam bei den Silvestres die kleine Caroline zur Welt, aber weiterer Kindersegen stellte sich nicht ein.

»Ach, wäre ich doch in Italien geblieben«. Pedro wurde immer wieder von Heimweh gepackt, zumeist in den trüben Herbstmonaten, wenn der beißende Wind die Kälte aus dem nahen Ontariosee herüber drängte, sich in die Gesichter verbiss und massive, immer zu früh eintreffende Schneeverwehungen aus dem arktischen Norden ein Durchkommen in Torontos Straßen oftmals schwer machten. Dann saß er in seinem Ledersessel, blätterte alte Bildbände von Viterbo durch und schaute in unerreichbare Ferne.

»Wenn du willst, fliegen wir gemeinsam nach Italien, zu deinen Eltern, besuchen deine Geschwister, wir gehen auf den Friedhof und wandern in die Weinberge, dann geht es dir sicher wieder besser.« Caroline, seine Frau, eine resolute Lehrerin, wusste wie sie ihren Pedro zu nehmen hatte, ihn trösten konnte. Nur zweimal in diesen letzten zwanzig Jahren war er in die alte Heimat geflogen, zuletzt, als er Abschied genommen hatte vom Vater, der nach der Arbeit an einem stillen Septemberabend schnell *Arrivederci* gesagt hatte, im Weinberg liegen geblieben war. »Dieser Flug war die Hölle«, ächzte er, als sie in Toronto wieder das Flugzeug verlassen hatten, »das war das letzte Mal«.

Als Luigi, sein jüngster Bruder ihm schrieb, dass auch er nach Kanada auszuwandern gedachte und wie es sich in Kanada so leben ließe, riet er ihm umgehend ab. »Wenn du erfrieren willst«, schrieb er ihm in einem langen Brief, »wenn du Depressionen bekommen und vor Heimweh sterben möchtest, dann nur zu, komme doch nach Kanada, komm nur, lass dich nur nicht abhalten. Wenn du aber doch unbelehrbar bist, und du warst schon immer ein Dickkopf, eigensinnig und uneinsichtig, dann lass dich in Los Angeles nieder, da hast du italienisches Klima, der blaue Himmel dort erinnert dich an Viterbo«.

21

Gerhard Beaufort lernte Luigi Silvestre bald nach seiner Ankunft in Toronto kennen, einen dynamischen, manchmal über die Maßen kapriziösen und unreif wirkenden Menschen, einen trotz allem gebildeten und zivilisierten, liebenswerten jungen Mann, einen versierten Mechaniker zudem, der jedes Auto zerlegen und wieder zusammen bauen konnte, der sich bereits nach einem halben Dutzend Jahren mit großem Fleiß und viel Übersicht selbstständig gemacht hatte. Gerhard und Luigi verstanden sich auf Anhieb, kamen sehr gut miteinander aus und die Reise zur *Hudson Bay* wäre ohne Luigi nicht möglich gewesen.

Nur mit Luigi konnte er in den freien Wochen zu den großen Seen im Westen fahren und zur heißesten Sommerzeit das grandiose *Winnipeg* im Tal des *Red River* erkunden, das südliche Manitoba entdecken, nachdem Lomasi, Luigi's indianische Freundin sie eingeladen hatte. Gerhard lernte dort zum ersten Male in seinem Leben auf einem Pferd zu reiten, auf *Jess*, einem Braunen, einem echten Canadian Horse, nicht zu groß für ihn, brav und leicht zu führen, erkundete er dieses wundervolle Prairieland bis zum *Lake Winnipeg*, flog mit einem Kleinflugzeug hinauf zum *Gods Lake* und wollte dort schließlich bleiben, »für immer und allezeit«, sagte er und konnte sich nicht trennen. Er kannte schon die oft unzugänglichen Wälder bei Quebec bis zur *Hudson Bay*, seine Liebe gehörte jedoch für immer der einsamen Landschaft am *Gods Lake*.

»Viele hundert Jahre haben unsere Vorfahren hier den Büffel und den Hirsch gejagt, über Grenzen, die wir nicht kannten, die die Franzosen und Engländer willkürlich gezogen haben. Heute leben wir als absolute Minderheit und wissen nichts mehr von der Jagd. Meine Geschwister studieren, ich werde so lange es möglich ist, auf unserem ehemaligen Land leben.« Mato, Lomasis jüngerer Bruder, der für eine landwirtschaftliche Genossenschaft arbeitete, ritt mit ihm während seiner Urlaubstage wochenlang durch die Abgeschiedenheit der endlosen Weiden der manitobischen Prärie. Verloren kam er sich vor in dieser beeindruckenden Stille und Einsamkeit der Seenlandschaften zwischen dem *Lake Winnipeg* und dem *Lake Manitoba*, sie trabten über die ausgedehnten Graslandschaften, querten Flüsse und Bäche, nächtigten im Zelt, und die Winde erzählten von der Schönheit und Wildheit des Landes auf ihre Weise. Zeitlebens würde er die Erinnerungen an diese Jahre bewahren.

Luigi war nach seiner Ankunft in Toronto bei seinem Bruder Pedro Silvestri vorübergehend ins Haus gezogen, war unverheiratet und brachte immer wieder eine neue Freundin mit. »Dieses Mal ist es die Frau meines Lebens«, sagte er dann zu Pedro. Dann stellte er ihm in den folgenden Jahren braune, schwarzlockige und blonde Mädchen vor, eine Verkäuferin, die einen Kopf größer als er selber war, eine dralle Hotelangestellte mit einem Sauberkeitstick, eine einsame, hübsche Lehrerin, einmal sogar eine sprühende Italienerin aus Palermo, die den Männern die Haare stutzte und die Bärte rasierte, den Frauen Locken ondulierte und Dauerwellen zauberte, die aber den Luigi über die Maßen dominierte, dann war es eine »große Schönheit«, wie er sie ankündigte, eine junge Bademeisterin, die er nach einem gemeinsamen Abend mit italienischen Freunden im *Delta* kennen gelernt hatte.

Nach einigen Monaten sagte ihm seine Schwägerin auf den Kopf zu, dass er sich zum Monatsende eine neue Wohnung zu suchen habe, dass er seinen unbekümmerten Lebensstil ändern müsse, einen Frauenhelden dulde sie nicht in ihrem Haus. Außerdem wäre er ein schlechtes Vorbild für Caroline, seine Nichte. Luigi versprach hoch und heilig, dass er sich ändern würde. »Ein Silvestre steht zu seinem Wort«.

Dann war es wieder eine Studentin, danach die Tochter eines schwedischen Einwanderers. Die Liebschaften dauerten oft mehrere Monate, schließlich brachte er eine junge Indianerin mit nach Hause. Sie studierte Zahnmedizin, stammte aus einer kleinen indianischen Gruppe aus dem südlichen Manitoba und würde nach Abschluss des Studiums wieder nach Hause zurückkehren. Lomasi rief ihn dann zu Beginn der Sommersemesterferien an, und sagte ihm, dass sie die Verbindung mit ihm nicht aufrecht erhalten könne, aber sie würde ihn gerne einladen, ihre Familie zu besuchen, sie habe ja noch zwei Brüder und zwei Schwestern. »Lerne das Land kennen und die Menschen hier«, sagte sie, »mach dir ein eigenes Bild von unseren Lebensumständen«. Die Trennungen verliefen scheinbar immer harmonisch. »Mein Bruder ist ein Strolch, ein ganz übler Herzensbrecher, er macht die Mädchen nur unglücklich und nun auch noch diese liebenswürdige Lomasi«, schrie Pedro und fuchtelte mit den Armen, »er kommt mir nicht wieder in mein Haus, dieser verdammte Casanova«.

Gerhard wusste nicht, wo die Briefe von Luigi lagerten. Er müsste ihm doch wieder einmal schreiben.

22

»Es wird Zeit, dass Neues in mein Leben eindringt«, dachte er sich, als er nach langer Zeit den Kirchenraum verließ, er hatte sich lange seinen Gedanken hingegeben, jedes Zeitmaß verloren. Sollte die Politik wirklich sein Weg bleiben? Er spürte kein stabiles, festes Fundament unter den Füßen, nichts Greifbares, Solides, nichts, was auf Dauer angelegt wäre, so schien es ihm zumindest.

Vor vielen Jahren hatten die Erlebnisse in Kanada sein Leben geprägt, aber nicht gravierend verändert. Eindrücke sind geblieben, Erfahrungen, die er nicht missen mochte. Das anschließende Studium hatte ihn nicht belastet, das Meiste fiel ihm zu, er musste nicht übermäßig arbeiten. Vielleicht war dies der Grund mangelnder Identifikation mit der Rechtswissenschaft.

Als Staatsanwalt hat er Fall um Fall abgearbeitet, das Recht angewandt, ordnungsgemäß und oft genug wenig Gerechtigkeit in den Verfahren verspürt. Wo zwei Richter, da zwei Urteile. Monate oft brütete er über den Akten schwieriger Fälle, bereitete sich gewissenhaft auf jede Sitzung vor, ein perfekter Analytiker, setzte sich akkurat und mit großer Beharrlichkeit mit den Argumenten der Verteidigung auseinander, wog die Argumente der Anklage wie der Verteidiger der Beschuldigten gewissenhaft ab. Die Absprachen zwischen Richter, Staatsanwalt und den Anwälten, als den Vertretern der Angeklagten, stießen ihm zumeist sauer auf. Deals, wenngleich in der Rechtsprechung an der Tagesordnung, lagen ihm nicht. Oder positiv ausgedrückt, er konnte sogenannten Vergleichen oder Absprachen unter den Prozessbeteiligten bei Strafprozessen nicht viel abgewinnen. Das war nun sein Dilemma. Die politische Praxis und Machtanalyse, wie sie einst Machiavelli definierte, konnte er nur mit Mühe nachvollziehen, war zu wenig damit vertraut. Er würde Max Weber studieren müssen, konnte aber dessen zeitgemäße Analyse, dass »Politik das Streben nach Machtanteil oder nach Beeinflussung der Machtverteilung« sei, nachvollziehen. Soviel wusste er schon, hatte so Manches davon aus den Vorlesungen seiner Studienzeit noch im Kopf. Er möchte seinen persönlichen Beitrag für die rechte Ordnung in seinem Lande leisten, sagte er sich, und das demokratische Leben mitgestalten. Aber er wollte endlich schlicht und einfach eine positive, bejahende Einstellung zu seiner Lebensarbeit gewinnen, sozusagen gerne einer sinnerfüllenden Arbeit nachgehen.

Er war dann eher zufällig zur Partei gestoßen, wollte Demokratie mitgestalten, wie er meinte, teilte zwar die Grundsätze der Partei und ihre Wertvorstellungen und war doch noch weit weg vom Wesentlichen, vom politischen Agieren, Arbeiten, Gestalten. Der Sitz im Landtag war ihm gleichsam in den Schoß gefallen, zu schnell, wie er später meinte. Der Kreisvorsitzende der Partei, mit dem ersten Zugriffsrecht auf ein Abgeordnetenmandat, ein Freund Beauforts', wollte seine mittelständische Existenz nicht aufs Spiel setzen und verzichtete auf eine Kandidatur. Eines Tages sprach er ihn unvermittelt an: »Wir Selbständigen haben keine Chance in der Politik mit zu arbeiten. Werden wir abgewählt, ist auch die Existenz in Frage gestellt. Mach du es Gerhard«. Gerhard Beaufort hingegen würde als tüchtiger Jurist, so meinte der Kreisvorsitzende, noch dazu mit politischer Erfahrung, immer wieder eine Anstellung finden und nicht ins Bodenlose fallen.

Gerhard Beaufort hatte wenig Erinnerung an die politische Einstellung seines Vaters, der ja als junger Mensch den Terror der Kriegszeit und die Nöte der Nachkriegszeit miterlebt hatte. Im Beaufort'schen Haus wurde nicht über Politik gesprochen, Mutter hatte keine Sensibilisierung in politischen Fragen und konnte damit nichts an ihren Sohn weitergeben und Vater hatte, soweit Gerhard sich erinnern konnte, nie Interesse an einer Partei, an politischen Ereignissen gezeigt. Er war sicher ein gewissenhafter Arzt, hat aber auch über seinen beruflichen Alltag nie in der Familie gesprochen.

Gerhard Beaufort's Leben war bisher kein Drama, auch keine Komödie gewesen, eher lebte er harmlos, wenig konkret. Vielleicht fehlte ihm ein Gegenüber, mit dem er reden konnte. Das unausgereifte Wesen des kanadisch-italienischen Luigi war ihm wesensfremd. So wollte er nicht leben. Für eine Posse war ihm das Leben zu wertvoll. Frauen hatte er gekannt, eher nebenbei, nichts Ernstes. Da brauchte er sich keine Vorwürfe zu machen. War ihm die Liebe fremd? Indifferenz herrschte vor in seinem Leben, vielleicht wie bei Berthold Remsky, soweit er sich an ihn erinnerte, kein Stück besser. Das musste anders werden. Er verglich sich mit Remsky, kam nicht gut, sicher nicht besser weg als dieser Faustus. Torpedo hatten sie ihn genannt, den Remsky, blitzschnell im Denken, schnell und hart im Urteilen. Trotzdem verband sie unverbrüchliche Freundschaft. Und an Hamlet erinnerte er sich, den guten Freund, bezaubernden Charmeur und liebenswürdigen Herzensbrecher, dem sie alle zu Füßen lagen, die Mädchen in der Klasse, wohl auch die Studentinnen später. Wo wird er sein, der gute Freund Josh, der sicher auch ein vortrefflicher Schauspieler hätte werden können, versiert in Mimik und Gestik, ein Meister der theatralischen Sprache in der Schule schon.

»Du musst das Leben nehmen, wie es ist, aber du darfst es nicht so lassen«. Diesen weisen Spruch hatte er gerade in einer politischen Zeitschrift gelesen, also müsse er sich aufmachen, weniger Trübsal blasen. Seine Mutter hatte immer von den kleinen Dingen gesprochen, der Blume am Wegrand, den Schönheiten der Natur, wie oft hatte er darüber gelächelt. Vor ein paar Tagen hatte der Dackel eines müden

Spaziergängers sein Revier markiert und dazu den linken Hinterreifen seines Autos benutzt, nicht einmal darüber hatte er sich ärgern können. Seine Emotionen waren flach geworden.

Mächtige Regenwolken, wie massige Gebirge, wie schwere Galeeren drückten wuchtig, bleischwer, schwarz aus dem Westen. Die Schönheit des Regens hatte ihn in seiner Kindheit oft tief berührt, den Rinnsalen des Regenwassers hatte er auf der leicht abfallenden Straße vor dem elterlichen Haus mit den großen Zehen die Wege gebahnt, das Prasseln der Regentropfen auf der Schräge des Dachfensters in seiner kleinen Mansarde hatte ihn beruhigt.

Seine Mutter schrieb Briefe mit ihrer wunderschönen Handschrift, pflegte rege Kontakte mit den vielen Freundinnen und ihren Cousinen, die in alle Welt verstreut waren und der Vater versenkte sich in das ferne, längst vergangene Leben verblichener Verwandter. Für Gerhard Beaufort war die Zeit gekommen, andere Gedanken zu fassen, neue Wege zu gehen.

Wie konnte es geschehen, überlegte er, dass drei Freunde sich aus den Augen verlieren. Zwanzig Jahre sind ihm durch die Finger geglitten, wie wird es den beiden, Berthold Remsky und Josh, den sie nur den Hamlet nannten, heute ergehen. Zu einem Gebet war er in der Kirche nicht durchgedrungen, aber zum Nachdenken war er gekommen.

23

Professor Haag stand kurz vor seiner Emeritierung und war derzeit mit ethischen Richtlinien und Fragen der Mitbestimmung im europäischen Kontext befasst. Die Post häufte sich heute auf seinem Schreibtisch. Er versuchte die Spreu vom Weizen zu trennen. Ein Schreiben aus dem Innenministerium und einen Brief eines befreundeten Kollegen, der ihn vor kurzem um seinen Rat gebeten hatte, nahm er sich zunächst vor.

Ein Herr Regierungsdirektor Dr. Berthold Remsky aus dem Innenministerium bedankte sich für seine Einlassungen zum Mitbestimmungsrecht, die er, Remsky, in der Neuen Zeitschrift für Arbeitsfragen gelesen hätte. Er würde Haag's Ausführungen voll und ganz unterstreichen. Dann verwies er darauf, dass er Arbeitsrecht bei ihm gehört hatte und bedankte sich in sehr liebenswürdiger und bescheidener Form für das wissenschaftliche Rüstzeug, das er durch den Herrn Professor Haag seinerzeit mit auf den Weg bekommen hatte und das ihm in seiner derzeitigen Position die Arbeit ungemein erleichtern würde.

»Der Remsky«, dachte Professor Haag. »Ein ganz normaler Regierungsdirektor im Ministerium ist er geworden und ich dachte, der wäre ein wissenschaftlicher Überflieger, dem alle Türen offen stünden.«

Am späten Nachmittag, ein Kännchen Kaffee hatte ihn aufgerüstet, nahm er noch einmal den Brief von Berthold Remsky zur Hand. »Der will doch etwas von mir, warten wir es ab.« Nach dreißig Berufsjahren neigte Haag immer deutlicher zu einer unverblümten Skepsis den lieben Mitmenschen gegenüber.

Er nahm sich die Studienunterlagen des Berthold Remsky zur Hand, auf die Doktorarbeit hatte der dynamische Student bei ihm im Arbeitsrecht seinerzeit verzichtet. Er erinnerte sich, dass Remsky bei der Kollegin Habsam über einen Themenbereich über die rechtspolitische Entwicklung in der noch jungen Bundesrepublik Nachkriegszeit promoviert hatte. Haag schüttelte den Kopf, er erinnerte sich nunmehr deutlich an diesen blitzgescheiten jungen Menschen. Das Abschlusszeugnis des Remsky von der Rechtswissenschaftlichen Fakultät war das Beste seit Jahrzehnten. Die vier Facharbeiten, die den Unterlagen beigeheftet waren, erwiesen einen hoch intelligenten Denker, der jeden Lehrstuhl hätte anvisieren können. In der Vita dieses doch noch jungen Mannes musste es etwas gegeben haben, das ihn immer wieder zurückhielt, höchste Ämter anzustreben. War es eine Grundangst zu versagen, trotz herausragender Fähigkeiten? Bevor er den Brief erwiderte, würde er die Kollegin Habsam anrufen müssen, dieser Remsky interessierte ihn.

24

»Du kannst noch so gescheit daher reden, aus dir wird doch nichts.« Ludmilla warf nicht nur einmal diese Keule in Richtung ihres Berthold. Der konnte mit vier Jahren lesen, er hatte es sich selber beigebracht. Die Gedichte, die ihm seine Mutter vorsagte, gerne vor dem Schlafen, gingen ihm nie mehr aus dem Gedächtnis. Schillers Lied von der Glocke, mit der die Mutter ihn in den Schlaf deklamierte, beherrschte er Wort für Wort, ohne zu verstehen, worum es ging. Aber welcher andere Vierjährige kümmert sich tags darauf um die Inhaltsstoffe von Kupfer und Zinn, die Bestandteile dieser zähen Glockenspeise, von der dieser Schiller gesprochen hatte, sein mussten, Berthold jedoch wälzte Lexikas. Als er viele Jahre später im Literaturunterricht des Gymnasiums alle Verse dieses wortgewaltigen Werkes aus dem Stegreif rezitierte, traten der Frau Oberstudienrätin Kamilla Willmers die Tränen in die Augen und die Klassenkameraden waren still vor Ehrfurcht.

»Du kannst noch so geistreich daher reden, aus dir wird doch nichts«. Diese bösen Urteile der Mutter, die er doch so lieb hatte, brachten ihn, den intellektuellen Helden des Erasmus-Gymnasiums, immer wieder in tiefe seelische Bedrängnis. Aber davon wussten weder Professor Haag noch sein Schulfreund Gerhard Beaufort. Was mag die Mutter bewogen haben, ihr Kind so anzugehen, ihm so zuzusetzen?

25

Gerhard Beaufort hatte sich damals in Hamburg auf einem Frachter eingeschifft. Es fehlte ihm das Geld für eine annehmbare Kabine auf einem passablen Passagierschiff. Er stellte sich dem Ersten Offizier eines Frachters vor, der nahm ihn sofort mit und wies ihm eine Menge kleinerer Aufgaben zu, für die die Mannschaft keine Zeit hatte. Nach drei Wochen hatte er gelernt mit Besen, Wischlappen und viel Wasser gut umzugehen. Dann schälte er Kartoffeln, zerkleinerte das Gemüse, zerteilte das Fleisch, knetete Teig und fiel jeden Abend todmüde in die Koje. Er war lange, erfahrungsreiche Wochen unterwegs. Zuerst tuckerten sie nach Southampton an der englischen Südküste und luden Landmaschinen aus. Dublin in Irland war der nächste Aufenthalt. Er ging von Bord und schaute sich zwei Tage die Sehenswürdigkeiten dieser altehrwürdigen Stadt an. Die irische Westküste wäre ein Urlaubsziel für ihn. Aber zunächst wollte er nach Kanada.

Der holländische Frachter »Orange« nahm Kurs auf New York. In der Stadt seiner Jugendträume hielt er sich jedoch keinen Tag länger als nötig auf, sondern trampte auf abenteuerliche Weise zum John F.-Kennedy-Airport und checkte nach Toronto ein. Nach Zwischenlandungen in Binghamton, wo es nur mehr ein Katzensprung bis zum Ontariosee wäre, und in Buffalo, landete er schließlich nach einem halbtägigen Flug auf dem International Airport Toronto. Am späten Abend fand er endlich das Delta Hotel, in dem er für die nächste Zeit Arbeit zu finden hoffte. Ein neues Leben konnte beginnen.

26

Berthold Remsky sen. riet, wie viele Väter seiner Generation es zu tun pflegten, seinem Sohn, Berthold Remsky jun., etwas Anständiges, Respektables zu lernen, wie er sich ausdrückte. »Du solltest Beamter werden, da bist du abgesichert, die Aufregungen, die auf die Selbstständigen einhämmern, kannst du dir dann sparen. Mach die Prüfung für den gehobenen Dienst, ein Verwaltungsposten ernährt seinen Mann". Dieser nicht erbetene und auch völlig unbedachte Rat, wie er meinte, veranlasste ihn, sich an der Universität einzuschreiben. Unter seinen Lehrern am Gymnasium waren tatsächlich mehrere gewesen, für die er einige Sympathie hegte. Sein Deutschlehrer hatte ihn in den letzten Jahren in die Theatergruppe des *Erasmus* integriert, obwohl es schwer für die anderen Schauspieler war, mit Remsky auszukommen. Berthold rieb sich an allem und an jedem. Der Direktor meinte beim Abschied, er solle nur die Finger vom Lehrberuf lassen. »Bedenken's diesen guten Rat, Remsky«, grinste er, »wenn Sie einmal jemand brauchen, rufen's mich an«. So kannte Remsky den *Diri* nicht, der reichte ihm seine mächtige Pranke und schob den Berthold Remsky durchs Schultor ins Leben hinaus.

Nachdem Remsky sich dann ein Semester im Germanistikseminar an der Universität abgearbeitet hatte und sich mit einem Dozenten für Neuere Deutsche Literatur ausgiebig gestritten hatte, wechselte er an die Rechtswissenschaftliche Fakultät. Eine Frau Doktor Habsam las Strafrecht, sie war sehr hübsch anzuschauen und Remsky fand, dass er bei ihr am rechten Platz wäre. Sie schwäbelte auf ihm höchst angenehme Weise, kam direkt aus Augsburg und schwärmte für Jakob Fugger. Sie verstand es, den Augsburger Ahnherrn aller erfolgreichen Kaufleute aus dem fünfzehnten Jahrhundert immer wieder in ihre rechtswissenschaftlichen Vorlesungen einzubinden. Remsky fragte sie, welche Absicht sie damit hege, sie lachte nur und sagte: »Weil ich ihn schätze, solche Leute wie er haben nicht nur Kaisern ihr Geld geliehen, sie haben durch ihre maßvolle und weitsichtige Wirtschaftspolitik und durch ihr soziales Engagement auch die Rechtsverhältnisse in der beginnenden Neuzeit gestärkt. Besuchen Sie doch einmal die *Fuggerei* in Augsburg, besser noch, Sie lesen über ihn und seine Familie«. Einem Rechtswissenschaftler könne es nur nützen, wenn er breit aufgestellt ist, dazu gehörten auch sogenannte fachfremde große Geister, fügte sie hinzu. »Oftmals sind es die Menschen, weniger ihre Werke, die zum Nachdenken anregen«. Berthold Remsky musste sich eingestehen, dass die Wissenslücken, die sich allmählich bei ihm auftaten, nur durch ernsthaftes Studium beseitigt werden konnten.

Bald hatte er sich in *Zivil - und Strafrecht* ebenso eingelesen wie ins *Öffentliche Recht*, glättete seine Unebenheiten in der *Gesprächsführung*, lernte die Bedeutung geschickter *Verhandlungsführung*. Remsky las und las, er musste sich seine Kompetenzen erlesen, er konnte sich in zwei Stunden mehr erlesen, als die Dozenten in einem halben Semester weitergeben konnten. Er wurde fit im *Arbeits-und Handelsrecht*, schrieb Seminararbeiten im *Sozialrecht* mit ethischen Bezügen. Das *Kartellrecht* interessierte ihn seit ein Ministerialdirigent des Bundeskartellamts in einer Abendveranstaltung Fragen des Wettbewerbs und Wettbewerbsbeschränkungen in so nonchalanter, unzulässiger Weise dargeboten hatte, dass er, Remsky, in der anschließenden Debatte meinte, den Herrn MD Falkeritz auf die Widersprüche in seinen Ausführungen ansprechen zu müssen. Ministerialdirigent Falkeritz war der Auseinandersetzung mit dem Studierenden Remsky nicht gewachsen und bot ein mehr als mittelmäßiges Schauspiel, verließ dann abrupt und konsterniert den Hörsaal und in erregtem Gespräch mit Frau Dr. Habsam schien er seinen Unwillen gegen den unbotmäßigen Fragesteller darzulegen. Frau Dr. Habsam meinte tags darauf, das Ganze gestern Abend wäre vielleicht nicht ganz gelungen gewesen. Für Remsky war dieser fragwürdige Abend Anlass genug sich mit Wettbewerbsfragen auf europäischer Ebene zu befassen. Er las alle einschlägigen Arbeiten, schrieb darüber eine umfassende Seminararbeit und schickte sie dem Herrn Ministerialdirigenten Dr. Falkeritz zu. »Zur gefälligen Kenntnisnahme«, wie er als geborener Zyniker in einem doch recht höflichen Begleitschreiben hinzufügte.

In den Seminaren glänzte er als begnadeter Rhetoriker. Remsky las und schrieb und wäre nach sechs Semestern imstande gewesen, seine Abschlussprüfungen durchzuziehen. Er solle *Europäisches Recht* studieren, meinte Frau Dr. Habsam, seine Zukunft könnte sie sich im europäischen Parlament vorstellen, auch in der Wirtschaft bräuchte man Leute, die etwas können und nicht auf Grund von Beziehungen ihr Geld verdienten.

Berthold Remsky absolvierte ein Universalstudium, verschwendete auch eine Zeitlang zu viele Gedanken an die junge Frau Dr. Habsam. Sie wäre aber doch zehn Jahre älter, stellte er schließlich fest. Das könne nicht gut gehen, analysierte er nüchtern.

In die universitäre Lehre wollte er nicht, er bräuchte Farbe im Leben sagte er zu Frau Dr. Habsam, die ihn die Jahre freundschaftlich begleitete. »Promovieren will ich jetzt noch nicht, dazu habe ich keine Zeit, da verschwende ich nur unnötige Ressourcen«.

Dafür habe sie nun gar kein Verständnis, er solle sich das genau überlegen, bei ihr könne er jederzeit promovieren. Mehr der Frau Prof. Dr. Habsam zuliebe wühlte er sich dann doch noch zwei Semester durch den Haufen Literatur, den ihm die verehrte Professorin vorlegte. »Kümmern Sie sich um die historischen und geistesgeschichtlichen Fundamente des deutschen Rechts, schauen Sie sich dessen Entwicklung in der Nachkriegszeit und die Ausbildung der Rechtsstandards in Frankreich an, vielleicht noch in einem der Südländer«, und meinte damit die europäischen Mittelmeerstaaten. »Konzentrieren Sie sich aber in Ihrer Dissertation wirklich auf einen Ausschnitt in der Nachkriegszeit und bleiben Sie unter zweihundert Seiten«, lachte sie, »Bücher können Sie später verfassen, und vergessen Sie nicht zu zitieren«.

Nach einem Jahr gab er seine Dissertation bei Frau Dr. Habsam ab. Die mehr als vierhundert Literaturnachweise und Quellenangaben im Anhang der Dissertation ließen sie erahnen, was bei der Korrektur auf sie zukommen würde.

»Herr Remsky«, sagte Sie am Telefon, »wir brauchen Sie in der Lehre, Sie werden der jüngste Professor an einer juristischen Fakultät«. Das *summa cum laude* war reine Formsache, nachdem er in der Disputation weder Frau Dr. Habsam zu Wort hatte kommen lassen und der Herr Professor Beller abgewunken hatte. »Es genügt, Herr Kollege, es genügt völlig«, sagte der Rechtswissenschaftler, der schon ein halbes Dutzend gelehrte Bücher auf den Markt geworfen hatte. »So einen hatten wir noch nicht«, bemerkte er, als er an der Seite von Frau Dr. Habsam in der Kantine sich seinem Mittagsmahl widmete.

Frau Dr. Habsam wartete, bis der junge Doktorand Remsky auf sie zukam. Er könne mit seiner Unduldsamkeit jungen Studierenden kein guter Lehrer werden, sagte er, das sehe sogar er, bei gründlicher und nüchterner Selbstanalyse, ein, meinte er, deswegen würde er doch wohl ein Beamter werden, vielleicht gar in Brüssel, grinste er, wie sie, Frau Dr.Habsam, ihm doch vor geraumer Zeit empfohlen habe.

In vielen Debatten in den Seminaren stieß Berthold Remsky sich noch zwei schnelle Semester lang die Hörner ab, wurde duldsamer und toleranter. Als er die Rechtswissenschaftliche Fakultät mit besten Beurteilungen verließ, war Remsky auch charakterlich auf neuen Wegen. »Fürs Leben lernen kann man nur in der Praxis«, sagte Frau Dr.Habsam.

27

Er setzte sich, nachdem er promoviert hatte, recht unverzüglich in den Euro-City und fuhr nach Paris. An der Sorbonne hätten schon andere große Geister studiert, da möchte er nicht zurückstehen. Der französischen Sprache lange schon mehr als mächtig, belegte er französische Literatur und Kunstgeschichte, schrieb sich an der Fakultät für Geowissenschaften ein, Geophysik und Mineralogie hatten es ihm besonders angetan, er frönte seinem Faible für Atomphysik, die Juristerei ließ er an der Sorbonne jedoch links liegen, die könnten hier den Deutschen nicht das Wasser reichen, meinte er. Dafür interessierte ihn die Volkswirtschaft, zudem belegte er ein Intensivseminar für Spanisch. »Da kann ich mir Madrid ersparen«, sagte er sich. Nach vier Auslandssemestern in Paris kehrte er Frankreich und vor allem einem mehr als miesen Studierzimmer im fünften Stock in einer Seitenstraße am *Montparnasse*, in der *Rue Claude Bernard*, den Rücken, wobei er nicht umhin konnte, sich auch noch mit dem Leben und Werk dieses alten Franzosen aus dem neunzehnten Jahrhundert, der dieser Straße seinen Namen geben musste, auseinanderzusetzen. Mit dessen Medizin hatte Remsky allerdings nichts am Hut. Die paar französischen Semester waren schnell vorbei. Er dachte an *Gerhard Beaufort*, der ihn dann und wann gebremst hatte, wenn wieder und wieder sein lange unbezähmbares Temperament mit ihm durchging, der am Gymnasium der *Repräsentant französischen Lebens* war, wie Remsky oft genug süffisant konstatiert hatte. In seiner Lederbrieftasche hatte

Remsky mehr als ein Dutzend Visitenkarten von Studentinnen und Studenten, Professoren und ihm unbekannten Menschen vergraben. »Das ist nun genug, es reicht, zu viel Studieren ist auch nicht gut«, resümierte er und stürzte sich ins neue Leben.

28

Die Mutter des Berthold Remsky war der Inbegriff der leidenden, unverstandenen Dulderin. Man mag darüber unterschiedlicher Meinung sein, ob sie durch das Unverständnis ihres Mannes, durch die überbordende kindliche Aggressivität ihres Berthold oder durch ihre instabile seelische Grundverfassung im Verlauf ihres Lebens in ihre desolate Situation geschlittert war. Eines Morgens, es war ein windiger Apriltag, einer jener Tage, an denen sie ihre depressiven Stimmungen auszuleiden hatte, nahm das ganze Dilemma dieses Lebens ein schnelles Ende. Der Aufzug in einem großen Kaufhaus stoppte abrupt, einige Frauen kreischten, ein Herr drückte den Alarmknopf. Dann setzte sich der Aufzug ruckartig in Bewegung. Die Leute stürmten aus dem viereckigen Gefängnis. Ludmilla Remsky ging noch einige Schritte, torkelte und stürzte. Zwei Verkäufer zogen sie vom breiten Gang weg hinter einen Verkaufstisch. Der herbeigerufene Arzt stellte den Tod fest. Sie hatte wohl die Aufregung nicht verkraftet. Das Leben hatte von Anfang an zu viel von ihr gefordert, die seelischen Verletzungen der letzten Kriegstage hatten ihre Seele auf Dauer verwundet, den Härten des Alltags war sie nicht gewachsen, nicht der ständigen Unbotmäßigkeit ihres heranwachsenden Sohnes, noch weniger der Ignoranz und dem Desinteresse ihres Ehegatten.

Ludmilla hatte ihren Personalausweis in einem eigens dafür gestickten Beutelchen in der schwarzen Einkaufstasche aufbewahrt, die sie immer, wenn sie das Haus verließ, mit sich führte. Sie hatte auch die Telefonnummern der Kanzlei ihres Mannes und die Telefonnummer ihres Hausarztes wie des Pfarrers beigelegt. Auf Ordnung hatte Ludmilla Wert gelegt.

Der Hausdetektiv hatte angeordnet, die Tote in einen der Warenabstellräume zu legen. Anstelle ihres Mannes traf Dr. Wölfchen bei der Verblichenen ein, nachdem die Polizei in der Kanzlei vorstellig geworden war. Remsky sen. war bei einer Mandantin und nicht zu erreichen. Berthold Remsky erfuhr vom Schicksal seiner Mutter erst während des Mittagessens in der Kantine des Landtags. Er erteilte seiner Sekretärin einige unaufschiebbare Aufträge, die sie während seiner Abwesenheit zu erledigen hatte und fuhr mit dem Auto zum Bestatter. Die Mutter lag friedlich aufgebahrt und er hatte sie noch nicht so schön gesehen. Zwar hatte er in den letzten Jahren wenig von der Mutter gesehen und gehört, hatte jedoch ihre immerwährende Sorge um ihn nicht vergessen und er trauerte nun von Herzen um sie.

Nach acht Tagen wurde die Urne vom Krematorium angeliefert. Vater Remsky, Berthold und Wölfchen gaben der Verstorbenen die letzte, recht schnelle Ehre. Der Pfarrer würdigte Ludmilla als eine der Treuen in Sankt Bonifaz. Dann trafen sie sich noch zum Nachmittagskaffee. Ihre Wege trennten sich von diesem Tag an sozusagen für immer. Berthold Remsky fuhr noch einmal nach Hause, nahm letzten Abschied von seinem vor zwei Jahrzehnten beigesetzten irischen Wolfshund und verschwand mit zwei Koffern, die er sich aus dem Keller geholt hatte, griff sich einen alten, fleckigen Karton, in dem er wenige Erinnerungsstücke verstaute, ein Bild von seiner Erstkommunion, das ihn mit den Eltern zeigte, einen versilberten Korkenzieher, den der Vater von einer Auslandsreise aus Aquila mitgebracht hatte.

Vergeblich suchte er nach einer Fotografie der Eltern. Er streckte sich nach dem alten, verstaubten Geigenkasten, der im Schlafzimmer der Eltern offen auf dem braunen Kleiderschrank lag, nahm das Instrument in beide Hände. Die Kinnstütze war schon brüchig, aus dem Schallloch hingen lange Staubfäden, die Wirbel und die Schnecke hatten Lack verloren, er würde Mutters Geige wieder in den alten Zustand bringen lassen. Er drückte die Haustür ins Schloss, schaute nicht zurück, nichts hielt ihn, die Mutter war nicht mehr da.

Dr. Wölfchen zog zu Remsky sen. ins Haus. Im Sommer unterzog sie sich in einer Londoner Augenklink der so heiß ersehnten operativen Korrektur. Der leichte Silberblick war verschwunden und Wölfchen ein neuer Mensch. Ein Friseur nahm sich ihrer strähnigen Haarpracht an und brachte das Ganze in eine moderne Facon. Beide heirateten bereits im Sommer und verbrachten ihren Hochzeitsurlaub in Irland. Trauer um die Verstorbene war bei Remsky sen. anscheinend nicht angebracht. Ludmilla hatte ihren Beitrag geleistet, indem sie den Berthold geboren hatte. Seiner Erziehung war sie ebenso wenig gewachsen gewesen, wie den ehelichen oder beruflichen Ansprüchen ihres Mannes. Ihre verletzliche Seele hatte nie jemand interessiert.

29

Monika, die ältere Schwester seiner Mutter Ludmilla kam zu spät zur Beisetzung. Remsky sen. hatte ihr den tragischen Tod seiner Frau erst am Morgen der Beisetzung telefonisch mitgeteilt.

Auf Bertholds Frage, wo denn die Tante Monika abgeblieben sei, meinte der Vater, er hätte schlichtweg vergessen, sie vom Tod ihrer Schwester in Kenntnis zu setzen, aber jemand sollte sie vielleicht doch anrufen. Berthold schüttelte den Kopf, zwang den Vater, den Telefonhörer abzunehmen und Monika anzurufen. Diese Gefühlslosigkeit des Vaters hatte das Klima in der kleinen Familie von jeher vergiftet, seine Teilnahmslosigkeit an den Problemen seiner Frau oder denen des heranwachsenden Berthold hatten das Leben der Mutter vergällt, den kleinen Berthold in unbändigen Trotz und Abwehr getrieben.

»Du hattest nie Interesse an einer Beziehung zu meiner Familie«, weinte Monika ins Telefon, »und nun teilst du mir zwei Stunden vor der Beisetzung mit, dass Ludmilla gestorben ist. Darüber komme ich nie hinweg.«

Remsky sen. und Berthold holten sie dann nach der schmucklosen Beisetzung gemeinsam mit Wölfchen am Bahnhof ab und begleiteten sie an die Stele, in der die Urne der Schwester eingebracht worden war.

»Sie hat mit den Menschen schon immer Unglück gehabt. Deine Herzlosigkeit hat sie nicht verdient«, weinte sie Remsky sen. bei der schnellen Begrüßung vor.

Nur Wölfchen war im Stande, ihre Trauer zu erkennen und fasste sie an der Hand. »Du solltest dir eine Erinnerung an deine Schwester aussuchen. Ich begleite dich in die Wohnung.«

»Ludmilla hatte ihren Mann zu Beginn der Ehe mit ihrer traurigen Vergangenheit konfrontiert, das hätte sie nicht tun sollen. Er war ihrem, unserem gemeinsamen tragischen Schicksal nicht gewachsen.« Monika hing am Arm von Wölfchen und war nicht zu trösten, sie steckte ein gerahmtes Foto ihrer jüngeren Schwester in die Handtasche und verließ schweigend das Haus. Remsky sen. kam mit den Umständen nicht zurecht und schloss sich die nächsten Tage in seine Kanzlei ein. Berthold Remsky hatte im Büro viel um die Ohren, um vieles sollte er sich gleichzeitig kümmern.

30

Ludmilla war gegen Ende 1946 mit ihrer älteren Schwester und der Mutter aus einem kleinen Dorf in der Bukowina geflohen. Als sowjetische Soldaten in ihr Haus eindrangen, das am Rande der Ansiedlung stand, hatte sich ihnen der Vater in den Weg gestellt. Einer der Soldaten schlug ihm mit dem Gewehrkolben ins Gesicht, zertrümmerte ihm den Unterkiefer und bei einem weiteren Schlag den Kehlkopf. Der Vater starb noch unter der Haustür. Sie rissen Monika von der Seite der schreienden Mutter und zwangen sie in ihren Militärwagen. Nach drei Stunden stießen sie das Mädchen vor der Haustür aus dem verdreckten Wagen, lachten, johlten, warfen leere Wodkaflaschen in den Garten und fuhren mit kreischenden Reifen eine Runde um die andere durch den staubigen Hof. Der Bürgermeister des Ortes, der von dem Überfall in Kenntnis gesetzt worden war, sprach beim Kompaniechef der Sowjets vor. Der Hauptmann, selber schwer betrunken, versprach Abhilfe. So etwas würde nie mehr vorkommen, versprach er, lachte und machte eindeutige Bewegungen mit beiden Händen. Dann lud er den Bürgermeister zum Umtrunk ein.

Der Vater wurde am nächsten Morgen auf dem Dorffriedhof beigesetzt. Karina Langwerth nahm ihre Töchter Ludmilla und Monika unter ihre Obhut und machte sich mit einem Handwagen auf den Weg. An der Grenze zur Slowakei nächtigten sie in einem Bauernhof, in der Hoffnung ein paar Tage bleiben zu können. Der Bauer verriet sie an den Dorfkommandanten der Kommunisten. Noch am selben Tag wurden die drei Frauen gefangen genommen und mit hunderten anderer nach Russland deportiert. Die schrecklichen Wochen in den Waggons, ohne jede Gelegenheit sich zu waschen, ständig im Kampf zu überleben und zusammen zu bleiben, kostete die Mutter unendlich viel

Kraft. Sie starb in einem der Waggons an Erschöpfung und wurde in einem Dorffriedhof an der Bahnlinie irgendwo in der Ukraine bestattet. Monika und Ludmilla arbeiteten in einer Kolchose in der Ukraine und kamen erst 1951 frei. Die Schwestern fanden auf einem Bauernhof in Süddeutschland Arbeit, nachdem sie unter unsäglichen Bedingungen die lange Bahnfahrt in den Westen überstanden hatten.

31

Berthold Remsky war ein emsiges Kerlchen. Er kramte während der Abwesenheit seiner Mutter zu gerne in den alten Koffern und Schachteln auf dem Speicher. Die Mutter war immer öfter am Vormittag unterwegs und überließ den Vierjährigen sich selber. Ludmilla war nach diesen ersten Jahren Ehe ernüchtert. Die Ignoranz ihres Gatten verdarb ihr die Lebensfreude, der ständig laute und wissensdurstige Berthold raubte ihr den letzten Lebensnerv. Berthold durchsuchte die Koffer und fand eines Tages eine Schachtel mit alten Briefen.

»Mama, was ist das, ins Sibirische gehen«? fragte er beim Mittagessen seine Mutter.

»Woher hast du das, wie kommst du da drauf, wo hast du das gelesen?«

»Ich habe alte Briefe auf dem Speicher gefunden und sie gelesen. Sie sind von Opa.«

Für Ludmilla war der Kleine ein Monster. Er unterhielt sich mit seinen vier Jahren als wären sie schon Jahrzehnte miteinander durchs Leben gegangen. Sie ängstigte sich vor so viel Scharfsinn. Berthold zitierte einen Brief des Großvaters Florian Remsky, der, wie er sagte, diesen Brief aus der Gefangenschaft in Russland geschrieben habe.

»Liebes Muttchen, mein geliebtes, kleines Marlenchen«,

deklamierte Berthold, »ich schreibe dir diesen Brief aus dem Feldlazarett. Das Land ist so groß und schen. Wir liegen hier in der Nähe von Omsk, aber viele von uns werden sterben. Ich hab eenen Streifschuss am Oberarm, den kuriert mir der Dokter. Der Major ist och keen Unmensch. Aber morgen muss ich wieder zu Fuß weita marschiern. Wenn uns der Feind in den Griff kriegt, geht es ab ins Sibirische. Novosibirsk ist nicht weit. Wir wissen nicht, ob wir das überleben. Mir is so bange. Wie geht es dir, mein geliebtes Marlenchen? Immer dein Florian.«

Als würde er die breite schlesische Mundart mit der Muttermilch eingesogen haben, breitete der Berthold den Brief vor seiner Mutter aus.

Die Mutter nahm ihm den Brief aus der Hand: »Dass du mir nie mehr diese Briefe liest. Da musst du größer werden und auch dann nicht. Nie. Verstehst du mich. Nie!«

Berthold beobachtete aus schmalen Augenschlitzen wie die Mutter den Brief in die Schürzentasche steckte. Dann stieg sie auf den Dachboden. Nach kurzer Zeit erschien sie mit der braunen Schachtel voller Briefe, nahm sich den Kellerschlüssel.

»Mutti, ich schlaf mich aus, bin müde.«

Er bemerkte, wie Ludmilla den Kellerschlüssel wieder an den alten Platz an die Wand neben der Küchentür hängte und nahm sich vor, sobald sie das Haus verlassen hatte, die Briefe im Keller zu suchen. Fortan las er nicht nur die von Geheimnissen umwitterten Briefe seines Opa Florian Remsky. Er durchkramte alle alten Spinde, zog Schachteln aus hölzernen Kisten und unter der Schräge des Dachbodens hervor, zerrte Körbe in die Mitte des Kellers, durchwühlte sie, suchte nach weiteren Briefen, fand Trauer- und Abschiedsbriefe mit schwarzer Umrandung, seltsame, fremdartige und für ihn ungewöhnliche Botschaften von Menschen aus früherer Zeit, und alte, verstaubte Bücher und eignete sich deren Inhalt an. Sein phänomenales Gedächtnis nahm alle Texte auf, er sortierte sie nach Opas Briefen aus der Kriegszeit und Omas Liebesbriefen, kannte die alten Zeugnisse der Eltern, lernte Landkarten kennen und las mit vier und fünf Jahren schlesische Lesebücher, mit denen so mancher Heranwachsender seine liebe Not hätte. Eine Bibel faszinierte ihn besonders. Die dramatischen Geschichten des Alten Bundes der Israeliten mit ihrem Gott faszinierten ihn, sie nannten ihn ehrfurchtsvoll Jahwe, den Ich-bin-da. Dieser Gott gefiel ihm, nötigte ihm Respekt ab, weil er, noch dazu eindeutig und für einen so kleinen Menschen nachvollziehbar, die Guten immer beschützte und die Bösen unverzüglich strafte, sie auch ins Meer warf oder die Israeliten, wenn sie wieder einmal in seinem Namen in den Krieg gezogen sind, stets glücklich wieder heimführte. Er kannte diesen seltsamen Gott lange, bevor er im schulischen Religionsunterricht mit ihm konfrontiert wurde. Er wusste, er konnte die Mutter nicht fragen, wenn er auf Unverständliches gestoßen war, ohne seine geheimen Machenschaften zu verraten. So wälzte er die Lexika des Vaters, suchte Begriffe, lernte Zusammenhänge kennen, die den meisten Erwachsenen ihr Leben lang ein Geheimnis blieben. Dass er über ungewöhnliche Geistesgaben verfügte, wusste er nicht, hatte er doch keinen Vergleich. Diese Erkenntnis wurde ihm erst in der Schule bewusst, wenn er seine Lehrer verbesserte, weil ihnen Sachzusammenhänge fehlten, die er mühelos abrufen konnte.

32

Großvater Florian Remsky war mit einem halben Dutzend Geschwistern in Südschlesien aufgewachsen.

Der Vater war Dorfschuster und brachte die Kinderschar

mehr schlecht als recht durchs Leben. Vier der Kinder starben vor dem zwanzigsten Lebensjahr. Florian fehlte oft in der Schule und verstand sich mehr schlecht als recht aufs Schreiben und Lesen, er hütete die Gänse des Dorfes mit zwei Freunden, lernte schließlich das Schusterhandwerk vom Vater, war die meiste Zeit seines jungen Lebens krank, aber er verfügte über ein phänomenales Gedächtnis.

»Herr Remsky«, meinte der Schullehrer, der den Florian in jungen Jahren unterrichtet hatte, eines Tages zum Vater, »Ihr Florian müsste eigentlich ein Studierter werden. Der hat heute schon alles im Kopf, mehr als ich selber bei Lebzeiten nicht hineinbringen werde. Nur mit dem Schreiben, da tut er sich schwer.«

Florian Remsky ging, nachdem sein Vater gestorben war und die Werkstatt geschlossen werden musste, ins Polnische nach Breslau und verfeinerte seine Kenntnisse im Schusterhandwerk. Dann verdingte er sich beim Militär als Schuster und leitete bald die Werkstatt. Er heiratete sein Marlenchen, eine Häuslerstochter aus dem Nachbardorf. Dann kamen die Deutschen ins Land, erinnerten ihn an seine deutsche Abstammung und brachten ihm das Schießen bei. Er wurde ein Schusterunteroffizier und konnte seine Frau ernähren. Die war noch keine achtzehn Jahre alt, als er sie kennen lernte und mit neunzehn wussten sie, dass sie für immer zusammen bleiben würden.

»Geh du nur zu deinem Papa zurück, wenn se mich in den Krieg schickn, ick komm schon wieda«.

Er blieb Jahre weg, unterbrochen durch einen Heimaturlaub. Marlenchen brachte mitten im Krieg dann ihren Jungen zur Welt, zog ihn ohne Vater groß.

»Du sollst amol nich in den Krieg ziehn missn, mein Berthold«, sagte sie ihm.

Sie zog den Berthold alleine auf. Am Ende des Krieges hatte sie noch immer nichts von ihrem Florian gehört, nur

Briefe hat er ihr geschrieben, viele Briefe. Die Zustellung der Feldpost funktionierte.

»Mädel, schau, dass du mit dem Berthold nach dem Westen kommst. Wenn wir getrennt werden, geh auf en Amt und sag deinen Namen, dann finden wir uns schon wieder. Irgendwann. Geh in Gott's Namen.« Als er dann vor Novosibirsk gefangen wurde, hörte der Kontakt auf.

Manche Bewohner zogen nach Berlin, mitten in den Trümmern der zerstörten Stadt verloren sie sich aus den Augen. Marlenchens Eltern zogen mit den anderen Kindern weiter bis Hamburg und das Marlenchen verschlug es in ein bayerisches Dorf. Das Glück war ihr hold. Als die ersten Kriegsgefangenen heimkehrten, war auch ihr Florian dabei, krank, abgehärmt, voller Trauer. Er schlief schlecht und übertrug sein seelisches Unglück auf die Familie. Der kleine Berthold sah den Vater oft weinen und nahm das Unglück der Eltern in sich auf wie ein Schwamm.

»Lass den Berthold studieren, tu alles, dass aus ihm mehr wird', als ich geworden bin. Jetzt ham wa nischt, wir sein och nischt, also muss der Jung' lernen.«

Der Florian erlebte kein weiteres Jahr und das Marlenchen stand allein in der Welt. Wer den Krieg und die Not der Flucht hinter sich hatte, den konnte neues Ungemach nichts mehr anhaben. Marlenchen Remsky arbeitete als Magd, dann in der Fabrik, brachte ihren Berthold aufs Gymnasium.

»Studier die Jurisprudenz, hat der Papa immer gesagt. Da bist wer und gehst nischt unter.«

Dann studierte der Junge, litt daran, dass er keinen Vater hatte wie die anderen, verdiente sich beim Studium in den Semesterferien seinen weiteren Lebensunterhalt durch Fabrikarbeit, leistete sich nichts.

»Dass ich das noch erleben hab derf'n«, sagte die Mutter, als er ihr sein Doktordiplom zeigte.

»Stolz kannste sein, isch bin's ganz arg und der Papa wär's och. Lass dir nich die Butter von da Stulle nehmen, mein Berthold«.

Sie durfte es nicht mehr erleben, dass der Berthold seinen ersten Prozess gewann. Sie starb schnell und unerwartet. So als habe er ihre mütterliche Kraft und ihre Jahre nun nicht mehr nötig, entließ sie den Berthold ins Leben.

33

Remsky war auf dem Weg in seine Wohnung, als sein Blick auf das neu eröffnete Geschäft fiel. Ein Touristikunternehmen hatte eröffnet. Die Werbung im Schaufenster versprach ganz persönliche Beratung.

»Dann geht das Geschäft noch nicht gut«, dachte er sich und wollte weitergehen. Sein Blick wanderte durch die offene Tür. Hinter einem hellen, modernen Tisch, auf dem vermutlich Reiseprospekte lagen, stand eine junge, selbstbewusst wirkende Frau. Sie schaute ihm direkt ins Gesicht und er trat ein.

Es kam selten vor, dass er so spontan, wenig überlegt und durchdacht, sich zu etwas hinreißen ließ. Er bereute im selben Augenblick, den Fuß über die Schwelle gesetzt zu haben.

»Bitte, schauen Sie sich um. Sollte ihr Interesse auf Skandinavien oder auf Kanada gerichtet sein, sind Sie bei mir richtig«.

Remsky grüßte, entschuldigte sich, wurde tatsächlich verlegen, erbat zwei Prospekte und verließ das kleine Reisebüro.

Dann trat er in das daneben liegende Restaurant, bestellte einen Snack, durchblätterte geistesabwesend die Prospekte und dachte an diese junge Frau.

»Das Gesicht kenne ich«, dachte er. Aber sein Gedächtnisspeicher entließ keine Botschaft.

»Kanada, das wäre was«, überlegte er. Sein Gymnasiallehrer Falk hatte vor der Klasse immer von Kanada geschwärmt. Das fiel ihm jetzt ein. Falk war der einzige Lehrer, mit dem er sporadischen Kontakt hatte. Falk sagte beim Abschied nach der Abiturfeier: »Remsky, Sie sind der Einzige, der wusste, worum es überhaupt geht. Sie machen ihren Weg. Im Übrigen, das Leben hat noch jeden von uns zurecht geschliffen, früher oder später«.

Daran dachte er jetzt. Berthold Remsky war sich erst in den letzten Jahren am Erasmus-Gymnasium seiner Begabungen bewusst geworden. Logischerweise analysierte er seinerzeit diesen Tatbestand genau und kam zu dem Ergebnis, dass hier außergewöhnliche genetische Dispositionen zusammen gewirkt haben mussten. Sein Gedächtnis ließ ihn nie in Stich. Hatte er eine Seite gelesen in einem Buch, konnte er sie zitieren. Zu jedem Begriff, der neu in der Schule an ihn heran getragen wurde, ließen sich in seinem Gehirn eine Begriffsanalyse, eine Passage aus einem Lexikon oder Sachbuch abrufen. Als er sich dieses Vorzuges bewusst wurde, verspürte er zum ersten Mal in seinem Leben so etwas wie Dankbarkeit. Logisches, gründliches Durchdenken auch schwierigster Sachverhalte fiel im leicht. In der Lehrerkonferenz debattierte man diese Situation mit ergriffenem Staunen. »Der Remsky ist eine Ausnahmeerscheinung. Wir können nur hoffen, dass seine sozialen und menschlichen Bestände mit der genialen Begabung Hand in Hand gehen.«

Sein Klassenlehrer Thomas Falk erwähnte in einem Gespräch mit Remsky, dass seine außergewöhnlichen Anlagen nach dem derzeitigen Forschungsstand auf vererbte, genetische Dispositionen zurück zu führen seien. Das sehe er, Remsky, auch so, er habe sich da schon vor geraumer Zeit kundig gemacht.

Das Wenige, das er von seinen Vorfahren wusste – zu Hause wurde darüber nie gesprochen – hatte er aus den Briefen seines Großvaters und der Großmutter väterlicherseits heraus gelesen. Großvater Florian musste mit einem geradezu phänomenalen Gedächtnis gesegnet gewesen sein. Dass er sprachlich ungemein gewandt gewesen sein musste, entnahm er dem Stil in dem die Briefe an seine Frau abgefasst waren. Da zeigte sich aber auch, dass er der Orthographie nur bedingt mächtig gewesen sein musste. Die Eltern seiner Mutter Ludmilla waren für ihn unbekannte Wesen. Über sie wurde nie gesprochen.

Von Opa Florian hatte Berthold wohl auch die markante, etwas slawisch geprägte Physiognomie, das breite Lachen, das Grübchen in der rechten Wange, die schmalen, blauen Augen, die etwas zu großen Ohren. Ein kräftiger Oberlippenbart breitete sich unter Großvaters geschwungener Nase aus.

»Du gehst wie dein Großvater, du bist wie er, wie er leibt und lebt«, pflegte sein Vater zu sagen, wenn sie – was selten genug vorkam – an einem Sonntag gemeinsam einen Spaziergang machten. »Nur konnte der Opa schweigen und das fällt dir schwer«, setzte er hinzu, wenn das Kind, der Heranwachsende ohne Unterbrechung fragte, redete, argumentierte, debattierte, stritt. »Wenn du lachst, sehe ich ihn jedoch auch vor mir. Allerdings kannte er Grenzen, die kennst du leider nicht.«

Jeder positive Vergleich mit dem Vater endete mit einer negativen oder ungehaltenen, gar rüden Ergänzung, die dann ganz auf das Konto des Kleinen ging. Seine geistigen oder charakterlichen Vorzüge wurden der genetischen Veranlagung zugeschrieben, das Negative dem Berthold angelastet.

So lernte er beizeiten, dass jede Medaille stets zwei Seiten hat, eine, die man vorzuzeigen und die zweite, die man zu verstecken hatte.

Von der eigenen Mutter schien er wenig, bis auf das etwas kantige Kinn, geerbt zu haben. Weder ihre Melancholie noch ihre ausgeprägte Musikalität waren bisher bei ihm zum Durchbruch gekommen.

Klavier-und Geigenspiel lernte er als Autodidakt schon mit sechs Jahren, brachte es jedoch in keinem der Instrumente zur Meisterschaft, für Auftritte am Gymnasium hatte es alleweil gereicht. Für Rhythmen war er zu begeistern, Singen gefiel ihm. Mit dem Malpinsel hatte er nichts im Sinn, Konzepte und Techniken dieses Genres blieben ihm fremd wie die Schlägel, Meißel oder Hammer, die für Bildhauer unentbehrlich waren. Er kannte die Maler des Barock und der Moderne, ihre Malstile, jene der Renaissance liebte er, vom Kubismus eines George Braque war er fasziniert, ebenso von Henri Matisse, dessen Portraitmalerei ihn zutiefst beeindruckte.

»Musikspielen ist verlorene Zeit für mich, da fehlt mir dann die Zeit zum Denken.«

Er kannte jedoch bereits zu Beginn der Volksschulzeit alle Notenwerte, durchschaute die Geheimnisse der Harmonielehre und konnte schließlich mit zwölf Jahren schwierigere Partituren lesen und durchdringen.

»Du solltest üben, dann wird aus dir auch ein guter Musiker«. Jeder dieser wohl gut gemeinten, aber für ihn mit unannehmbarer Anmaßung, wie er meinte, heran geschleuderten Ratschläge, bewirkte sofort das Gegenteil. Er verweigerte jede Übung, knallte den Klavierdeckel auf das Instrument oder warf die Violine auf das Sofa. »Gieß die Blumen, ich bin mal weg«, schrieb ihm die Mutter oft genug auf einen Zettel, wenn sie nachmittags vor ihm flüchtete, bei einer Freundin ihren Kummer ablud. Berthold hatte nichts für Blumen übrig, er vergaß das Gießen und wurde dafür gescholten.

»Ich weiß selber, was ich zu tun habe, was ich kann oder nicht kann, was ich will oder nicht will. Das solltest du doch schon wissen.« Solche vorlauten Äußerungen zischte er ihr ins Gesicht.

Nach derartigen Auseinandersetzungen floh die genervte Mutter regelmäßig in ihr Schlafzimmer und ließ sich, bis der Vater nach Hause kam, nicht mehr blicken.

34

Die Vorsitzende des Innenausschusses, Kerstin Bajor, war eine aufstrebende Politikerin, Seiteneinsteigerin, ohne Stimmkreis, wortgewandt und hoch studiert. Die Führung der Partei hielt große Stücke auf sie, war sie doch unabhängig, eloquent und mit unterschiedlichsten politischen Talenten begabt. »Ich muss nicht in der Politik agieren, ich kann auch anders.«

Sie bewies immer wieder ihre Unabhängigkeit, besonders gegenüber der Journaille, die ihr ans Zeug zu flicken versuchte, zunächst um die Partei, weniger sie selber, zu treffen.

Es ging das Gerede, von Parteifreunden gestreut, die ihr mit Missgunst begegneten, sie würde den Vorsitz im Innenausschuss abgeben, um in die Wirtschaft zu wechseln.

Gerhard Beaufort rief sie am Montagvormittag an, nachdem er den kurzen Artikel von seiner Parteiversammlung und den verbalen, jedoch wohl naiven und unbedachten Schlag des dortigen Bürgermeisters gegen Kerstin Bajor gelesen hatte.

»Kerstin, was dir heute Morgen auf dem Schreibtisch liegt, kommt nicht von mir. Da haben sich andere Kanäle aufgetan. Wenn ich zwei und zwei richtig zusammen zähle, gibt es wie üblich in den eigenen Reihen Manipulatoren, die Gerüchte streuen. Ich werde nur vorgeschoben, ich bin nicht interessiert, weder am Vorsitz im Innenausschuss noch an einer anderen Aufgabe. Ich widme mich meiner Abgeordnetentätigkeit und meinem Spezialgebiet der Verbindung zum südosteuropäischen Raum. Du hast meine Unterstützung.«

Kerstin war nicht überrascht, dass einige Manipulatoren in der Partei auf Jagd gingen. Sie war zum Abschuss freigegeben. Sie war ihnen zu einflussreich, zu angesehen, ministrabel noch dazu, stand sozusagen wie ein leuchtender Stern über dem allgemeinen Volk der Abgeordneten.

»Meine Erfahrung sagt mir, dass sich über kurz oder lang der eine oder andere verplappert. Wir werden bald wissen, mit wem wir es zu tun haben.«

35

Im Umweltausschuss stritten die Abgeordneten der Parteien lang und breit über die Fortschritte beim Ausbau der Windenergie. Die Abgeordnete Langhäuser-Beil erwartete endlich eine Neudefinition des Begriffs Nachhaltigkeit. »Heute wird ja schon jede länger über das Land hinweg ziehende Gewitterfront als nachhaltig definiert. Es ist Aufgabe der Regierung, Begriffe mit Inhalt zu füllen.«

»Wo sie Recht hat, da hat sie wiederum Recht«, konstatierte Gerhard Beaufort ihre Begründung und hielt durch.

»Unser Land hat ein Leitbild für Nachhaltigkeit definiert, wir brauchen uns von der Opposition nicht vorwerfen zu lassen, dass wir den Begriff pervertieren.« Der Ausschussvorsitzende Redelwanger bestand auf einer Versachlichung der Debatte.

»Man muss die Idee der Nachhaltigkeit mit Leben füllen,

konkretisieren und für die Menschen greifbar machen. Das wiederum kann nur durch den kontinuierlichen Ausbau nichtfossiler Energien und einem Verzicht auf die Atomenergie geschehen.« Langhäuser-Beil gab nicht klein bei.

Das lange, wichtige Gerede lag dem Abgeordneten Gerhard Beaufort im Magen. Das substanzlose Geschwafel über Nachhaltigkeit nahm unnötige Zeit in Anspruch, brachte die Debatte keinen Schritt weiter.

Als ein Repräsentant der Opposition die Nachhaltigkeit noch zum Lebensprinzip im dritten Jahrtausend hoch stilisierte, platzte dem so ruhig und besonnen gesinnten Beaufort der sprichwörtliche Abgeordnetenkragen: »Schließen wir die Debatte endgültig und nachhaltig, dann tun wir uns und unserem durch die Nachhaltigkeit geschundenen Volk einen nachhaltigen Gefallen.«

Langhäuser-Beil hob missbilligend die Augenbrauen.

Der Vorsitzende Redelwanger, selber promovierter Physiker, schloss darauf die Debatte. Wortmeldungen zum vorzeitigen Ende der Sitzung blieben aus.

»Warum tue ich mir das an. Soll das Politik sein? Das ist doch ein Theater.« Gerhard Beaufort verließ das Parlament, verabredete sich mit Charly Haag im Cafe und hatte nur den Wunsch, den Tag aus seinem Gedächtnis zu streichen. Aber er nahm sich ernsthaft vor, künftig weniger ungeduldig zu sein.

36

Tags darauf traf Beaufort mit dem Vorsitzenden der Vereinigung Solarwirtschaft zusammen.

»Herr Beaufort, es wird geredet, dass Sie den Vorsitz im Innenausschuss übernehmen sollten? Sie sind uns jedoch weiterhin vor allem ob ihrer Kompetenz in Umwelt-und

Energiefragen stets ein willkommener Ansprechpartner. Leute wie Sie könnten wir in der freien Wirtschaft brauchen. Das sollten Sie wissen.«

Der Wirtschaftsführer war für die von Beaufort vorgestellten Rahmenbedingungen offen und versprach, sie in seinen Gremien mit zu bedenken.

»Der Minister meint, Sie müssen die Details von der Regierung erfahren, nicht wieder zuerst aus der Presse. Dies hielte er unfair Ihnen gegenüber.«

Auf dem Nachhauseweg hatte Beaufort allen Grund zufrieden zu sein. Das Papier über Rahmenbedingen für erneuerbare Energien hatte er erstellt. Es hatte das Einverständnis des Ministers gefunden. Der Abend mit Charlotte, Charly Haag, hatte ihn beruhigt. Er dachte viel an sie. Seit sie sich wieder getroffen hatten, dachte er nicht mehr nur an Politik.

Der Urlaub stand bevor. Beaufort erinnerte sich an das Angebot von Charly Haag.

»Im August solltest du Skandinavien wählen, am besten Norwegen. Die Hitze der Mittelmeerländer tut gestressten Mitteleuropäern gar nicht gut.«

»Aber ich hungere nach Sonne. Da ist Spanien das Richtige. Oder ich fahre wie jedes Jahr nach Griechenland. Fahr doch mit mir. Eine Reise zu zweit tut sicher gut…«

»Meine Eltern besitzen seit über zwanzig Jahren in der Mitte des wunderschönen Sognefjords eine recht weitläufige Blockhütte. Wenn du dich mir anvertraust, nehme ich dich mit. Du findest sicheren Unterschlupf mitten unter Bären und Wölfen. Dort kannst du einige Wochen den Alltagsstress des Abgeordneten vergessen.«

37

Gerhard Beaufort hatte noch eine anstrengende Woche mit Terminen bei Kreisversammlungen und im Parlament vor sich, musste sich intensiv vorbereiten und dachte nicht mehr an seinen Urlaub.

Er traf den Berthold Remsky dieses Mal nicht auf den Gängen des Parlaments, sondern in seinem Stammcafe. Remsky hatte den Skandinavienkatalog aus dem Touristikbüro von nebenan auf dem Tisch liegen und stärkte sich mit einem kleinen Imbiss.

»Darf ich mich zu dir setzen«? Er bestellte einen Seelachs auf Blattspinat, mit Butterkartoffeln und leichtem, gegrilltem Gemüse. Der darüber gestreute Kerbel gab dem Fisch die richtige Würze. »Den besten Fisch bekommst du hier. Ich hab das Lokal erst vor ein paar Monaten entdeckt.«

»Du bist ein Feinschmecker, Gerhard. Ich bin hier schon seit drei Jahren Stammgast. Wir sind uns bisher nicht über den Weg gelaufen. Es ist übrigens nicht weit bis zu mir nach Hause. Du kannst mich ja einmal besuchen, ich nehme an, dein Abgeordnetenzimmer lässt Gemütlichkeit vermissen.« Remsky wusste, dass manche Abgeordneten vom Land in ihrer Zweitwohnung in der Hauptstadt alles andere als Umstände machen. Ein Bett, ein Tisch, ein Stuhl, wie die Klausur in alten Mönchszeiten.

Gerhard Beaufort genoss das Fischgericht und Remsky unterhielt ihn. Er hatte die zweite Kanne Kaffee am Abend.

»Ich brauche dieses Aufputschmittel. Seit Jugendjahren kämpfe ich mit Müdigkeit, das lässt tief blicken auf die Qualität meiner Arbeit«. Er amüsierte sich über diesen Witz und klatschte auf den Tisch.

»Im Ministerium geht nichts ohne dich«, meinte Beaufort, »der Minister schreit nach Remsky und der Staatssekretär ebenso. Du hast die Herren ganz schön am Wickel, sozusagen als graue Eminenz«.

»Es lässt sich gut an. Wer den Überblick hat, der regiert. So war es schon zu Metternichs Zeiten. Der Minister verhandelt nicht ohne mich, er fährt zu den Verhandlungen, die anstehen, nicht ohne mich, seine Papiere gehen über meinen Schreibtisch, seine Reden ebenso. Das befriedigt.«

»Urlaubszeit steht an. Wo geht es hin?« Remsky schob ihm den Katalog von Kanada hin.

»Du erinnerst mich an etwas. Kanada, sagst du?«

Die Freunde tranken eine Flasche frischen, leichten weißen Trentiner aus Südtirol. Das Cafe leerte sich allmählich. Es war gut, dass sie sich wieder näher gekommen waren.

38

Auf dem Nachhauseweg spürte Remsky das intensive Klopfen im rechten Oberkiefer. »Es wird wieder dieser vermaledeite Weisheitszahn sein«, dachte er, »morgen werde ich zum Zahnarzt gehen müssen.« Die Nacht war übel, erst das zweite Aspirin verhalf ihm zu ein paar unruhigen Stunden Schlaf. Am Morgen rief er seine Sekretärin an. Er würde später kommen, teilte er ihr mit. Er blätterte im Telefonbuch. Er wollte gleich einen Kieferorthopäden aufsuchen. *Drs. Ramberg, Kieferorthopäden –* »das wird doch nicht der Severin Ramberg sein«, dachte er. Eine Stunde später lag er im Behandlungsstuhl, drehte Daumen und wartete.

»Der Berthold Remsky, dich habe ich nicht erwartet.« Die Frauenstimme hinter ihm elektrisierte ihn. Das war *sie*.

39

Christian Waslandt, der mit den ständig zu kurzen Hosen, spähte durch den Türschlitz in den langen Schulkorridor hinaus. »Der Harbich kommt, er hat ein junges Wesen dabei«. Die jungen Leute hingen an ihren Schulterblättern in ihren Stühlen, nur der Remsky stand am Fenster und harrte der Dinge, die da kommen würden. Der erste Schultag nach den Ferien würde schnell vorbei sei. Der Stundenplan, der in den ersten vierzehn Tagen ständigen Änderungen unterzogen wurde, war bereits an die Tafel geschrieben. Interessant könnte noch sein, wen der Direktor mit der Klassenleitung beauftragen würde. Für die Abiturklassen kämen seiner Meinung nach nur der Harbich und der Polt in Betracht. Der Harbich, Biologe mit dem Spezialgebiet *Mikroben*, würde mit seiner eloquenten Art auch die renitenten Typen in der Abschlussklasse in den Griff bekommen. »Der Harbich hätte doch in der Wissenschaft mehr Befriedigung erfahren können«, meinte Remsky.

Der Dr. Polt war ein charmanter Polterer, eher bei den jungen Männern angesehen. »Wart nur, wennst zum Barras kommst, da treiben sie dir deine Flausen schon aus«. Wenn einer nicht spurte, blieb es zumeist bei dieser Androhung. Mit Strafen hatte er nichts im Sinn. Remsky lehnte immer noch am Fensterbrett in der Mitte der Fensterreihe und wartete, bis der Harbich käme. Dann stand er in der Klasse neben dem Pult, an seiner Seite stand sie.

»Einen guten Morgen allerseits, ich freue mich, Sie in alter Frische zu sehen. Der Chef meinte, ich dürfte Sie in der Abiturklasse mit *Sie* anreden. Ich hoffe, Sie sind sich dieser Ehre bewusst. Sollte ich einmal ins Du abrutschen, dürfen *Sie* mich zum Kaffee ins *Cantate* einladen.« Niemand hörte dem Harbich zu. Sie schauten sich *das* an, was er da mitgebracht hatte.

Remsky reagierte als Erster: »Ab heute glaube ich wieder an Gott. *Das* ist ein Gottesbeweis. Ihr könnt die Bemühungen eines Thomas von Aquin vergessen, *das* alleine genügt.«

»Remsky, setzen Sie sich«, grinste Harbich. »Fassen Sie sich, sie werden *das* überstehen«. Er schielte zu der jungen Dame an seiner Linken.

Dann schälte sich Hamlet aus seinem Stuhl. »Der Remsky hat recht, *das* ist eine Offenbarung.« Den jungen Männern trieb es die Nackenhaare senkrecht in die Höhe. Die Mädchen stierten die neue Mitschülerin an Harbichs Seite mit großen Augen an. Sie würden heute Nachmittag als erstes ihre Klamotten begutachten und das meiste, alles vielleicht, aussortieren. Der schwarze Rock, weit um ihre Hüften gelegt, hatte keine Möglichkeit, die Knie dieses Wesens zu umspielen, eine Handbreit oberhalb endete er. Die gelbe Bluse, und was für ein Gelb, unterstrich ihre jugendliche weibliche Figur. Die Männerwelt der Klasse 9a vertiefte sich in das Antlitz dieser Schönheit.

»Seit Nofretete gab es nichts Ähnliches auf dem Erdenrund«. Der Zuruf in die heilige Stille kam von Severin Ramberg. Der stille Ramberg hatte das Wort ergriffen. Das war ähnlich überraschend, wie der Auftritt der Neuen. »Es wäre eine Ehre für mich, wenn du neben mir künftig leben und arbeiten würdest«.

Die Mädchen grinsten. »Die sitzt neben mir«, sagte Elly May, die sie die Doktorin nannten, weil sie zumindest unter den Mädchen keine geistig ebenbürtige Konkurrenz in der Klasse hatte, immer vorbereitet war, druckreif sprach und nur Einsen schrieb.

»Das ist«, nahm Harbich das Wort, »das ist Eure, ah, Ihre neue Mitschülerin. Stellen Sie sich doch, bitte, selber vor«, wandte er sich an die Neue. Der Teint ihres Gesichtes erinnerte an eine Spanierin, schwarzes Haar schmiegte sich wie angegossen um das edle Haupt. »Da passt alles, der Mund mag etwas größer sein, als in unseren Breiten üblich«, dachte Hamlet.

Dann nahm das neue Wesen das Wort: »Ich heiße Carmen Liliana Bellheim-Morantes, ich komme aus Venezuela und wohne seit drei Wochen hier in der Stadt.« Das *z* in *Venezuela* hauchte sie, schob es mit der kleinen Zunge in Richtung Männerwelt. Die Herren verblieben in ihrer Schockstarre, die jungen Frauen taxierten Carmen Liliana Bellheim-Morantes von oben bis unten. Neidlos mussten sie ihr zugestehen, dass ihr Aussehen, ihr Gebaren, ihr Stil bemerkenswert waren. Die Prinzessin war still, in sich gekehrt, Leoni Kartzer war die unumstrittene Schönheitskönigin am Gymnasium. Diesen Titel würde sie wohl verlieren.

»Mein Vater war Ingenieur in Caracas, er hatte in den letzten Jahren immer stärker mit den heißen Temperaturen zu kämpfen. Nun arbeitet er in der deutschen Zentrale seiner Firma. Meine Mutter ist Venezulanerin und ist Zahnärztin am Zahnklinikum. Und ich möchte mit Euch mein Abitur machen«. Dann schritt sie zur Bank von Elly May, lächelte sie an und setzte sich neben sie. Sie sollten beste Freundinnen werden.

40

Da stand sie vor ihm, lachte ihn an, schüttelte ihm die Hand.

»Ramberg heißt Du? Du hast den Severin geheiratet - und ich weiß davon nichts?« Remsky hatte für Carmen Liliana einige Wochen geschwärmt, konnte bei ihr ebenso wenig etwas ausrichten wie der Rest der Troika. Hamlet hatte eine Affäre mit der jungen Referendarin und Beaufort seine Gedanken immer noch bei der Prinzessin, die aber nach dem Abitur aus dem Blickfeld der Klasse verschwand.

Carmen Liliana Ramberg, geborene Bellheim-Morantes, lächelte wieder ihr bezauberndes Lächeln. Ihre blendend weißen Zähne hatten ihn damals schon fasziniert.

Die Arzthelferin machte eine Aufnahme. Frau Dr. Ramberg begutachtete das Röntgenbild: »Da kommst ohne Extraktion nicht hinaus, aber im Oberkiefer lässt sich der Zahn so leicht ziehen, wie andere Zähne auch. Da ist die Knochenmasse spongiös, das heißt etwas schwammartig aufgebaut. Das gibt keine Probleme, du wirst nichts spüren. Ich setze dir eine kleine Spritze. Wir könnten das sofort machen, du könntest aber auch einen dir passenden Termin ausmachen. Es wird etwas nachbluten.«

Remsky informierte seine Sekretärin. Dann hielt Carmen Liliana ihm den Störenfried unter die Nase. »Das war es«, lachte sie. »Lass dich nächste Woche noch einmal sehen. Du solltest einige Stunden aufs Essen verzichten. Gönne dir heute Nachmittag eine *Schwarzwälder* Torte und ein Kännchen Kaffee, das bringt dich weiter auf die Beine. Ich werde gleich heute Mittag Severin von unserem Treffen erzählen. Wir könnten uns ja einmal verabreden. Wir haben zwei Kinder«.

Das war also das Naturereignis aus der 9a vor zwanzig Jahren, wunderschön und charmant wie ehedem und der Severin hat sie gekriegt, dachte er sich. Er erinnerte sich an die junge Frau im Reisebüro. Bei Gelegenheit würde er dort wieder vorbei schauen, vielleicht morgen schon.

41

Severin Ramberg zeichnete sich durch absolute Pünktlichkeit und akribische Genauigkeit aus. Der Schuldirektor konnte seine Uhr nach der Ankunft des Severin Ramberg einstellen. Er stammte von einem alten Bauernhof in der noch dörflich strukturierten Vorstadt. Sein Vater fuhr tagaus, tagein mit der Straßenbahn in die Stadt, den restlichen Weg zu seiner Arbeit von der Straßenbahnstation in eine Mälzerei legte er zu Fuß zurück. In den ersten Schuljahren im Gymnasium fuhr jeden Morgen ein schwarz-brauner Traktor vor die Schule, ihm entstieg der Severin. Am Steuer saß eine junge Frau, Severins Mutter. »Das ist ein echter Lanz« erklärte er den neugierigen Freunden. »Den haut nichts um, mit dem fährst du auf die Zugspitze«, ergänzte er. Da wurde er zum angesehenen Fachmann für Fahrzeuge aller Art. In den späteren Jahren kam er mit einem grünen Unimog gefahren, seine Mutter lud ihn aus und fuhr zurück auf den Hof.

Er erklärte die Unterschiede zwischen einem Benzinmotor und einem aufwändigeren Dieselantrieb. Er fachsimpelte über Verbrauchswerte, Abgasnormen und Schadstoffgruppen. Er unterschied die Laufleistung und die entsprechende Wertigkeit eines japanischen, französischen oder deutschen Wagens. »Glaubt mir«, dozierte er, »glaubt mir, der Japaner hält sich auf dem Automarkt noch, wenn über den Franzosen schon keiner mehr spricht, aber deutsche Qualitätsarbeit hat sich noch immer bewährt.« Die jungen Männer seiner Klasse wussten Bescheid über die großen Erfinder Daimler, Diesel, Benz und dass der Ferdinand Porsche ein Böhme war, der mit der Entwicklung seines Radnabenmotors schon zu Anfang des zwanzigsten Jahrhunderts dem Autobau mächtige Impulse gegeben hatte.

Dann machte sich der Severin an die Arbeit: Er war noch keine sechzehn Jahre alt, als das erste, aus unterschiedlichen Autotypen zusammengeschweißte Fahrzeug im Hof der Eltern die erste Runde drehte, dann lud er die Klasse ein und führte sein Fahrzeug vor. Der Vater erhielt bei der Zulassungsstelle die Fahrerlaubnis und jeder war überzeugt, dass Severin Ramberg eines Tages ein Autoingenieur werden würde.

Aber er sollte ein besonders angesehener Kieferchirurg werden, der in seiner Freizeit seinem ehemaligen Hobby weiterhin nachging, in seinem umgebauten Stadel den einen oder anderen Oldtimer zurecht flickte, einen neuen Motor einbaute, dem Gefährt einen frischen, zeitgemäßen Lack verpasste und in seinen beiden Söhnen die Freude am Basteln grundlegte. Carmen Liliana freute sich an den Aktivitäten ihres Severin und schrieb selber den einen oder anderen Aufsatz über ihr Spezialgebiet, die Zahn-und Kieferchirurgie. Ihre Eltern hatten sich nahe des Ramberg'schen Hofes ein Domizil erstellt und so lebte die Großfamilie friedlich ihren Alltag. Die beiden Söhne von Carmen Liliana und Severin wuchsen zweisprachig auf, liebten ihre Omas, die venezolanische wie die bayerische, und auf die Besuche ihrer Cousins und Cousinen aus dem geheimnisvollen Südamerika freuten sie sich jedes Frühjahr aufs Neue. Alle Jahre wieder erschienen dann die Verwandten aus Venezuela, nahmen Carmens Mutter das Heimweh, brachten neue Nachrichten aus der alten Heimat, blieben ein paar Wochen und entschwanden, nachdem laute Abschiedsfeste gefeiert worden waren.

Remsky hatte schon in den ersten Jahren der gemeinsamen Schulzeit eine gute Beziehung zu Severin Ramberg. Severins Mutter hatte ihn bei einem Besuch, es mag in der sechsten Klasse gewesen sein, mit einem dicken Butterbrot versorgt. Das hat er nie vergessen. Was er zu Hause vermisste, Zuwendung und Natürlichkeit, brachte ihm Severins Mutter entgegen. Die Rambergs hatten sechs Kinder, die zogen hinaus in die weite Welt, nur der Severin studierte dann Zahnmedizin. Beim Abiturball tanzte er mehrmals mit der Carmen Liliana, an die er schon das ganze letzte Schuljahr ohne Unterlass gedacht hatte.

»Die oder keine«, sagte er sich. Seine beständige, freundliche Art konnte ein Mädchen schon für ihn einnehmen. Er brachte sie nach dem Abiturball nach Hause, sagte ihr ganz unkompliziert wie es um ihn stünde und fragte sie einfach, ob er auf sie warten dürfte. Er habe Zeit, möchte Zahnmedizin studieren und würde einfach warten. Und dann traf er sie in der Medizinischen Fakultät der LMU in München. Sie heirateten vor Ende des Studiums, promovierten gemeinsam erfolgreich, wohnten auf dem Bauernhof von Severins Eltern. »Warum sollen nur amerikanische Präsidenten auf einer Ranch leben«, lachten sie, sanierten den Hof, bekamen zwei Kinder und liebten sich.

Carmen Liliana wurde von Jahr zu Jahr schöner und machte ihren Severin zum glücklichsten Zahnarzt der Welt.

42

Auf dem Anrufbeantworter lamentierte der Vater zum wiederholten Male, ob er nicht doch endlich einmal kommen wolle. Im Tonfall und in der Abfolge immer gleicher Sätze war etwas, das ihm bisher nicht aufgefallen war. Der Vater wiederholte sich, betonte Wörter, wie er es von ihm bisher nicht gewohnt war. Gerhard nahm sich vor, das Wochenende für Vater frei zu halten.

Ein Kreisvorsitzender bat um einen Rückruf. Ein Referat von Beaufort, meinte er, könnte die Kreisdelegiertenversammlung auflockern. Er sollte also seine kostbare Zeit verschwenden, um Versammlungen aufzulockern.

Kerstin Bajor wollte ihn morgen treffen, sie wüsste wohl nun mehr über den oder die Heckenschützen aus den eigenen Reihen. Da solle wahrscheinlich, um dem Proporz zu entsprechen, eine personelle Korrektur eingeleitet werden. Die Manipulationen liefen scheinbar am besten durch gezielte Indiskretionen willfähriger Medien. »Der Verursacher der gestreuten Gerüchte bleibt dann außen vor. Die Kampagnen der Journaille haben ihre eigenen Gesetzmäßigkeiten, das weißt du«, fügte sie hinzu.

»Aber es kommt zumeist anders, als man denkt«, ergänzte Gerhard Beaufort.

Ein weiterer Anruf des Vaters wies ihn darauf hin, dass ein Grundstück, das er seit über zwanzig Jahren in Besitz habe, mit Gewinn veräußert werden könne. Allerdings liege es so günstig, dass es eventuell in ein Bauerwartungsland integriert werden könne.

Gerhard rief den Vater an, um die Lage des Grundstücks zu besprechen und er riet ihm, doch mit dem Verkauf zu warten. Gerne komme er am Samstagnachmittag vorbei.

Ein drittes Glas Wein wollte er nicht noch trinken. Das könnte ihn morgen früh teuer zu stehen kommen. Er brauchte einen klaren Kopf, weil spannende Gespräche im südosteuropäischen Arbeitskreis anstünden.

Er schlief schlecht und träumte zum zweiten Male den Traum, als ihn die Polizei im Gewitter aus dem Verkehr gezogen hatte.

43

Die Gespräche mit den Vertretern der Südosteuropagruppe zogen sich in die Länge. Er rief Charly Haag in ihrem Reisebüro an und fragte, ob er sie am Abend, aber gut nach sechs Uhr, noch treffen könne.

»Ich freue mich«, sagte sie, »in meinem Büro gibt es auch ein behagliches Wohnzimmer, da kann man ein Glas Wein trinken.«

Einer der Professoren der Südosteuropagruppe lud ihn auf dem Weg zu seinem Hotel vor Charly's Reisebüro ab.

Sie hatte das Abendessen vorbereitet. Gerhard fühlte sich zum ersten Mal seit langer Zeit geborgen und zu Hause. Er würde mit Charly vier Wochen im August in der Blockhütte am Sognefjord ausruhen.

44

Schwerfällig und träge bewegte sich der Leichenzug von der Friedhofshalle zu den Stelen, in die die Urnen gestellt wurden. Wölfchen und Berthold Remsky versuchten Seite an Seite im Rhythmus des von einer Blaskapelle gespielten Stückes voranzukommen. Schließlich ging Remsky seinen Schritt und Wölfchen trippelte neben ihm den gepflasterten Weg durch den Friedhof. Sie hatte ihn vor zwei Wochen angerufen, dass der Vater mit deutlichem Unwohlsein in die Klinik eingeliefert worden war. Berthold verließ das Büro und machte sich auf den Weg ins Krankenhaus. Der Vater war an eine Vielzahl von dünnen Schläuchen ans Leben gebunden, durfte nicht loslassen, obwohl er vor dem Abtritt in das Irgendwohin, wie er oft spöttisch sagte, stand. Der Infarkt hatte ihn umgeworfen, da kam jede Hilfe zu spät. Das Herz war ruiniert, zerbrochen. Nach dem Tod der Ludmilla war er nicht mehr so recht auf die Beine gekommen, hat sich dann doch recht schwer mit dem Leben an der Seite von Wölfchen getan, die ihn zu sehr forderte. Die Hochzeitsreise hatten sie abbrechen müssen. Die Temperatur hätte ihm gar nicht zugesagt, meinte er, wieder zu Hause. Es war das Herz. Er hatte nie auf die deutlichen Zeichen seiner Herzschwäche gehört, atmete in letzter Zeit schwer, das Treppensteigen fiel ihm nicht mehr so leicht. Er hatte ein lupenreines und sicheres Testament gemacht. Eines Abends rief er seinen Sohn an und teilte ihm mit, dass das Testament bei seinem Freund Ferdi Blachert liege und sollte er plötzlich das Zeitliche segnen, dann müsste er sich an den Ferdi wenden. Das Wölfchen wisse Bescheid.

«Ich möchte dem Testament nicht vorgreifen, aber das Wölfchen wird die Kanzlei fortführen und sie wird das Haus erben. Du wirst den Rest erhalten und das ist nicht wenig. Ich hab viel falsch gemacht, was dich angeht, das wollte ich dir sagen und ich bedauere das. Aber ich konnte nicht anders, ich bin so gestrickt.»

Berthold kam kaum zu einer Erwiderung. Vater war tatsächlich so gestrickt, wie er sagte. Er ließ sich auf kein Gespräch ein und hatte wohl seine Gründe. Die Psychologen wüssten hier einiges zu sagen über kindliche Traumata und eine schwere Jugend. Vor Gericht war er fachlich beschlagen, redegewandt, boxte seine Mandanten durch die Instanzen und war weithin als Anwalt geschätzt.

Vaters Tod kam dann doch plötzlich. Der Vorsitzende des Anwaltsvereins dankte dem Berthold Remsky sen. für seine Verdienste. Einer der Alten Herren der studentischen Korporation, der er zeitlebens nahe gestanden hatte, meinte, seine Mitgliedschaft in der Verbindung wäre für ihn sozusagen ein Bündnis für das ganze Leben gewesen, er lobte die menschliche Kompetenz des verehrten Bundesbruders, sein Einfühlungsvermögen, die Wertschätzung und Förderung, die er besonders den jungen Füchsen und den Burschen entgegengebracht hatte.

Die Freimaurer würdigten seine Humanität und Toleranz und seinen Einsatz für Frieden und Gerechtigkeit.

Berthold Remsky hatte nicht gewusst, dass der Vater ein bekennender Freimaurer gewesen war, wiewohl ihm in den Grabreden manches bewusst wurde, das den Vater in einem völlig anderen Licht zeigte. Er wusste so gut wie nichts von diesem Mann, der ihn gezeugt hatte.

Der Opa Florian, den er nicht kennen gelernt hatte, weil er zu früh gestorben war, stand ihm ja heute noch viel näher.

Seine Briefe konnte er jederzeit aus seinem ungewöhnlichen Gehirnspeicher abrufen. Dieser Florian Remsky erschien ihm als der gute Mensch an sich. Sein Vater hatte sich mit ihm nie befasst, zumindest hatte Berthold keinerlei Erinnerung an Zuwendung oder gar Zärtlichkeit. Trotz vieler negativer Erlebnisse, die wohl Vaters Kindheit geprägt hatten, musste ihm der Vater Florian doch Stabilität und Stärke mitgegeben haben. Der kleine Berthold hatte ihn als prägende Macht in seinem Leben kaum gespürt, viel zu früh ging der Vater nach Krieg und Gefangenschaft aus dem Leben. Seine Mutter, das vom Vater innig geliebte Marlenchen, starb auch, kaum dass der Sohn im echten Leben angekommen war. Er hatte sich selbst durchzubringen, musste stark sein. Das Leben hatte ihm in den harten Nachkriegsjahren nichts geschenkt, eher ständig genommen von der Substanz.

Die Ludmilla hatte er auf einem Sommernachtsball kennen gelernt, mit ihr getanzt und ein Jahr später geheiratet. Kaum, dass sie sich näher kamen, einander kennen lernen konnten, waren sie Mann und Frau. Jedes suchte bei dem anderen Stütze und Wärme, die sie in jungen Jahren so vermisst hatten und eines hatte das andere überfordert, schließlich gingen sie nach ein paar Jahren, der Berthold war lautstark in ihr Leben getreten, ihre eigenen Wege. Er wurde hart, sie weinte um verlorene Jahre und um vermisste Liebe.

Der Chef der Freimaurerloge trat auf Gerhard Beaufort zu, drückte ihm dezent die Hand, sagte ihm seine Unterstützung zu und meinte: »Er hat wenig von seiner Familie erzählt, das war nicht seine Art. Sollten Sie Interesse an einer Nachfolge Ihres verehrten Vaters haben, rufen Sie mich doch, bitte, einfach an.«

Berthold lächelte: »Vielen Dank«, sagte er, »ich bin schon selbst organisiert«. Alles hat seine Zeit, dachte er sich. Das war Vaters Leben, mein Leben gehört mir.

Vater hatte wohl seine Familie, gar seinen Sohn, bei seinen Freunden verschwiegen. Da fiel Berthold Remsky der Abschied vom Vater wieder leichter. Andererseits machte ihm das Leben des Vaters bewusst, dass man ohne Zuneigung zu einem anderen Menschen, ohne sich jemand zuzuwenden, den Sinn im Leben verspielt.

45

Die Erträge aus der Kanzlei des Vaters, dessen fleißiges berufliches Leben, hatten Berthold nun zu einem sehr begüterten Mann gemacht. Zu Hause hatten die Eltern einen gediegenen, einfachen Hausstand bevorzugt. Ohne Prunk hatten sie ihre Tage gemeistert, kaum dass Einladungen ausgesprochen worden waren, der Freundeskreis war sehr leicht zu überschauen gewesen.

Das Haus mit einem ansehnlichen Grundstück in der Vorstadt hatte Remsky sen. nun also dem Wölfchen, seiner zweiten Frau vermacht. Er wollte ihr damit danken, dass sie ihn am Leben erhalten hatte nach dem schnellen Tod der Ludmilla. Wölfchen führte die Kanzlei in seinem Sinn weiter.

Berthold war letztlich über Nacht ein recht vermögender Mann geworden. Die Wertpapiere und weitere Vermögenswerte, die Immobilien und Grundstücke in geordneten Bahnen zu halten, würden für andere Leute bedeuten, einen Anwalt oder Makler zu beschäftigen. Berthold Remsky hatte das Testament mit all seinen Absonderlichkeiten im Kopf. Da war eine Spende zu machen für die Arbeit der Freimaurer in Kenia, einen Priester in Indien hatte Vater seit Jahren unterstützt, einer dieser scheinbaren Widersprüche im Leben des Verstorbenen. Er hatte den jungen Inder aus dem südindischen Kerala, der seine Studien in Rom unterbrochen hatte, um in der örtlichen Gemeinde auszuhelfen, bei einer Wohltätigkeitsveranstaltung des Anwaltsvereins kennen und schätzen gelernt. Dieser Father John aus einer armen indischen Bauersfamilie hatte ihn nie um Geld gebeten, das wiederum hatte dem Vater wohl besonderen Respekt abgenötigt und er wollte ihn nun in seinem Testament begünstigen. Aufdringliche Leute konnte der Vater nicht ausstehen. Wieder lernte Berthold Remsky eine Seite des Vaters kennen, die ihm bisher verborgen geblieben war. Selbst seine Schwägerin, Ludmillas Schwester Monika, hatte er mit einem Erbteil bedacht und sie gebeten, ihn in guter Erinnerung zu behalten.

»Du kannst zu jeder Zeit in dein Elternhaus kommen und mich besuchen und wenn du hier ein Zimmer brauchst, such' dir das aus, was dir zusagt.« Wölfchen zeigte sich, wohl angesichts der finanziellen Sicherheit, die sie durch das ihr zu gefallene Erbe nun zu Verfügung hatte, von ihrer liebenswürdigsten Seite. Berthold hatte den Garten geliebt, die alten Buchen und Eichen, die der Vater in jungen Ehejahren gepflanzt hatte, den kleinen Teich vor allem, in dem Schwärme roter, kleiner Fische ihre Bahnen gezogen hatten und der jetzt zugewachsen war. Die alte Granitplatte lag verwittert und mit graugrünen Moosen bewachsen auf dem Grab des irischen Hütehundes. Er sah keinen Grund, wieder in das alte Haus, dem er nie nachgetrauert hatte, zu kommen. Die Erinnerung an die Mutter war nahezu verblasst und die fremde Frau, das Wölfchen, bedeutete ihm nichts.

Nun sah er seine Arbeit in der Regierung, als Zuarbeiter für andere, in einem anderen Licht. Dass er Staatssekretären und Ministern, die durchwegs mit wesentlich weniger Kompetenz und Wissen ausgestattet waren als er, durch seine Arbeit ihre Zukunft und Bedeutung sichern sollten, war ihm nun zuwider.

Da erinnerte er sich an seinen geschätzten Professor Haag. Es fehlte ihm der Mut, um ein Gespräch zu bitten. So dankte er ihm in seinem Brief für die wegweisende Arbeit zum Mitbestimmungsrecht. Vielleicht würde er ihn zu gegebener Zeit mit seinen persönlichen Problemen behelligen. Regierungsbeamter sein oder nicht sein, das ist hier die Frage, schmunzelte er in sich hinein. Vielleicht wäre es an der Zeit, den Job zu wechseln.

46

Ludmilla und Berthold Remsky hatten sich seinerzeit auf einem Tanzabend kennen gelernt. Remsky war mit einer Horde junger, wilder Studenten eingefallen. Die Bauernmädchen und die Mägde fanden sofort Gefallen an den frischen jungen Männern aus der Stadt. Mit einem alten Chevrolet, den ein Freund, Max Wertling, von seinem Vater ausgeliehen hatte, zogen sie jeden Samstagabend über Land. Das erhitzte Gesicht der Ludmilla, ihre Freude am Tanz, ihr Temperament faszinierten den Berthold Remsky. Zum Abschied nach drei durchtanzten Stunden gab er ihr einen Kuss und versprach wiederzukommen. »Nächsten Samstag geht es wieder heiß her«, rief sie ihm überglücklich nach.

Die Hochzeit fand im gleichen Saal statt, in dem sich das Paar kennen gelernt hatte. Remsky war von Max Wertling, seinem Trauzeugen begleitet und die Ludmilla hatte ihre Schwester an der Seite. Ihre Bauersleute gaben ihr zudem die Ehre. Dass sie später einmal bei der Ludmilla, die die Frau eines wichtigen und bekannten Anwalts werden sollte, selber wie die Dienstboten vor deren Haustüre stehen sollten, wäre ihnen an diesem Tag in ihrer großbäuerlichen Selbstherrlichkeit nicht in den Sinn gekommen.

Das Glück konnte in den ersten beiden Jahren ihrer Ehe

nicht größer sein. Der kleine Berthold lag schon bald in der Wiege. Von diesem Tag an musste jedoch die Liebe in der Ehe zurück stehen, weil der neue Erdenbürger sein ihm zustehendes Recht voll in Anspruch nahm.

Die Ludmilla machte nun den größten Fehler ihres Lebens. In ihrer Naivität erzählte sie ihrem Berthold von ihren Erlebnissen im Krieg, dass es ihr und der Schwester schlecht ergangen war, im Russischen, wie sie sagte. Der Berthold konnte aber nicht begreifen und verwinden, dass seine Ludmilla in jungen Jahren schon die Beute von Soldaten geworden war, dass ihr nach dem Krieg der Bauernsohn wie der Bauer selber nachgestiegen waren, dass sie sich nicht wehren konnte, ohne das Leben oder die Zukunft zu verlieren. Die Männer wären es gewesen, sagte sie, nicht ich, deine Ludmilla. Aber jetzt hätte sie ja ihn und alles würde gut. Von da an wandte er sich ab von ihr, seine Unreife war größer gewesen als seine Liebe. Wenn Eltern sich nicht lieben, spürt das schon der kleine Mensch in der Wiege. Kein Lebensjahr ist umsonst, das Kind nimmt jeden Eindruck auf wie ein nasser Schwamm, das Gute und das Böse. Dessen waren sich Ludmilla und Berthold nicht bewusst. Der kleine Berthold hatte daran lange Jahre zu leiden.

47

Berthold Remsky hatte den Urlaub nötig. Er stand vor dem Reisebüro und fand nun eine andere junge Dame vor. »Frau Haag ist in Urlaub. Kann ich Ihnen helfen?« Die Vielfalt der Angebote war fast nicht zu überschauen. Er war ein Mann der schnellen Entschlüsse. Kanada war zu weit, skandinavische Seen und Fjorde nicht sein Ding. Er begnügte sich mit einer Reise an den ungarischen Plattensee. Das Prospekt war sehr schön, der See machte auf dem Hochglanzpapier einen ruhigen, friedlichen Eindruck, die Betten und die Zimmer des Hotels schienen wohnlich und gepflegt. Was wollte er mehr und schließlich konnte er die Fahrt mit dem Zug in einigen Stunden bewältigen.

Die junge Dame ging ihm nicht aus dem Kopf. Er rief, sobald er sein Quartier im Hotel am Plattensee bezogen hatte, im Reisebüro an, bedankte sich und fragte die junge Dame nach ihrem Namen.

»Ich heiße Nina und dann noch Müller, bin Studentin im letzten Semester und vertrete meine Freundin, Frau Haag. Noch ein Wunsch gefällig?« Sie lachte, gab dem Herrn noch einige Tipps auf seine Fragen und lud ihn ein, nach der Rückkehr von seinen Erlebnissen zu erzählen. Sie wäre bis Ende August im Büro.

Er lernte die ungarische Paprika schätzen und ausgiebige Wanderungen am See. Dass die Ungarn prachtvolle Barockschlösser ihr Eigen nennen, wusste er. Sein erster Aufenthalt in diesem großartigen Land war nun der Realität gewichen. Nachdem in seinem Gehirn bisher eher Platz für die Hunnen und ihren gewalttätigen Attila gewesen war, auch ein klein wenig Donaumonarchie und Habsburger Kaiser, war er umso überraschter von den Zeugnissen der ungarischen Kultur. Buda und Pest faszinierten ihn gleichermaßen, er besuchte die Fischereibastei und auf der Burg den Königspalast.

48

Die zwei Wochen waren schnell vorbei, die Einladung der jungen Nina Müller war vergessen. Der Alltag hatte ihn wieder. Der Innenminister war derzeit ebenso in Urlaub, wie die meisten Angestellten und Beamten. Der Staatssekretär war auf einer Dienstreise über Land. Der Umweltminister suchte einen Büroleiter und fragte persönlich bei Berthold Remsky an. Der erbat sich eine Woche Bedenkzeit.

»Na, soviel Zeit dürfen Sie nicht brauchen. Ich geb' Ihnen drei Tage. Ich habe mit dem Ministerkollegen Ihres Hauses bereits über Ihren Wechsel gesprochen.«

Das aus der Kindheit und Jugendzeit herüber gerettete Temperament, seine Mutter meinte, er wäre stur und selbstherrlich gewesen, verbot ihm, nach drei Tagen zurückzurufen. Am vierten Tagen erhielt er einen Anruf aus dem Ministerbüro. Der Minister lasse fragen, ob und wie er sich entschieden habe.

»Ich komme, sagen Sie das dem Herrn Minister. Ich musste mir nur meinen künftigen Arbeitsplatz inhaltlich klar machen«.

»Das können Sie dem Minister selber sagen. Einen Moment bitte.«

»Sie sind der Erste, Herr Remsky, der mich dermaßen brüskiert. Ob das eine stabile Ausgangssituation für eine gute Zusammenarbeit ist? Schließlich muss ich Ihnen vertrauen können.«

»Sie hatten sich Ihr Bild von mir doch schon längst gemacht, sonst hätten Sie mich doch gar nicht angerufen.«

»Da haben nun wieder Sie Recht, Herr Remsky. Wenn Sie zusagen, leite ich sofort über das Büro des MP die weiteren Schritte in die Wege.«

»Ich komme. Aber Sie haben keinen Roboter, sondern einen Menschen an ihrer Seite, Herr Minister. Sie haben meine Solidarität und jede Form der Zuarbeit, aber ich brauche einen Chef, der mir vorbehaltlos vertraut.«

»Sie fangen am ersten Oktober bei mir an. Ich freue mich. Alles Gute, Herr Remsky«.

Berthold Remsky wusste, warum er sich für das Umweltministerium entschieden hatte.

49

Sein Quartier im Hotel Helikon nahe Keszthely machte einen guten Eindruck. Er hatte sich ein Zimmer mit Blick auf den See ausbedungen. Frau Müller vom Reisebüro hatte in seiner Gegenwart vor Reiseantritt den Hotelchef telefonisch auf ein bestimmtes Zimmer verpflichtet. Sie wäre dort ebenfalls schon sehr zufrieden gewesen. Die erste Woche am Plattensee diente dem Erkunden längerer Spazierwege, den See beachtete er mit noch recht deutlicher Zurückhaltung nur von den Ufergestaden aus. Er erholte sich gut und allein die frische Brise vom See labte Leib und Seele. Der Hoteldirektor empfahl ihm unbedingt einen ungarischen Strohhut: »Sie werden sich bereits am ersten Tag ohne Sonnenhut einen empfindlichen Sonnenbrand einhandeln. Und ohne Sonnenbrille würde ich nicht auf den See hinaus fahren«.

Remsky bereute nicht, die guten Ratschläge des Herrn Sluka, der auch Verwandte in Deutschland hatte, befolgt zu haben. Am Sonntag nach der Anreise, er hatte sich schon gut zurecht gefunden, nahm er beizeiten sein Frühstück auf der Terrasse ein, wohl behütet durch seinen weitkrempigen Sonnenhut. Die Terrasse war gut besucht, die neu angekommenen Hotelgäste drängten mit Tret-und Ruderbooten auf den See hinaus. Am Nebentisch hatten drei Herren aus Deutschland Platz genommen. Es waren freundliche, unauffällige, leise sprechende Herren. Einer der Urlauber wurde mit Herr Stromhagen angeredet. Remsky kam nicht umhin, einige Sprachfetzen aufzunehmen. Dann verließ er, nachdem er seinen Morgenkaffee genommen hatte, den Tisch und ging zum Strand.

50

Die umfassende Kompetenz seines neuen Büroleiters verdeutlichte dem Herrn Umweltminister die Schwächen des Vorgängers. Anton Hofenmais war in die Industrie weg getaucht, weil er den rasanten Betrieb im Büro des Ministers nicht mehr bewältigte. Der normale Geschäftsbetrieb war nach den Urlaubstagen wieder angelaufen. Remsky begleitete den Minister zu einer Fachtagung mit Konzernleitern aus der Energieindustrie. Er lernte die Stärken seines Ministers bereits in dieser Sitzung kennen, aber auch seine schwachen Seiten. Der Minister war zwar imstande, Sachzusammenhänge akribisch zu analysieren und Dinge auf den Punkt zu bringen, nur fehlten ihm trotzdem teilweise fachliche Hintergründe. Auch Fragen des Umweltrechts machten ihm Probleme, so dass er immer wieder auf die Meinung Remskys angewiesen war.

Remsky kam auf die teilnehmenden Repräsentanten der Konzerne zu sprechen: »Einen der Herren habe ich schon gesehen. Er war mir am Kaffeetisch in meinem Urlaubshotel in Keszthely aufgefallen. Es war Herr Skruboleit von Sunset Energie.«

»Skruboleit kenne ich seit langem, er scheint sehr dezent und zurückhaltend. Übrigens war mein Redenschreiber, der Stromhagen, heuer ebenfalls in Ungarn. Da hätten Sie ihn vielleicht getroffen.«

»Ich habe ihn getroffen, gemeinsam mit Herrn Skruboleit und einem weiteren Herrn.«

Der Minister schwieg betroffen.

51

Gerhard Beaufort genoss die Fahrt mit dem neuen Auto nach Hause zu seinem Vater. Vater hatte ihm angedeutet, dass die Frau Skroll nunmehr ganz im Haus lebe. Frau Skroll führte ihm seit einigen Jahren in jedoch sehr sporadischer Form den Haushalt. Er hatte zudem eine Dame aus der Nachbarschaft, die sauber machte, die Blumen und den Garten pflegte. Frau Skroll hatte er vor noch nicht allzu langer Zeit auf einer Ausstellung über die Geschichte der Hugenotten kennen gelernt. Immer stärker hatte er sich in seinen späteren Jahren auf seine Vorfahren besonnen, forschte, bereiste Frankreich und hatte schließlich in Saarbrücken Margie Skroll getroffen. Sie war Geschichtslehrerin, war in Saarlouis zur Welt gekommen, wohnte seit jungen Jahren jedoch im Schwäbisch-Bayerischen Raum und hatte Wurzeln im Französischen.

Bernhard Beaufort hatte seinen verstorbenen Frauen mit einer Intensität nachgetrauert, die für sein Seelenleben problematisch wurde. Täglich war er stundenlang im Friedhof, sprach mit seiner geliebten ersten Frau, betete, war untröstlich, ging von Grab zu Grab und befasst sich mit den letzten Dingen. »Wir sehen uns wieder, du wirst mich empfangen. Ich liebe dich. Bald bin ich bei dir.« Die Jahre vergingen, er entwickelte sich mehr und mehr zum Eigenbrötler.

Dann lernte er Margie Skroll kennen und plötzlich wandte er sich wieder der Welt zu. Er verliebte sich in die frische Frau und hoffte auf ein neues Glück. Seit er im Ruhestand lebte und seine Zeit ganz seinem Hobby, der Ahnenforschung verschrieben hatte, sah er die Welt mit neuen Augen. Der Vater hatte Gerhard seine neue Liebe nicht vorenthalten, aber die Bewältigung seines Lebens, die vielfältigen beruflichen Anforderungen ließen intensivere Kontakte nicht zu. Margie war fünfzehn Jahre jünger als Bernhard

Beaufort sen. Beide ergänzten sich in besonderer Weise und Gerhard erhoffte für den Vater glückliche Jahre.

Der Nachmittag im elterlichen Haus bei seinem Vater und Margie Skroll verging wie im Fluge. Margie streichelte des Öfteren über den Handrücken des Gefährten. Vater machte einen etwas abwesenden, stilleren Eindruck, als es Gerhard gewohnt war.

»Dein Vater vergisst in letzter Zeit sehr viel«, sagte Margie beim Abschied. »Er wiederholt sich, öffnet die Türe zum Flur, wenn er in die Küche will, bleibt dort vor dem Herd stehen und überlegt, warum er hier ist.«

»Wir werden eine vertrauenswürdige Person suchen müssen, wenn die Situation sich verschärft. Das sind sicher Anfänge von Demenz.« Gerhard spürte Angst um den Vater und Trauer aufsteigen.

Margie lebte während der Woche in ihrem kleinen Appartement in der Stadt, schaute jedoch mehrfach in der Woche bei Beaufort vorbei, sie telefonierten täglich. Die Telefongespräche bestätigten ihre Befürchtung, dass die Demenz schon weiter fortgeschritten war, als man vordergründig annehmen konnte. »Jetzt hab ich wieder viel geredet«, meinte er schließlich, wenn er das eine oder andere zum wiederholten Mal vorgebracht hatte, war sich aber seiner Not nicht mehr bewusst.

52

In den folgenden Monaten wurde Bernhard Beaufort zunehmend verwirrter und führte bei Spaziergängen durch die Stadt einen Zettel mit seiner Adresse bei sich, falls er Hilfe bräuchte. Dieser unangenehmen und belastenden Situation war er sich wohl bewusst, lachte manchmal darüber, fand zunächst jedoch zumeist wieder zurück zur Wohnung. Der

Friedhofsgärtner kannte ihn seit Jahren, begleitete ihn das eine oder andere Mal zum Tor, wenn er die vielen Wege durch den Friedhof verwechselte, nicht mehr weiter wusste und die Orientierung verloren hatte. Am Friedhofstor angelangt, fand er den weiteren Weg nach Hause wieder. Immer öfter stand er jedoch vor der Haustüre und vermisste den Wohnungsschlüssel. Er läutete im Nachbarhaus und fragte nach, ob man ihm suchen helfe. Diese Alltäglichkeiten merkte er sich und meldete sich auf dem Anrufbeantworter seines Sohnes.

»Hättest du eine Frau, Gerhard, müsste ich mich weniger um dich sorgen«, lachte er ins Telefon, »es wird höchste Zeit, dass du dein Junggesellendasein beendest«.

Gerhard Beaufort dachte in solchen Momenten immer öfter an Charly Haag.

53

Die Rede von Stromhagen lag auf Remskys Schreibtisch. Beide Herren hatten sich auf einer gemeinsamen Fahrt mit dem Minister zum ersten Male getroffen. Der Minister war während dieser Fahrt schweigsam und in seine Unterlagen vertieft. Er mahnte die Rede für die Tagung in Friedrichshafen an, dort hatte er die Ministerrunde der Länder seiner Partei zu vertreten. Stromhagen sagte sie ihm für den übernächsten Tag zu, er wolle nur noch die heutigen Verhandlungen mit den Umweltverbänden abwarten.

Remsky las den Erstentwurf der Rede und musste ihm beste Qualität bescheinigen. Beim zweiten Durchlesen fielen ihm an mehreren Stellen Diskrepanzen zu Grundpositionen der Regierung auf. Sie waren so formuliert als wären sie einer Rede eines Verantwortlichen der Energiewirtschaft entnommen. Er lobte die Rede dem Minister gegenüber, stellte aber auch seine noch unklaren Bedenken dar.

»Im Bereich Energiesicherheit und Regenerativer Energie scheint Stromhagens Entwurf unterschwellig den Themen-und Werbekatalog der Energiewirtschaft abzuhandeln. Es dürfte hier eine kaum erkennbare Vermischung zwischen Ihren Aussagen, Herr Minister, die Sie vor geraumer Zeit über den Schutz der Umwelt und der natürlichen Ressourcen hielten, und einer Grundsatzrede von Herrn Kopenhagen, von der Süddeutschen Energieholding vorliegen.«

»Meine Aussagen weichen hier doch in einigen Bereichen gravierend von denen des Herrn Kopenhagen ab«, fügte der Minister ein.

»Ich sehe das auch so. Die Aussagen von Regierung und Energiewirtschaft sind in der Grunddiktion, im sachlichen Bereich also, in Stromhagens Redemanuskript jedoch prinzipiell auf gleicher Linie. Diese Feststellungen sind sehr geschickt miteinander verwoben, so dass man, unabhängig von Differenzierungen, meinen könnte, sie wären aus einem Guss und würden die Grundposition des Ministeriums wiedergeben. Allerdings sind wir eben im Bereich des Schutzes natürlicher Ressourcen in sehr differenzierter Form unterschiedlicher Meinung.«

»Ich bin gerade dabei, mich mit Aussagen aus dem Energiesektor intensiver zu befassen«, setzte der Minister hinzu, »und werde morgen Klarheit haben. Halten Sie mich auf dem Laufenden, Herr Remsky.«

54

Auf dem Weg vom Ministerbüro in die Grundsatzabteilung, in der die Unterlagen über die schon lange währenden Gespräche mit der Energiewirtschaft und auch die Reden des

Ministers sowie die Stellungnahmen seines Vorgängers abgelegt waren, dachte Remsky an Nina Müller. Siedend heiß fiel ihm ein, dass er ihr einen Bericht über seinen Aufenthalt am Plattensee schuldig geblieben war. Er rief im Reisebüro an. Frau Haag war am Telefon. »Ein herzlicher Gruß. Wäre es bitte möglich, mit Frau Nina Müller zu sprechen?«

»Frau Müller ist nur aushilfsweise bei mir tätig gewesen. Sollten Sie Herr Remsky sein, so hätte sie für Sie eine Nachricht hinterlassen. Wir haben von acht Uhr bis zwölf Uhr und am Nachmittag von vierzehn bis achtzehn Uhr geöffnet. Am Samstagnachmittag sind wir leider nicht mehr da.«

»Ich bin morgen bei Ihnen vor Ort im Reisebüro. Frau Haag, sagten Sie? Ich frage nur nach, weil ich jemand gleichen Namens kenne.«

Am folgenden Tag stand er gegen achtzehn Uhr vor Charly Haag. Sie schaute sich diesen Remsky sehr genau an. »Sie müssen das sein. Frau Müller hat Sie genau beschrieben«.

Remsky lachte sein ansteckendes, voluminöses Lachen und nahm eine kleine Karte in Empfang. »Sie treffen mich von Montag bis Freitag um die Mittagszeit in der Mensa der Uni«. Nina Müllers Handschrift gefiel ihm. Wie er diese Mensa kannte, das Essen in der Großküche hatte ihm immer gut getan, im Gegensatz zu den vielen verwöhnten Mägen der anderen Mitstudenten.

»Frau Haag, Sie sind nicht zufällig verwandt oder verschwägert mit dem Herrn Professor Haag von der hiesigen Uni?«

»Mein Vater.«

Da dachte er an seinen Brief, in dem vor längerer Zeit er dem Professor Dank abgestattet hatte.

»Er war da.« Nachdem Berthold Remsky das Büro verlassen hatte, hob Charly den Hörer ab, wählte die Nummer ihrer Freundin und berichtete vom Besuch des Ungarnurlaubers.

»An seinem Gesicht konnte ich sehen, mit welcher Vorfreude er auf das Treffen mit dir hinlebt.«

55

Charly kannte Sogn og Fjordane seit ihrer Kindheit. Sie waren immer nach Bergen geflogen, dann mit Ole Berquists kleinem Doppeldecker abgeholt worden und nach der Landung in Sogn mit dem Landrover des Freundes zur Hütte gefahren.

Gerhard Beaufort kannte einige Länder dieser Welt. Das Sognefjord übertraf alle Erwartungen. Die wilde Landschaft, die mit Schnee bedeckten Gipfel der umliegenden Berge, die weiten Wälder und vor allem die unvorstellbare Stille ließen ihn zur Ruhe kommen.

»Nun wirst du dich erst einmal einige Tage ausruhen, lass deine Seele nachkommen. Dann werden wir mit Ole wandern. Er hält weniger von Rafting und Kajakfahren, dafür umso mehr von langen Wanderungen oder Ritten mit seinen Pferden.«

Ole hatte eine Koppel, auf der sich mehrere Dutzend Fjordpferde, wache, schöne Tiere mit ausdrucksstarken Augen tummelten. Die Falben strahlten Kraft und Ruhe aus und Gerhard brauchte nicht lange, um sich auf dem Rücken eines hellen Falben zu halten.

»Zum Wandern ist der Falbe ideal. Jeden Tag kommen die Urlaubsgäste, alles Norwegenfans, holen sich ihre Falben und bleiben drei, vier Tage auf der Strecke. Im Umkreis von sechzig Reitkilometern habe ich vier Hütten gebaut. Dort können bis zu zwölf Personen nächtigen. Nahrungsmittel müssen Sie selber mitnehmen, ich verkaufe sie ihnen auch auf dem Hof.«

Charly klärte den Freund auf, dass bereits die Wikinger, Oles Vorfahren diese Rasse gekannt und gezüchtet hatten.

»Wenn ich in meiner Kinderzeit eines der Pferde um mich hatte, als wir die Hütte bauten und die Welt hier eroberten, war ich ein anderer Mensch. Ich verlor meine Frechheiten und meine pubertären Allüren, wie Vater immer sagte.«

Gerhard Beaufort dachte nicht mehr an die Arbeit im Landtag, ließ das Abgeordnetenmandat auf sich beruhen, vergaß die noch zu erledigenden Vorarbeiten für die laufende Legislaturperiode. Die beiden jungen Leute waren sich in Liebe zugetan und lebten die schönste Zeit ihres Lebens.

»In den ersten Jahren«, erzählte Charly, als sie am offenen Kamin saßen, »haben wir, meine Eltern und ich, einmal die Weihnachtstage in der Hütte verbracht. Den Heiligen Abend haben wir noch miteinander gefeiert, als am ersten Weihnachtsfeiertag ein mächtiger Schneesturm einfiel und die Hütte nahezu einschneite. Der Gasofen war defekt, der Kaminabzug war dicht. Vater musste sich in der eisigen Kälte den Weg nach draußen freischaufeln. Ole hatte den Sturm auf seinem Hof ebenso miterlebt. Er dachte an uns und machte sich mit zwei weiteren Männern auf den Weg. Sie kamen erst am zweiten Weihnachtsfeiertag an. Wir lagen in dicke Decken gewickelt in unseren Betten und harrten der Dinge, die da kommen sollten. Wir glaubten erfrieren zu müssen. Gottseidank hatten wir genug zu essen.«

«Soll ich euren Ofen reparieren oder kommt ihr mit auf den Hof, fragte Ole und stellte uns vor eine schwierige Alternative. Wir beschlossen zu bleiben. Ich erinnere mich, dass Vater mich entscheiden ließ und ich wollte hier bleiben. Du siehst, welch eine tapfere Frau du einmal bekommen wirst.«

»Soll das ein Heiratsantrag sein?« fragte Gerhard.

Der Urlaub ging in die letzte Woche, als ein Jeep vor

die Hütte rollte. »Mein Papa«, lachte Charly und fiel ihrem Vater um den Hals.

»Ich kann euch doch nicht die ganze Zeit allein lassen. Ich dachte mir, wir können eine Woche gemeinsam Urlaub verbringen. Wer weiß, wie oft das noch möglich ist. Deine Mama lässt euch herzlich grüßen, sie ist zur Oma gefahren.«

Professor Haag kannte die Gegend wie sein Zuhause. Er war viele Stunden allein unterwegs, verbrachte aber mit Gerhard und Charly den Rest des Tages in der Hütte oder am Lagerfeuer. Ole hatte ihm noch ein Reitpferd gebracht, so dass sie die letzten Tage noch gemeinsam auf dem Pferd die Gegend erkundeten.

Dann hatte ihn die Hauptstadt wieder. Er betrat mit ungewohnter Leichtigkeit und einer nicht gekannten seelischen Kraft das Parlamentsgebäude und glaubte, die Welt aus den Angeln heben zu können.

»Vielleicht werde ich doch noch Politiker«, sinnierte er und wollte sich den Aufgaben widmen, von deren Brisanz er heute, am ersten Tag, noch nichts ahnte.

56

Der Zugriff auf Stromhagen erfolgte an einem Abend in einem der weitläufigen, schattigen Biergarten. Längst hatte der Minister den Kollegen im Innenministerium eingeschaltet. Stromhagen ging mit unglaublicher Naivität ans Werk. Er hatte sich mehrfach mit Skrobuleit getroffen und immer wieder wurde dem Ministerialen ein Kuvert zugeschoben, einmal ganz offen, dann wieder verschämt in einer Zeitung. Offenkundig ließ Skrobuleit diese Treffen von einem Detektiv fotografieren, auf diese Weise hatte man gegen Stromhagen Beweismittel in der Hand, die ihn weiterhin an Skrobuleit gebunden hätten.

Die beiden Herren hatten sich schon vor dem Eingang des Biergartens getroffen, mit Handschlag begrüßt und strebten nun einem der vielen freien Tische zu, begleitet von einer Gruppe lachender, junger Männer in Jeans. Eine junge Frau kam an den Tisch, nahm die Bestellung auf. Die jungen Männer an zwei gegenüberliegenden Tischen tranken und waren vergnügt. Stromhagen und Skrobuleit waren intensiv in angeregte Gespräche vertieft. Schließlich schlug Stromhagen, seinem Gegenüber zugewandt, mit der Hand auf den Tisch und redete mit finsterer Miene, leise, jedoch mit großem Nachdruck auf ihn ein. Skrobuleit fingerte einen Umschlag aus einer Tasche seines Jackets, steckte ihn unter eine Zeitung und schob die Zeitung langsam Stromhagen über den Tisch entgegen. Der griff sich das weiße Kuvert und steckte es in seine Tasche.

»Meine Herren, wir wünschen einen guten Abend. Wollen Sie uns friedlich begleiten oder wünschen Sie Aufhebens?«

Einer der jungen Männer vom Tisch nebenan hatte sich erhoben, war zu den Herren getreten und beugte sich lächelnd zu den beiden hinab. Die Kellnerin hatte ihre weiße Schürze abgestreift und stand neben ihm.

»Hauptkommissarin Meckler. Meine Herren, Sie sind vorläufig festgenommen.«

Skrobuleit erhob sich, ebenso Stromhagen. »Sie können mir nicht das Geringste beweisen«, meinte Skrobuleit. »Was sollen wir Ihnen denn beweisen können«? fragte die Hauptkommissarin. »Alles was Sie ab jetzt äußern, kann vor Gericht gegen Sie verwandt werden, darauf mache ich Sie aufmerksam«, mit dieser Feststellung nahm der andere Beamte gemeinsam mit den vier Kollegen die Herren in die Mitte.

Zur selben Zeit fand eine Durchsuchung der Büroräume und der Privatwohnungen der Herren Skrobuleit und Stromhagen statt.

Die Manipulationen in den von Stromhagen verfassten Ministerreden wären vor Gericht nicht verwertbar gewesen, die gefundenen Unterlagen, die Daten auf den Handys und Festplatten sprachen eine andere Sprache. Die Herren Stromhagen und Skrobuleit wurden zu empfindlichen Strafen verurteilt, verloren ihre beruflichen Positionen und mussten sich neu orientieren.

Remskys sechster Sinn, seine überragenden analytischen Fähigkeiten und sein Bildgedächtnis waren unersetzlich.

»Sie fangen ja gut an, Herr Remsky«, lachte der Minister, »und das nach nicht einmal sechs Wochen Dienst in meinem Ministerium«.

57

Josh Fahrenttorf war der Dritte im Triumvirat. Remskys und Beauforts Souveränität wurde von ihm nur noch getoppt durch sein gutes Aussehen. Das Abitur machte er mit 1,9. »Das muss genügen, bin ich doch nur eines Handwerkers Sohn«, pflegte er diese treffliche Leistung zu kolportieren.

Die drei jungen Männer machten das Erasmus-Gymnasium zu ihrem persönlichen Boulevard. Remsky war der totale Überflieger, er lehrte die Lehrerschaft ob seiner Geistesgaben und seiner Überlegenheit das Fürchten. Gerhard Beaufort war der Gediegene, ihm hätte jeder Geldbote seine Kasse anvertraut. Fahrenttorf war jugendlicher Schönling und Schöngeist in einem. Er zitierte Kleist aus dem Stegreif, spielte im Schultheater den Hamlet mit Bravour und war der Schwarm schon der zehnjährigen Gymnasiastinnen. Im Tanzkurs standen die Mädchen Schlange und warteten, bis sie von ihm gewürdigt wurden. Die Lehrerinnen bekamen rote Wangen, wenn sie ihn sahen. Mit einer fünfundzwanzigjährigen Referendarin wurde er dann nach einem halben

Jahr intim. Da war er siebzehn. Die unverrückbare Tatsache dieser unerlaubten Liaison blieb das Geheimnis der beiden. Ein offenkundiges Verhältnis mit einem Siebzehnjährigen, noch dazu Abhängigen, hätte ihr sozusagen Beruf und Leben gekostet. So schlug ihm das unerbittliche Schicksal, das besondere Fehltritte manchmal recht unnachgiebig ahndet, die Wirklichkeit heftig um die Ohren.

»Ich werde mich der Verantwortung nicht entziehen«, hatte Josh ihr beim Abschiedstreffen gesagt. »Wir warten und ich heirate, sobald ich auf eigenen Beinen stehe. Das Kind soll einen Vater haben«. Aber sie zog die Sicherheit an der Seite eines künftigen Studienrates dem Leben der Frau eines möglichen Troubadours, wie sie glaubte, vor. Sie wandte sich wieder dem gleichaltrigen Kollegen zu, der sie lange schon verehrte und begehrte und ging mit ihm eine sehr schnelle und intensive Beziehung ein. Bald teilte sie ihm mit, dass sie vermutlich guter Hoffnung wäre. Der junge Studienreferendar zog als Ehrenmann die Konsequenzen und heiratete sie, noch bevor das Kind das Licht dieser Welt erblickt hatte. Sie hätte schon nach dem sechsten Schwangerschaftsmonat unter schlimmer Übelkeit gelitten, unter Krämpfen, erzählte sie, und dann meldete sich das Kleine auch noch zu früh. Sie simulierte nach ordentlichen neun Monaten die nötige Frühgeburt und brachte einen schwarz gelockten Prachtburschen zur Welt.

»Er sieht deinem Vater ähnlich«, redete sie ihrem glücklichen Ehegatten ein. Die ganze Familie glaubte das, freute sich und nahm die Schwiegertochter und das Kind gern in ihren Reigen auf. Die junge Mutter sehnte sich jedoch nach dem wirklichen Vater.

Vom Schwiegervater gab es nur wenige Fotos aus seiner Jugendzeit, so dass es keine Beweispflicht für die Herkunft des schönen, dunkelhaarigen, gelockten Knaben geben musste. Sein Adoptivvater war blond, wie sie, die junge Mutter.

Dann hatte die Gloria die Kreisstadt verlassen, an der sie unterrichtet hatte und war in die Heimat ihres glücklichen Mannes verzogen. Der Schwiegervater war wohlbestallter Schreinermeister, zimmerte dem Knaben eine Wiege und, als der Knirps drei Jahre alt war, ein prächtiges Schaukelpferd. Josh bestand die Aufnahmeprüfung an der Schauspielschule, fand sich auserwählt, lernte das Sprechen und Atmen, wusste ganz neu mit seinen Händen und Beinen etwas anzufangen, übte vor einem mächtigen Spiegel seine Mimik und Gestik recht einzusetzen und lernte Texte.

»Ich will Theater spielen«, eröffnete er bei einem Wochenendbesuch seiner Mutter. Die Debatten zogen sich lange hin, fruchteten nichts. »Vier Jahre soll das Ganze dauern, das halt ich nicht aus«, relativierte sie seinen Entschluss.

»Und wenn du die Studien hinter dir hast, kannst betteln gehen«, schickte der Vater seine Meinung hinterher. »Es gibt genug Schauspieler, aber kaum einer kann davon leben. Das ist ein Hungerleiderberuf und was dir im Film vorgegaukelt wird, ist nicht die Wahrheit. Wenn du keine Beziehungen hast, bist bald weg vom Fenster. Ich bin dein Vater und red' halt mit, weil wir Familie sind«. Sein Vater hatte noch nie mit seinen Ansichten hinter dem Berg gehalten.

Seine Berufsvorstellungen waren unausgegoren und er wolle erst die Welt kennen lernen, es gäbe so viel zu tun, sagte er dann nach einigen Wochen, bevor er aufbrach, um die Welt zu verändern.

58

Das Leben fordert von jedem seinen Tribut. *Hamlet* hatte sich im wahrsten Sinn des Wortes bald nach dem Abitur aus dem Staub gemacht und versuchte in naiver Manier die Welt zu verändern. Seine *Theaterflausen,* wie er sie selbst nannte, waren echten, wesentlichen Überlegungen, wie er sich einredete, gewichen.

Zum bestandenen Abitur hatte ihm seine Innsbrucker Großmutter einen ansehnlichen Batzen Geld zukommen lassen. »Wenn du studierst, kannst du das Geld sicher gut gebrauchen«, schrieb sie. Dann stieg er in den Flieger nach Indien. Seine indische Selbstfindung hatte ihn dann von Aschram zu Aschram geschleudert, dem Meditieren konnte er schließlich nur noch wenig abgewinnen, nachdem ihn die indische Realität in die irdischen Gefilde zurückgeholt hatte. Beten und Mantras vortragen, seine Suche nach Wissen und Heil, dem Guru in liebevollem und stetem Gehorsam die Schuhe nachtragen, hatte ihn gerade drei Wochen ausgefüllt, das Neue ihn beflügelt. Das Ganze war nicht vorbereitet, dilettantisch und oberflächlich geplant, der Guru wollte ihn durch Dienen zu seinem *Inneren Ich* führen. Josh hatte nichts verstanden, seine arglose Naivität, seine Unerfahrenheit und menschliche Unreife standen ihm im Wege. Nach einem ersten Trip durch die Straßen der ärmsten Viertel von Hyderabad warf er seinem geistlichen Lehrer seinen weißen Dhoti, seine baumwollene Kurta vor die Füße, schlüpfte in seine westliche Hose, kaufte ein neues Hemd und lebte noch drei Monate nach hergebrachter westlicher Facon, bis der Geldmangel ihn zum Heimflug zwang. Die Menschenmassen nahmen ihm die Luft zum Atmen, die Slums mied er, das ihm nahezu unverständliche indische Englisch kollidierte ständig mit dem, was er in der Schule gelernt hatte. Nachdem er zweimal mit massiven Durchfällen einen Arzt aufgesucht hatte, sich in seinem Hotelbett wälzte und krümmte, den gespienen Schleim selbst aufkehren musste, glaubte sterben zu müssen, schwor er umgehend, sobald er wieder auf den Beinen wäre, sich in die vertraute

Heimat abzusetzen. Die alltägliche Armut der Menschen, die ganz andere Kultur, das Sprachengewirr brachten ihn zunehmend aus der Fassung. Er würde nie Arme und Ausgehungerte pflegen können, er wusste, dafür war er nicht gemacht. Die Vorsehung habe sicher anderes mit ihm vor, hoffte er. Den Eltern schrieb er Ansichtskarten, sie sollten sich nicht sorgen, er würde ihnen viel zu erzählen haben. Sein Schweizer Reisegefährte hatte sich lange schon in Richtung Kalkutta abgesetzt. Jean Ritschli betrachtete das Ganze mehr als Abenteuer, als Event, wollte weder die Welt verändern noch sein Heil in indischer Spiritualität finden, er setzte sich in einen übervollen Reisebus und fuhr davon. Als Josh auf dem heimischen Flughafen nach einem halben Jahr Auszeit gelandet war, nutzte er tatsächlich beide Standbeine. »Nie wieder Indien«, sagte er zu seiner Mutter, die ihn am Flughafen abholte. »Ich bleib zu Hause, studiere und nähre mich redlich«.

59

Dann studierte Josh Jura wie Berthold Remsky und Gerhard Beaufort und schaute sich nach den Examina in der freien Wirtschaft um, fand aber seinen ersten Unterschlupf bei einem Anwalt.

»Beziehungen und Zufälle regieren das Leben«, sagte sein Vater immer wieder. Die Frau des Schuhgroßhändlers Mersebach aus dem Rheinischen suchte just zur selben Zeit, in der Josh seine ersten Erfahrungen machte, die Kanzlei von Herbart & Cie. auf. Die jungen und älteren Kollegen waren zur Mittagspause im Restaurant nebenan. Sie kam in das Anwaltsgebäude hereingeschneit, klopfte sich von Zimmer zu Zimmer durch. Erst im letzten fand sie diesen schönen, jungen Anwalt an seinem Schreibtisch sitzen.

Sie schilderte ihm den Unfall. »Eines ist absolut sicher

und das werden Sie unterstreichen, Herr Anwalt, ich war nicht schuldig.«

»Dieser Mensch hat mich angezeigt«, sagte sie in heller Aufregung, »weil ich ihm die Vorfahrt genommen hätte. Das mag in seinen Augen richtig sein, das gebe ich zu. Aber meine Situation wurde nicht richtig gewürdigt. Er besteht auf einem Gerichtsverfahren, da ihm die Kosten für die Reparatur seines Nobelschlittens doch zu hoch wären.«

Sie legte ihm den Brief des Kontrahenten vor, ein Schreiben seines Anwalts hatte der Geschädigte freundlicherweise beigefügt, desweiteren drei Zeugenaussagen und eine ganze Anzahl von Fotos vom Unfallort und den betroffenen Autos.

»Mein Mann meint, es müsse mindestens unentschieden ausgehen«.

Josh Fahrenttorf ergriff die Chance, seinen anwaltlichen Beitrag zu leisten. Sie übergab ihm ihre Karte und bat ihn, das Gespräch in ihrer Wohnung fortsetzen zu dürfen. Er sei hiermit engagiert.

Er kannte den Gegenanwalt, beide analysierten die Erfolgsaussichten der beiden Seiten und kamen zu dem Ergebnis, dass ein Unentschieden, wie es Frau Mersebach anvisierte, gerechtfertigt sein könnte. Zumindest würde es beiden Klienten vor allem schlaflose Nächte, viel weiteren Ärger und Kosten ersparen.

Beide Anwälte empfahlen ihren Mandanten in abgestimmten Schreiben einen Verzicht auf die Hinzuziehung eines Gerichts. Schließlich einigten sich die Kontrahenten.

»Einen solch eloquenten und kompetenten jungen Anwalt brauche ich in meiner Firma«, resümierte Herr Mersebach den Erfolg des jungen Anwalts. »Kaulmann wird bald in den Ruhestand treten, er wird mir als Justitiar fehlen, aber dieser Herr Fahrenttorf bringt sicher eine Menge neuen Wissens mit. Er wird sich schnell einarbeiten, Erfahrung kommt durchs Leben. Rede doch du mit ihm, du hast, wie du sagtest, einen großen Eindruck auf ihn gemacht«.

Josh konnte diesem ungewöhnlich großzügigen Angebot der agilen und von der Wertigkeit ihres Standes überzeugten Frau des reichen Schuhhändlers nicht widerstehen und so sagte er zu, nach dem Ausscheiden des verehrten Kollegen Kaulmann dessen Stelle in der Firma zu übernehmen.

60

Die Pferde waren mit einem Mal stehen geblieben und verweigerten jeden Tritt. Ein fernes Singen am Horizont wurde zu einem Pfeifen und plötzlich war der Himmel angefüllt mit einem gewaltigen Brausen und Orgeln.

»Raus aus dem Bachbett«, schrie Ole und riss seinen hellen Falben nach rechts, um eine leichte Anhöhe zu erklimmen. Linkerhand konnten sie nicht ausweichen, denn die Uferböschung war dicht mit mächtigen Kiefern und Tannen besetzt. Die Anhöhe, auf die sie nun zustrebten, zog sich lange und steil nach oben. Ein schreckliches, ohrenbetäubendes Dröhnen baute sich auf und als sie sich umblickten, sahen sie, wie sich über den nur wenige Meter entfernten Wasserfall eine riesige Welle drückte. Unvorstellbare Wassermassen schlugen nach unten, rissen Baumstämme, Gebüsch und mächtige Geröllmassen mit sich. Eine meterhohe schmutzige, breiige Riesenwelle riss alles, was sich ihr in den Weg stellte, mit sich. Charlys Pferd brach aus und riss seine Reiterin mich sich, schleuderte sie von seinem Rücken und verschwand über der Bergwiese. Betäubt raffte sich Charly hoch, schwang sich mit auf Gerhards Pferd und galoppierte weiter die Anhöhe hinauf.

Gerhard sprang vom Pferd, schlug ihm auf den linken Hinterschenkel und scheuchte es nach oben. Er wusste, dass er auf dieser Anhöhe sicher war. Wären sie nur einige Sekunden später weggedreht, lägen sie nun unter der Masse aus schmutzigem Sand, brodelndem Wasser, Geröll und Baumstämmen. Immer noch wälzte sich die alles verheerende, alles mitreißende Masse durch das noch vor ein paar Minuten nahezu ausgetrocknete Bachbett.

»Eine derartige Monsterwelle hatte vor Jahren beinahe meinem Großvater das Leben gekostet, oberhalb des Wasserfalls«, Ole war bleich im Gesicht.

»So etwas habe ich noch nie gesehen«. Charly hängte sich an Gerhard und drückte ihr Gesicht in seinen Oberarm.

Der schreckliche Lärm, das ohrenbetäubende Brausen der herab stürzenden Wogen hatte nachgelassen. Das Wasser floss träge nach unten. Das nur wenige Meter breite Bachbett war auf das Mehrfache ausgeufert. Meterlange Baumstämme und Geröllmassen ließen ein Durchkommen auf die andere Seite nicht zu.

»Wir müssen uns die nächste Strecke rechts an der Anhöhe weiter nach oben bewegen, dann kommen wir oberhalb der Abbruchkante des Wasserfalls heraus. Dort können wir sicher den Bach queren und wieder zurück zur Hütte.« Ole nahm sein Pferd am Halfter, beruhigte das zitternde Tier und begann den Aufstieg.

»Da könnten wir jetzt drunter liegen«, sinnierte Gerhard Beaufort, »der Tod ist immer nahe. In einem unerwarteten Augenblick steht er vor dir.«

Sie hielten sich an der Hand und folgten mit ihren beiden Tieren Ole nach.

Ole ritt zu den Seinen zum Bauernhof, um ihnen die Sorgen zu nehmen.

Charly und Gerhard trafen den Professor Haag beim Bogenschießen.

»Ich hörte den schrecklichen Lärm und war mit meinem Pferd bereits am Fluss. Ich habe euch noch gesehen, als ihr hinter der Anhöhe verschwunden seid und wusste, dass ihr oberhalb der Kante den Bach kreuzen werdet«.

»Das war wie ein revolutionärer Schöpfungsakt, laut, aus dem Nichts und wirkmächtig.« Er zog seinen Bogen über die Schulter und trat in den Wald.

Eine beinahe unwirkliche Stille umfing ihn, kein Vogel war zu hören, kein Windhauch wehte. Nur die Sonne strahlte warm durch die Äste.

61

Die letzten Tage des Urlaubs am Fjord waren angebrochen. Lorenzo Haag räumte die Steinfunde in Kartons, dazu einen Bruch eines Hirschhorns, das wohl als Teil einer Pflugschar Verwendung gefunden hatte und den Griff eines Messers, vielleicht aus einer Zeit vor dreitausend Jahren. Magni, seine Frau, war Archäologin. Er hatte Oles Schwester auf einem Ritt durch die Wälder am Fjord kennen gelernt. Die jungen Leute aus Deutschland, Studenten und Angehörige unterschiedlicher Berufsgruppen gehörten dem Club der Bogenschützen seiner Universitätsstadt an und Lorenzo hatte es lange vor der Reise nach Norwegen schon als Student zu Meisterehren auf überregionaler Ebene gebracht. Mehrere Wochen hatten sie die lang gestreckte, norwegische Küste abgeritten, dann nahmen sie an einem Bogenturnier auf dem Hof von Oles Vater teil. Magni interessierte sich sehr schnell für Lorenzo, der das Haar wie ihr Großvater im Nacken zu einem Schopf gebunden hatte. Sie verbrachte ihre Semesterferien zu Hause, kümmerte sich um die Pferde und die Hunde, die ihr am Herzen lagen. Ganze Tage ritt sie zu den alt bekannten Stätten ihrer wilden jungen Jahre, begleitet von drei Hunden. Nachdem das Bogenturnier zu Ende war, schrieben sich die beiden Brief um Brief. Magni verbrachte ihre Studentenzeit an der archäologischen Fakultät in Oslo, während Lorenzo promovierte. Sie besuchten sich in den Semesterferien. Nachdem Lorenzo Haag seine erste Anstellung an der Universität erhalten hatte, heirateten die beiden in Norwegen.

Den Koffer mit den stabilen Kartons, die prall gefüllt waren mit unterschiedlichsten archäologischen Funden, wollte er die schmale Treppe vom niedrigen Obergeschoß in das Wohnzimmer tragen, als er durch die Balkenwände lautes Geschrei hörte.

»Lassen Sie meine Frau zufrieden, verschwinden Sie sofort von unserer Hütte.«

Kaum dass Gerhard mit seiner Stimme die grölenden Stimmen mehrerer fremder Männer übertönen konnte.

Einer der Fremden hatte Charly umfasst und hob sie in die Höhe. Sie stemmte sich mit aller Macht gegen den kräftigen Angreifer und stieß wild mit den Beinen um sich.

»Ihr werdet doch für uns arme Wanderer etwas zu essen auf den Tisch bringen können«? dröhnte die Stimme des Fragers.

Haag griff sich seinen Bogen, nahm den Köcher mit den Pfeilen und verließ die Hütte durch die hintere Türe, schlich um das Haus und sah drei ungepflegte, wilde Kerle.

Ein großer, bärtiger, feister Mann hatte immer noch seine Charly in den Armen, während einer der beiden anderen Männer Gerhard Beaufort ein Messer an den Hals drückte. Der dritte wollte eben die Türe öffnen, als Lorenzo auf die Lichtung vor das Haus trat.

»Es wäre besser, ihr würdet die Frau sofort frei lassen. Ich verstehe keinen Spaß.«

»Ach, ein Indianer ist auch dabei«, wieherte der feiste Mensch, der Charly noch immer im Griff hatte.

Der Pfeil bohrte sich mit unglaublicher Wucht eine Handbreit neben dem Widerling in die Bohlen der Hütte.

»Der nächste Pfeil gehört dir. Ich treffe dich mitten in die Brust. Bleibt wo ihr seid, setzt euch auf die Erde, sonst lernt ihr mich kennen.«

Langsam öffnete der Dicke seine Arme und Charly lief zu ihrem Vater. Der andere Mann, der Gerhard mit seinem Messer bedroht hatte, lachte: »Bevor du den Dicken triffst, ritz ich dem Freund die Kehle durch.«

»Mein Pfeil trifft dich zuerst im Hals, noch bevor du dich bewegen kannst. Ich möchte dann nicht an deiner Stelle sein. Lass dein Messer fallen.«

Der Rotgesichtige ließ sein Messer fallen. Die drei setzten sich auf die Erde. Solch ein Finale hatten die drei Schurken nicht erwartet.

»Legt euch hin. Die Polizei wird euch in einer halben Stunde von hier abholen«.

Während Gerhard die drei an den Beinen fesselte und sie aneinander knüpfte, ritt Charly zum Hof des Onkels. Nach einer guten Stunde war Ole mit einigen seiner Leute und zwei Polizisten vor Ort. Sie fassten die drei Kerle und steckten sie gefesselt in einen der Wagen.

»Ich kann das noch nicht fassen, dass ein Urlaub gleich zwei lebensbedrohende Ereignisse mit sich bringt. Nur gut, dass Mutti einen Bogenschützen aus Deutschland geheiratet hatte. Da kann mir ja nichts passieren«. Charly kroch in die Arme ihres Vaters.

62

Der Anruf seiner Mutter erreichte Josh Fahrenttorf kurz vor der Mittagsstunde.

»Komm schnell, der Vater ist an der Esse verunglückt. Er ist gestürzt und mit beiden Händen in die Feuerung gerutscht. Die Kohlen haben ihm die Hände und die Arme bis zu den Ellenbogen verbrannt.«

Josh erinnerte sich, wie er als Junge und später als Heranwachsender unter den aufmerksamen und auch prüfenden Augen des Vaters der Esse den Koks zugeführt hatte.

Der Vater mahnte immer: »Jeder Handgriff muss stimmen, wenn du vor der Esse stehst. Bist du leichtsinnig, geht das immer schlecht aus. Du hast keinen Spielraum für einen Fehler. Die hohen Temperaturen brauche ich, wenn ich die Werkstücke glühend mache, damit ich sie am Amboss mit dem Hammer bearbeiten und in die rechte Form bringen kann.«

Josh hatte dann in seinen Jugendjahren auch am Amboss gestanden, zur Freude des Vaters.

»Sorg dich nicht«, lachte er dann seine junge Frau an, »aus dem könnte auch ein Kunstschmied werden«. Nun lag der Vater im Krankenhaus und kämpfte um sein Leben. Die Angst würgte Josh's Kehle.

»Fahr in den Morgenstunden. Du kannst dann mit mir gemeinsam Vater im Krankenhaus besuchen, er wird es überstehen, meinen die Ärzte. Aber es wird lange dauern.« Die Mutter versuchte Josh zu trösten, der ein Leben lang gerade zu seinem Vater eine ungewöhnlich liebevolle Beziehung hatte.

Am Tag darauf besuchte Josh seinen Vater, der noch unter der Einwirkung starker Medikamente kreidebleich im Bett lag. Infusionslösungen sollten seinen Kreislauf stabilisieren. Der Vater hatte weder das Bewusstsein verloren, als er in die glühenden Kohlen geglitten war, noch war sein Kreislauf zusammen gebrochen. Seine ungewöhnlich stabile Gesundheit hatte ihn davor bewahrt.

»Das verbrannte Gewebe, und der Hautverlust sind doch sehr großflächig und natürlich Eintrittsöffnung für viele Keime. Das sollten wir bei allem Optimismus bedenken.

Die nächsten drei Wochen sind entscheidend.« Der Arzt vermied, Josh die Hoffnung zu nehmen. Aber die Familie wusste, dass der Vater noch lange zu kämpfen hatte. Josh musste den Vater wieder verlassen, er hatte viel zu tun und musste sich seinen Verpflichtungen widmen. Die Tage zogen sich endlos dahin.

An einem Sonntagmorgen rief ihn seine Mutter an: »Der Vater hat seit einigen Tagen eine Lungenentzündung und hohes Fieber, wir wissen nicht, wie es weiter geht«, die Mutter weinte am Telefon, »ich werde dich morgen wieder anrufen.«

»Ich komme sofort zu Vater. Wir treffen uns im Krankenhaus«. Josh stieg in sein Auto und fuhr direkt ins Spital. Da war die Familie bereits versammelt, um vom Vater Abschied zu nehmen.

»Er wird diese Nacht nicht überleben«, sagte sein Bruder Ernst, der im Betrieb des Vaters das Kunstschmiedehandwerk erlernte, »die Nieren scheinen zu versagen.« Der Vater starb noch in derselben Nacht.

63

Mit dem Tod des Mannes war die finanzielle Existenz der Familie gefährdet. Die ausstehenden Rechnungen einiger Gläubiger, deren Zahlungsmoral akzeptablen Standards weit hinterher hinkte, mussten eingebracht werden. Eigene Verbindlichkeiten waren zu regeln. Josh griff der Mutter unter die Arme und half, wo er konnte. Der Innungsmeister schickte ihr, »solange du ihn brauchst«, wie er sich ausdrückte, einen seinen Meister. Dadurch könnte der Betrieb weiter geführt und Ernst, der jüngste der Söhne, seine Lehrzeit abschließen.

Die Zusammenarbeit mit dem Meister ließ sich zunächst

gut an. Dann kam er eines Tages, Ernst hatte gerade seinen Berufsschultag, in das Wohnzimmer und machte der jungen Witwe einen eindeutigen Antrag. Sie war so erzürnt, dass sie ihn, sollte er sich noch einmal zu solchen Avancen hinreißen lassen, entlassen müsste.

»Was wollen Sie denn, Frau Fahrenttorf, ich bin gut verheiratet. Sie müssen meine Rede falsch aufgefasst haben.« Er lachte sie süffisant an und verdrückte sich in die Schmiede. Das erboste sie noch mehr. Sie war jedoch auf den Meister angewiesen, aber die angespannte Situation war für sie kaum zu ertragen.

An einem freien Samstagmorgen läutete die Türglocke und Werner Seilmanndick stand wieder vor der Tür. Er habe in der Schmiede etwas vergessen und da meinte er, kurz einmal vorbei schauen zu dürfen. Er habe die ganze Nacht schlecht geschlafen. Ob sie ihm vielleicht einen Schluck Wasser reichen könnte. Sie ließ ihn in das Haus. Sobald sie mit ihm in der Küche stand, versuchte er sie zu umarmen. Sie schrie und schlug auf ihn ein. Durch das Schreien der Mutter erwachte Ernst, rannte in die Küche und riss den Meister von der Mutter weg.

»Das werden Sie mir bezahlen« rief Seilmanndick noch unter der Tür, »ich wollte nichts, nur etwas zu trinken und sie haben mich belästigt. Ich bin glücklich verheiratet.«

Josh stand seiner Mutter bei. Dorle rief den Innungsmeister an und schilderte ihm die beiden Vorfälle.

»Der Mann lügt«, sagte Meister Krofzek, »aber das müssen wir ihm beweisen. Es gibt keine Zeugen«.

Josh wollte zunächst den Weg einschlagen, den seine versöhnliche Mutter wünschte. Er rief Seilmanndick an und stellte ihm eine Anzeige in Aussicht. Er erwarte eine klare Stellungnahme innerhalb der nächsten vierundzwanzig Stunden. Noch am Abend desselben Tages standen der üble Verleumder und seine Frau vor der Haustüre und erbaten ein Gespräch. Die junge Frau schaute verhärmt und sehr bedrückt. Der Vorfall würde ihm zutiefst leidtun, er bitte um Vergebung, sagte Seilmanndick. Er würde mit seiner jungen Familie die Stadt verlassen und beide bäten darum, die Angelegenheit mit der Entschuldigung auf sich beruhen zu lassen und von einer Anzeige abzusehen. Dorle war froh, dass sich die strittige und problematische Situation auflöste. »Sie haben mich nicht nur in eine unerhörte Situation gebracht, mir fehlt künftighin auch ein Meister, der den Betrieb vorübergehend weiter führt.«

Nachdem das Ehepaar das Haus verlassen hatte, löste sich bei Dorle, aber auch bei den Kindern die unerträgliche Spannung. Die folgenden Wochen verbrachte Dorle damit, einen Meister für den Betrieb anzustellen. Ohne ausgewiesene Leitung wäre der Betrieb nicht haltbar. Die Familie stand vor einem Schuldenberg, die Verbindlichkeiten konnten kaum beglichen werden, da einige säumige Schuldner ihren Zahlungsverpflichtungen weiterhin nur sehr zögerlich nachkamen.

Ernst würde wohl in einer Kunstschmiede unterkommen, der Familienbetrieb müsste jedoch still gelegt werden. Sollte er in absehbarer Zeit die Meisterprüfung erlangen, könnte die Arbeit unter seiner Führung fortgesetzt werden. Wenn auch sehr selten, so geschehen doch noch Zeichen und Wunder. Am Abend vor der unausweichlichen Entscheidung, den Betrieb gerichtlich endgültig stillzulegen, läutete das Telefon.

Ein schon älterer Schmiedemeister stellte sich vor, er würde eine solide Arbeit leisten, könne vielleicht mit einem Dreißigjährigen von der Ausdauer her nicht mehr mithalten, aber er sei guten Willens und bereit, seine ganze Kraft einzubringen.

»Er ist zweiundfünfzig und möchte sich mit seiner Familie auf dem Land niederlassen, weil ihm die Arbeit in der

Fabrik zu hektisch und zu unpersönlich ist«. Dorle war ganz begeistert, als sie mit Ernst an der Seite bei Josh anrief. »Lass dir seine Zeugnisse schicken, frage ihn über seine familiären Verhältnisse aus und biete ihm an, dich um eine Wohnung für seine Familie zu kümmern.«

»Mit fehlen sicher einige Kenntnisse, die ihr verstorbener Mann wohl hatte. Aber das wird sich machen lassen, wenn Sie mir vertrauen, fang ich bei Ihnen an«, sagte der Schmied am Telefon.

Sebastian Pircher hatte eine gediegene Ausstrahlung, seine Frau und seine Kinder, die er mitgebracht hatte, freuten sich über den neuen Arbeitsplatz des Mannes und Vaters. Aus dem Unglück war nun doch für die ganze Familie ein neuer Anfang erwachsen. Josh, der schon lange seine anstrengenden Jugendjahre hinter sich gelassen hatte, war nicht der Filou geworden, als den ihn seine erste Liebe, die hübsche Referendarin gesehen hatte. Der Tod des Vaters und die Umstände, unter denen seine Mutter in den letzten Monaten hatte leben müssen, machten ihn reifer und gefestigter.

64

Josh Fahrenttorf war keineswegs in Eile. Er hatte das Taxi verlassen, das ihn zum Flughafen gebracht hatte. Er schätzte es, längere Reisen ohne Hetze und Termindruck anzutreten. Vertragsabwicklungen im Ausland hatte er noch immer verbunden mit einer kleinen Reise im Ankunftsland, einer Stadtbesichtigung und in Barcelona wollte er die Iglesia de Santa Maria del Mar, eine wunderschöne kleine Kathedrale besuchen. Man darf nicht nur die La Rambla gesehen haben, sagte er sich, Barcelonas Prachtstraße, auch die kleinen Seitenstraßen und Alleen im Altstadtviertel Barri Gotic mit seinen Boutiquen, bezaubernden Läden und reizenden Cafes laden zum Besuch ein.

Er setzte sich, bevor er eincheckte, auf eine der vielen Bänke im schier unübersehbaren Flughafenterminal, nahm seinen spanischen Reiseführer und vertiefte sich in die Sehenswürdigkeiten der katalonischen Metropole.

Zunächst wollte er nach der Ankunft in Barcelona einen Vertrag mit einer spanischen Schuhwerkstätte unter Dach und Fach bringen, die sich auf handgefertigte Schuhe spezialisiert hatte. Mersebach hatte seit Jahrzehnten beste Beziehungen zu spanischen Spezialisten aufgebaut. Die exquisiten Modelle aus den hiesigen Werkstätten, das zeitlose und außergewöhnliche spanische Schuhdesign, der individuelle Stil und Esprit der Schuhe wie die höchste Qualität des Materials und der Bearbeitung durch hervorragende Könner hatten schon den Vater des derzeitigen Besitzers, Philipp Mersebach, begeistert.

»Buenos tardes, Senor. Tiene usted algo que declarar?«

»Nein, ich habe nichts zu verzollen«, »No tengo nada que declarar.«

Josh schaute auf. Ein Herr stand vor ihm und schaute streng auf ihn herab.

»Hamlet fliegt nach Dänemark«? fragte der elegant Gekleidete.

»Sein oder Nichtsein, das ist hier die Frage. Ob's edler im Gemüt, die Pfeil und Schleudern des wütenden Geschicks erdulden oder, sich waffnend gegen eine See von Plagen, durch Widerstand sie enden? Sterben-schlafen-nichts weiter«! Der Elegante lachte dröhnend.

Josh sprang empor, die Männer umarmten einander wie zwei junge Hunde, schlugen sich auf die Schultern.

»Torpedo, wo kommst du her«? Josh war ganz aus dem Häuschen.

Berthold Remsky lachte über das ganze Gesicht.

»Vor einigen Tagen erst habe ich von dir erzählt und heute treffe ich dich«, Remsky platzte schier vor guter Laune und Lebhaftigkeit.

»Ich falle natürlich wie immer auf dich herein«, lachte Josh. »Dass ich hier in Deutschland auf dem Flughafen spanisch angesprochen werde und ich spanisch antworte, zeigt zumindest mein Faible für das Land meiner Sehnsucht«.

Remsky machte ihn mit der Dame bekannt, die an seiner Seite gewartet hatte, bis die beiden Herren sich ausgetollt hatten.

»Das ist mein Schulfreund Josh Fahrenttorf und hier mache ich dich bekannt mit Frau Nina Müller. Wir kommen aus Dubrovnik in Kroatien.«

»Wie ich dich kenne, hast du auf dem Flug nach Dubrovnik kroatisch gelernt.« »Sie müssen wissen«, setzte er an Nina gewandt hinzu, »Berthold lernt in drei Stunden im Flugzeug eine ganze Sprache oder zumindest den nötigen Grundwortschatz des Urlaubslandes.«

Die beiden Freunde tauschten ihre Visitenkarten und gelobten, nicht wieder zwanzig Jahre zu warten, bis sie sich zufällig auf einem Flughafen treffen würden.

»Ich rufe dich an«, versprach Josh, »und ich bringe den Gentleman mit«.

65

Remsky und Nina Müller hatten einen vierzehntägigen Aufenthalt in Dubrovnik hinter sich. Sie hatten die Großeltern besucht, waren durch Dubrovnik flaniert, hatten einige Tage in einem Strandhotel verbracht. Großvaters unkomplizierte Liebenswürdigkeit erinnerte sie an Berthold. Sein breites Lachen, seine herzliche Art und der gewisse slawische Charme verzauberten Nina schon als Mädchen. Da saßen sie nun auf der hölzernen Bank im Garten der Großeltern, der sie an ihre Kindertage erinnerte und atmeten die wundervolle Luft, die aus dem Mittelmeer herüber strömte, in vollen Zügen. Sie redeten über das Treffen mit Josh Fahrenttorf am Flughafen, über ihre Mitarbeit im Reisebüro bei Charly Haag, kamen auf Gerhard Beaufort zu sprechen. Remsky erzählte von seinen Erfahrungen während des Studiums, dem Aufenthalt an der Sorbonne in Paris, auch von der gemeinsamen Zeit mit Josh, Beaufort und den anderen im Erasmus. »Eine bessere Schule konnte man sich in unserer Stadt nicht vorstellen«, erinnerte er sich.

Ninas Mutter, eine Kulturwissenschaftlerin, stammte aus Dubrovnik in Kroatien. In den siebziger Jahren hatte sie einen Berichterstatter einer deutschen Wochenzeitung in Dubrovnik kennen gelernt. Es bedurfte einer Ausnahmegenehmigung der Parteiführung und einer ungemein langwierigen bürokratischen Prozedur, bis die beiden heiraten konnten. Nina verlebte ihre Kindheit und die ersten Jugendjahre in Kroatien, damals noch eine der Teilrepubliken Jugoslawiens, studierte wie die Mutter Kultur-und Sprachwissenschaften an der Universität in Dubrovnik. Schließlich verließen die Eltern das Land, ihre Heimatstadt Dubrovnik und übersiedelten mit ihrer Tochter von Kroatien nach München. Dort studierte die begabte, zweisprachig aufgewachsene junge Frau an der juristischen und sprachwissenschaftlichen Fakultät und lernte in den Semesterferien im Reisebüro von Charly Haag den Berthold Remsky kennen.

»Der Josh Fahrenttorf, wir nannten ihn Hamlet, weil er ein großes schauspielerisches Talent besitzt, Gerhard Beaufort, der Gentleman und ich waren unzertrennlich. Wir stellten unser Gymnasium auf den Kopf und hielten zusammen wie Pech und Schwefel. Da gab es keine Rivalitäten, das musst du wissen. Josh hat das Leben als junger Mann sehr leicht genommen und vielen Frauen den Kopf verdreht, aber er war kein Playboy. Die Ernsthaftigkeit lernt man erst in späteren Jahren. Du wirst noch Gelegenheit haben, ihn näher kennen zu lernen.«

Nina war an allem, was Berthold erzählte, interessiert: »Wer ist der Gentleman?«

»Wir waren eine Troika, jeder von uns hatte seinen Spitznamen. Josh war, wie gesagt, ein wahrhaft begnadeter Schauspieler und ich wundere mich, dass er diesen Beruf nicht ergriffen hat. Wir nannten ihn Hamlet. Der ruhigste von uns war Gerhard Beaufort, ein Hugenottenabkömmling. Er wusste sich zu benehmen und Schüler wie Lehrer nannten ihn den Gentleman. Mich riefen die Mitschüler Torpedo. Nun, ich war bisweilen schneller bei der Sache als die Lehrer und wusste manche Antwort bevor der Lehrer die Frage gestellt hatte. Ich hatte eben in meiner Kindheit viel gelesen«, fügte er lachend hinzu.

66

Charly Haag war in zwei Kulturen und zwei Konfessionen aufgewachsen.

»Bin ich nun Norwegerin oder Deutsche?« fragte sie ihre Mutter.

»Du bist zunächst einmal ganz einfach unsere geliebte Tochter. Du hast zwei Pässe, wohnst in Deutschland, der Heimat deines Vaters, sprichst die Sprache deiner Mutter und deines Vaters. Zudem hat er dich zur Katholikin gemacht und ich durfte norwegische Protestantin bleiben«, sie lachte herzlich, »das hat uns nie gestört«.

In der Schule wurde Charly nie nach ihren norwegischen Sprachkenntnissen gefragt. Sie hatte Englisch zu lernen und Französisch, sie dachte deutsch und norwegisch und brachte nichts durcheinander.

Auf dem Hof am Sognefjord, den schon der Großvater ihrer Mutter aufgebaut hatte, wurde sie in den Ferien sehnsüchtig von den Großeltern erwartet. Ihr Onkel Ole baute ihr ein Baumhaus in einer der unglaublich dicht bewachsenen, mächtigen, langstämmigen Fichten. Es war von unten nicht einsehbar und nur Ole und Charly konnten sich durch die engen Fichtenäste nach oben winden. Charly hatte keine Angst, den Baum hinauf zu klettern. Sie wurde in den freien Tagen ein Teil der Natur, sie schwamm im Fjord wie Tarzans' Jane, jagte mit den Falben übers Land, lernte die norwegischen Blumen und Kräuter kennen, die Höhlen, Bäche und die Wasserfälle und niemand kannte die Wälder der Umgebung besser als sie. Aber wenn Ole einen mächtigen Dorsch gefangen hatte, musste sie davon laufen, wenn er ihn auszunehmen begann. Das konnte sie nicht mit anschauen. Sie wusste den Steinbutt vom Heilbutt zu unterscheiden. An Scholle, Flunder und Seeteufel faszinierte sie zunächst der Name, dann auch der Geschmack, wenn Ole die Fische in der Pfanne schmoren ließ.

Die heile Welt war dann eines Tages zusammen gebrochen. Charly saß in ihrer Baumhütte und dachte über Gott und die Welt nach. Sie hörte plötzlich Oles Stimme: »Bleib, wo du bist, Charly, rühr dich nicht, komm nicht ins Haus. Bleib, wo du bist«.

Charly blieb in ihrem Baumhaus, wagte kaum zu atmen, vernahm Geplärr, lautes Schreien, dann war es still geworden. Nach einer langen Stunde, als die gespenstische Ruhe wieder vorbei war, wieder normales Leben auf der Erde unter dem Baumhaus, im Hof des Großvaters zu sein schien, kletterte sie vom Baum.

Sie erfasste die Vorgänge nicht, die sich in dieser Stunde abgespielt hatten. Aber es war die Rede von zwei wilden Männern, die sich an der Tante Maly vergriffen hätten. Die wären dann geflüchtet und würden nun im ganzen Land gesucht. Sie wusste mit diesen Begriffen nichts anzufangen. Sie war jedoch zutiefst erregt, denn da musste sich etwas Schlimmes abgespielt haben. Die Polizei war da und ein Krankenwagen aus der fernen Stadt und später durfte man Tante Maly im Krankenhaus besuchen. Sie kam erst wieder auf den Hof, als Charly mit ihrer Mutter in Deutschland war.

Als Charly groß war, kam eines Tages die Rede auf Tante Maly, die inzwischen einen Fischer, einen echten Kapitän geheiratet hatte und mit ihm nach Amerika gefahren wäre. Sie erfasste, was Tante Maly angetan worden war. Dann schrieb sie ihr einen Brief. Aber die Tante Maly, Mutters und Oles Schwester blieb im fernen Amerika. Sie hatte vier Kinder, aber sie kam nie mehr wieder zurück zum Sognefjord.

67

Der ältere Herr saß wie so oft in den letzten Monaten schon lange auf der schmalen Bank im Park inmitten der Stadt. Vom Trubel, Lärm und Geschiebe in den Straßen war hier nichts mehr zu vernehmen. Zunächst schien er sich am Toben der kleinen Kinder zu erfreuen, die ihren Müttern aus den Händen glitten und immer wieder lachend zurück kehrten, sich umarmen und kosen ließen.

Immer wieder glitt seine rechte Hand in die linke Innentasche seines Sakkos. Er nahm einen schwarzen Kamm, strich damit durch das graue, schon etwas schüttere Haar und steckte den Kamm wieder zurück.

Die Luft war frischer geworden, leichter Wind kam auf, dunkle Wolken schoben sich über die Stadt. Der Park leerte sich zusehends.

Er stützte sich wiederholt mit beiden Händen auf die

Bank, als wolle er sich erheben. Dann lehnte er sich wieder zurück, lächelte still in sich hinein. Immer weniger Kinder waren in der Nähe. Die Mütter hatten nur Augen für ihre Kleinen, schoben ihre Kinderwägen an dem Alten vorbei und verließen die Parkanlagen.

Gerhard Beaufort sen. musterte die Nägel an seinen Fingern, strich sich über das Haar, tastete das Jackett ab, als würde er etwas suchen und ließ die Hände wieder fallen.

Dann hielt er ein Stück Papier in der Hand, lächelte zufrieden und erhob sich plötzlich. Er ging mit zügigen Schritten auf das weite Tor des Städtischen Parks zu, verließ die Anlage und strebte der Stadtmitte zu.

Er blickte auf das Papier in seiner linken Hand, verglich es mit den Straßennamen und erreichte schließlich eine Nebenstraße. Er querte die wenig befahrene Straße, ging zielgerichtet auf die Türe des dahinter liegenden weitläufigen Gartens zu. Er betrat den Kiesweg und steuerte auf das Haus zu, betrat die erste Treppe, blieb stehen, schaute nochmals auf den Zettel und verglich die Nummer des Hauses. Dann schob er seine rechte Hand in die Hosentasche und zog einen Schlüsselbund hervor. Er drehte den Schlüssel und öffnete die Haustür.

»Geschafft«, sagte er, als er die vertraute Umgebung im Korridor seiner Wohnung sah, die Küche, das Wohnzimmer betrat und sich schließlich im Badezimmer erfrischte.

»Es ist noch nicht so weit, ich komme allein heim, wenn ich in der Stadt unterwegs bin. Spät ist es geworden, ich dachte es wäre erst nach Mittag.«

Die Wanduhr zeigte abends sechs Uhr. Er bereitete sich das Abendessen und nahm sich vor, seinen Sohn anzurufen.

68

»In deinem Gesicht fand ich immer die Ähnlichkeit mit deinem Vater«. Remsky schaute Charly an. Remsky und Nina hatten ihren Besuch in Dubrovnik beendet. Sie saßen mit dem frisch verlobten Paar Gerhard Beaufort und Charly Haag im Smetana.

Charly lachte: »Meine Eltern haben sich immer wieder sehr liebevoll darüber gestritten, wem ich ähnlicher sei. Sie einigten sich von Mal zu Mal auf andere Art. Einmal hatte ich Mutters Schönheit und Vaters Charakterstärke, dann war es wieder ganz anders. Sie haben mich beide geprägt.«

»Vor vielen anderen Professoren zeichnete dein Vater sich durch keinerlei prätentiöses Verhalten aus. Er war ein souveräner Lehrer, Selbstgefälligkeit war ihm völlig fremd, er nahm jeden Menschen gleich ernst und zog ihn jedoch auch mitten hinein in eine klare Verantwortung.« Remsky erinnerte sich gern an den ehemaligen Hochschullehrer.

»Er wird sich wundern, wenn er dich bei unserer Hochzeit wieder trifft«, entgegnete Charly.

Gerhard Beaufort und Charly hatten sich entschlossen, im neuen Jahr zu heiraten.

»Ein Abgeordneter ohne Frau ist wie ein Besenstiel ohne Borsten«, kommentierte der Gentleman einige Bemerkungen in der Runde.

»In der Regierung wird sich einiges tun«, merkte Remsky an.

»Der Innenausschuss wird sicher nicht frei«, kommentierte Beaufort, »aber ich vermute, dass es in den nächsten Monaten einige Veränderungen in der Regierungsmannschaft geben wird. Mit dem derzeitigen Tableau kann der Ministerpräsident nicht weiter regieren. Er braucht mehr Zuverlässigkeit in den Ministerien, Frische und vor allem Leute, die sich mit der Materie zuverlässig auskennen.«

»Das Alter darf nicht alleiniges Kriterium bei der Auswahl sein, die gute Mischung macht es«, sagte mein Vater immer, wenn er Mutter seine Berichte zum Redigieren gab, fügte Nina hinzu. »Er steckt derzeit in Bosnien, wird jedoch vermutlich ins Hauptstadtstudio versetzt werden.«

»Hamlet hat mich angerufen«, warf Gerhard ins Gespräch, »das war eine Überraschung. Er erzählte von eurem Treffen am Flughafen. Er ist für die nächsten Monate ausgebucht, er verpasst der hiesigen Gesellschaft neue spanische Schuhe. Wir haben ihn zur Hochzeit geladen.«

69

Es wurde später Abend, als sich die jungen Leute trennten. Beaufort brachte Charly in ihr Appartement, verabschiedete sich, da er tags darauf eine langwierige und schwierige Debatte durchzustehen hatte.

Er hatte sich geschworen, den Anrufbeantworter künftig abzustellen. Sah er sich doch verpflichtet, die registrierten Anrufe zurückzurufen.

Wieder hatte Vater Beaufort drei Anrufe untergebracht. Margie hatte sich zudem gemeldet und bat um Rückruf, auch wenn es spät werden würde.

Zunächst telefonierte er mit Vater. Der erzählte ihm seinen Tagesablauf und war glücklich, dass er nicht nur beizeiten den Park verlassen, sondern wieder gut nach Hause gekommen wäre. »Es geht mir gut, Gerhard. Deine Empfehlungen, auf ein Stück Papier meine Adresse zu schreiben, gibt mir Sicherheit. Ich fühle mich dem Alltag wieder viel besser gewachsen, als noch vor Wochen«.

Trotzdem war Gerhard bedrückt. Er rief Margie zurück und schilderte ihr die Situation, wie er sie empfand.

»Ich stehe noch jeden Tag und das vielleicht die nächsten

sechs Jahre in der Schule«, sagte Margie. »Er braucht sehr bald eine Hilfe, wie wir schon einmal besprochen haben. Er hat heute bei mir ebenfalls dreimal angerufen und mir immer wieder das Gleiche erzählt. Ich sorge mich sehr um ihn.«

Gerhard nahm sich vor, am nächsten Tag den Vater zu besuchen.

Den Anruf des Fraktionsvorsitzenden hätte er wegen der familiären Sorgen fast übersehen. »Ruf mich an Gerhard, auch wenn es Mitternacht wird. Aber ruf mich an. Es liegt etwas in der Luft. Es geht wohl auch um dich. Positiv. Mach dir keine Sorgen«.

Gerhard wählte die Nummer seines Fraktionsvorsitzenden.

»Was ich dir sage, muss unter uns bleiben. Aber ich möchte, dass du dich vorbereiten kannst. Der MP wird dich morgen zu sich bitten, nehme ich an«.

»Hab ich etwas angestellt«?

»Ich weiß nur so viel, dass Staatssekretär Haross das Innenministerium verlassen wird. Es wird gemunkelt, er ginge in die Industrie zurück. Er kommt aus der Privatwirtschaft und möchte die letzten Jahre dem Stress im Ministerium ausweichen. Der Innenminister hat dich vermutlich beim MP angefordert. Ich war heute Nachmittag mit ihm und einigen Leuten aus seinem Ministerium zusammen gesessen. Danach hat er mich über deine Abschlüsse, Erfahrungen und eine Menge mehr ausgefragt.«

»Der Moldauer hat bisher wenig Interesse an mir gezeigt. Ich kann mir nicht vorstellen, dass er mich als Staatssekretär will.«

»Ich habe ihn vor zwei Tagen lange mit Kerstin Bajor gesehen. Die beiden haben sich angeregt unterhalten. Sie wird wohl nicht ins Ministerium wechseln wollen, aber wie sich das Wetter ändert, so wechseln auch die Meinungen.

Sie ist Mutter von zwei Töchtern, da sieht sie sich eventuell im Staatssekretariat zu sehr gefordert. Den Innenausschuss wird ihr niemand streitig machen. Man munkelt auch anderes, aber das kommt nicht von mir. Da steckt wahrscheinlich der Hubertus Marosch dahinter. Dem ist sie einmal über den Mund gefahren, das vergisst er ihr nicht. Er streut gerne Gerüchte, ich werde ihn mir einmal vorknöpfen müssen.«

70

Gerhard rief noch am selben späten Abend Charly an.
»Würdest du mich auch als Staatssekretär zum Ehemann nehmen. Bühler, unser Fraktionschef hat mich angerufen und meinte, der MP würde mich morgen ins Büro zitieren.«
»Lass dich nicht zitieren und regieren ist nicht alles. Ich stehe zu jeder Entscheidung, die du morgen treffen wirst.«
»Mehr Kummer bereitet mir Vater. Seine dementen Anflüge sind nicht mehr zu übersehen. Er selber glaubt, den Anforderungen des Tages gewachsen zu sein, aber er vergisst schon die Wege, die er lange Jahre gegangen ist. Noch kleidet er sich selbständig an, vergisst das Rasieren und das Waschen nicht. Nur die Orientierung scheint ihm Probleme zu bereiten. Margie glaubt, dass wir über kurz oder lang nicht ohne eine ständige Pflegerin auskommen werden.«
Gerhard Beaufort schlief sehr gut. Mit einer ungewohnten Frische stieg er um sechs Uhr morgens aus dem Bett. Nach einer intensiven Dusche nahm er seinen dunkelbraunen, gestreiften Anzug aus dem Kleiderschrank, dazu ein blaues Hemd und seine Lieblingskrawatte. Nach einer ausgiebigen und sehr sorgfältigen Nassrasur zog er das Hemd über, schlüpfte in die elegante Hose, stieg in seine braunen, ungarischen Halbschuhe, stellte sich vor den Spiegel.

»Beaufort, heute Abend bist du Staatssekretär. Vielleicht.«

Eine unerträgliche Nervosität erfasste ihn plötzlich. Derartige Zustände ergriffen ihn eher selten.

71

Als er seinen ersten Prozess zu führen hatte, war er in ähnlicher Verfassung. Er war nach nur kurzer Zeit in der Staatsanwaltschaft ins Richteramt berufen worden.

Bei der Einteilung der Verfahren meinte der Amtsgerichtsdirektor: »Führen Sie den Herrn Malzahn der Gerechtigkeit zu. Sporheimer verteidigt ihn, das ist ein gewiefter Fuchs, mit allen Wassern gewaschen. Sie haben sich mit ihm oft genug duelliert. Staatsanwälten gegenüber verkehrt er noch zu oft mit seiner maliziösen Geschäftigkeit, mit seinem überheblichen Gerechtigkeitsfanatismus. Jetzt sind Sie jedoch der Richter. Denken Sie immer daran.«

Beaufort kannte den Kollegen Sporheimer. Der nervte schon in den Seminaren an der Universität die Professoren.

»Werden´s Staatsanwalt, Herr Sporheimer«, entgegnete ihm Professor Adelhoch, wenn Sporheimer seinen Auffassungen über Recht und Gerechtigkeit allzu oft freien, ungehemmten Lauf ließ. »Sie lehren jedes Gericht das Fürchten«.

Beaufort bereitete sich auf das Gerichtsverfahren mit äußerster Akribie vor. Es entging ihm kein Detail.

»Mach keinen Zirkus bei der Verhandlung, Rudi«, sagte er bei einem Kaffee zu Sporheimer, »da kommst nicht weiter«.

Der Sporheimer lachte: »Sprich du nur Recht, ich mach dir´s nicht leicht.«

Sporheimer schaufelte Beweise um Beweise vor den Gerichtsvorsitzenden, zierte sich wie eine Primadonna, überzog den Staatsanwalt, wenn der schon meinte, ein Ende erreicht zu haben, mit neuen Beweisanträgen.

Sein Mandant erschien jeden Verhandlungstag in neuem Anzug. Der Staatsanwalt hatte ihm ein miserables Betrugsszenario nachgewiesen. Vierzig Millionenen seien kein Pappenstiel, die Beweise wären eindeutig. Sporheimer's Attitüden verlängerten den Prozess immer wieder und raubten dem Staatsanwalt nicht nur einmal die Fassung. Das Kräftemessen mit Sporheimer wurde unerträglich.

»Herr Anwalt«, maßregelte der Vorsitzende Richter Beaufort schließlich den trickreichen Verteidiger, »Sie haben nichts in der Hand, ziehen das Ganze in die Länge, erreichen dadurch weder einen Vorteil für ihren Mandanten noch tun Sie dem Recht Genüge.«

An diesem Vormittag hatte Beaufort sein Hemd durchgeschwitzt, wusste er doch, dass nach dem Richterspruch Sporheimers Revisionsantrag folgt.

Beaufort unterbrach die Sitzung und bat den Staatsanwalt und den Verteidiger in sein Zimmer: »Dein Mandant kommt nicht unter drei Jahren aus diesem Gerichtsgebäude. Seine beiden einschlägigen Vorstrafen, die nachgewiesene kriminelle Energie im derzeitigen Verfahren lassen mir gar keine andere Wahl. Die Beweislage ist stimmig und spricht in jeder Hinsicht gegen den Herrn. Ich brauche in der nächsten halben Stunde einen reumütigen Angeklagten und ein Geständnis. Dann wird er mit zwei Jahren davon kommen. Revision ausgeschlossen.«

Sporheimer ging auf wie ein Laib Brot im Backofen. »Das geht nicht, das ist Rechtsbeugung. Da zieh ich nicht mit, da verlier ich mein Gesicht.« Sporheimer hatte sich zu einer Theatervorstellung entschlossen.

»Unterstelle du mir nicht Rechtsbeugung. So können wir nicht miteinander reden. Vergiss einmal, dass du mich seit Studienjahren kennst. Noch einmal: Ein Geständnis und keinen Revisionsantrag. Dann gibt es zwei Jahre, nicht mehr und nicht weniger.«

Sporheimer gab klein bei, veranlasste seinen Mandanten zu einem umfassenden Geständnis und verzichtete auf Revision.

Im Gerichtssaal saß Engelbert Bühler von der tonangebenden Partei im Landtag.

Eines Tages, Beaufort hatte inzwischen einige Jahre im Amtsgericht hinter sich gebracht, bat Bühler um ein Gespräch.

»Herr Beaufort, wir suchen für den hiesigen Stimmbezirk einen Kandidaten für den Landtag. Der Stimmkreis ist sicher, das bringt jedoch mit sich, dass sich zunehmend inkompetente Leute für die Kandidatur interessieren. Überlegen Sie sich, bitte, meinen Vorschlag. Wir brauchen Leute wie Sie. Ich darf Sie in der nächsten Woche noch einmal anrufen«?

Beaufort kannte nicht nur die Aufgaben der richterlichen Arbeit, war er doch vor seiner Berufung zum Staatsanwalt ein Jahr in der Leitung des Referats für Rechts-und Verfassungsfragen in der Landtagsfraktion der Partei tätig gewesen. So war ihm die Legislative ebenso vertraut. Danach war er zwei Jahre in der Staatsanwaltschaft für Zivilrechtfragen eingesetzt und dann in den Richterdienst gewechselt.

72

»Du bist in der Politik unabhängig, kannst wieder in die Dienste als Richter zurückkehren, wenn es dir nicht gefällt. Politiker muss kein Beruf auf Dauer sein. Du hast dir zudem deine innere Unabhängigkeit bewahrt und musst nicht jedem nach der Fasson reden. Ob du als Richter glücklich wirst? Immer die gleichen scharfzüngigen Anwälte, die dir das Leben schwer machen. Immer die gleichen renitenten Angeklagten, die für jede ihrer Lumpereien mit Freispruch rechnen und dann auch noch frech werden. Versuch es, das ist eine neue Herausforderung. Aber vergiss nicht zu leben. Heiraten solltest du auch noch. Aber dazu fehlt dir die Zeit. Du bist ein Beaufort, denk an die Nachkommenschaft«. Letztere Bemerkung war typisch Vater und brachte den Sohn immer wieder auf die Palme. Die Besuche bei Vater strengten ihn in letzter Zeit sehr an. In früheren Jahren hatte er ihn vor dem Arztberuf gewarnt und ihm zum Jurastudium zugeredet.

73

Beaufort konzentrierte sich auf den Straßenverkehr, trank im Büro einen Kaffee und wartete. Der Anruf des Ministerpräsidenten blieb aus. Er musste in eine Sitzung des Innenausschusses, stritt sich mit einigen Kollegen von der Opposition. Heute fehlte ihm die Gelassenheit.

»Hat jemand angerufen für mich«? fragte er eine Mitarbeiterin. »Ich bin nachmittags noch bis gegen fünf Uhr im Umweltausschuss und komme noch einmal ins Büro zurück. Sie können mich jederzeit aus dem Ausschuss herausholen«.

Er rief Remsky an und fragte ihn, ob an den Gerüchten einer Umbesetzung in der Regierung noch vor den Wahlen etwas dran sei.

»Da arbeiten einige Parlamentarier mit der Presse Hand in Hand. Das Volk muss mit den neuesten Nachrichten gefüttert werden, die Presse braucht Schlagzeilen«, erwiderte Remsky. »Ich bin absolut sicher, dass der MP vor den Wahlen nichts ändern wird, wozu auch. Er wird in einigen Tagen erzählen, dass er nach den Wahlen den Umbau seiner Regierungsmannschaft vornehmen wird. Die Spannung muss steigen, der Bühler täuscht wie immer«.

74

»Wir kümmern uns jetzt mehr um unser privates Leben«, kommentierte Charly Beauforts Anmerkung, dass er keinen Anruf erhalten hat.

»Nun ist es nicht nötig, mich zu entscheiden. Ich mache immer mehr die Erfahrung, dass vieles ohne mich läuft, Entscheidungen über meinen Kopf hinweg von anderen getroffen werden.«

»Es liegt nicht alles in unserer Hand. Mutter ist übrigens nach Sogne in ihr Elternhaus gefahren und Vater wird in Hamburg ein zweiwöchiges Seminar durchführen. Sie sind gemeinsam mit dem Auto unterwegs.

Magni Haag pendelte seit vielen Jahren zwischen Norwegen und Deutschland. Sie hatte gemeinsam mit ihrer Schwägerin in Sogn einen ungemein gut florierenden Vertrieb für norwegische Mode aufgebaut. Norwegische Kleidung, Strickwaren und Schuhe für die ganze Familie, die jeweiligen Herbst-und Winterkollektionen waren in ihrem Sortiment zu finden. Zudem waren in Oslo zwei Mitarbeiterinnen beschäftigt, für die Abwicklung der Aufträge, die aus ganz Deutschland, vor allem über das Internet abgerufen wurden. Schon lange hatte sie ihren studierten Beruf an den Nagel gehängt.

Aber noch immer fühlte sie sich zu den Nationalschätzen ihrer Heimat und den archäologischen Museen hingezogen. Sie blieb ihrer Heimat, den Traditionen verbunden, besuchte immer wieder die Nationalparks mit ihren Naturschönheiten. Sie angelte mit dem Bruder den Lachs an den reißenden Flüssen, verbrachte Ferienwochen in der einsamen

Waldhütte in der Nähe ihres heimatlichen Hofes. Die donnernden Wasserfälle, die silbern glänzenden, klaren Bergseen, die stillen Wälder gehörten zu ihrem Leben. Magni wie Lorenzo liebten beide lange Bergwanderungen oder im Winter Skitouren rund um den Sognefjord. »Wenn Vater in den Ruhestand tritt«, sagte sie zu ihrer Tochter, »werden wir auf unsere alten Tage nach Norwegen ziehen«, lachte sie immer wieder. »Dann bin ich wieder angekommen«.

75

Gerhards Gedanken waren oft bei seinem Vater, dessen geistige Kräfte zusehends verfielen. Noch immer waren die Ursachen der Alzheimererkrankung nicht umfassend bekannt. In den Fachzeitschriften überschlugen sich die Meldungen, wonach es nicht mehr zu lange dauern konnte, bis die Forscher den Betroffenen helfen könnten. Bernhard Beaufort stellte nun öfter immer wieder die gleichen Fragen, gab sich mit jeder Antwort auch schnell zufrieden. Er wurde ungehaltener und wortkarg, oft mürrisch und wütend.

»Mir fällt es schwer, mich zu konzentrieren. Immer wieder vergesse ich die einfachsten Begriffe. Mutter ist ja vermutlich noch längere Zeit in Reims, sie würde mir schon helfen.«

Gerhard war erschüttert. Vater brachte die Rede auf die vor Jahren verstorbene Mutter, als wäre sie nur kurze Zeit außer Haus, machte eine Reise, sei einkaufen gegangen.

Margie Skroll sagte ihm am Telefon, dass sein Vater ihr die Geschichte von seiner Frau in Reims in der letzten Zeit schon öfter erzählt hatte. Er wiederhole immer die gleichen Erlebnisse seines Alltags.

Der alte Herr kochte noch immer selbständig, allerdings wiederholte er die Gerichte mehrmals in der Woche.

»Ich wusste gestern nicht mehr, wie ich die Karte in den Schlitz des Geldautomaten bringe. Ich musste mir helfen lassen. Ich verliere meine Gedanken. Es wird Zeit, dass Mutter zurückkommt, sie hat mit diesen Dingen keine Probleme.

Er war sich seiner immer größer werdenden Abhängigkeit bewusst, hatte Angst, dass er den Elektroherd nicht ausschalten würde, wenn er das Haus verlässt.

Gerhard Beaufort hatte die Nachbarin gebeten, am Abend beim Vater an der Tür zu läuten. Sie solle sich den Herd anschauen, ob die Platten nicht glühten.

Gerhard war tief beunruhigt. Unter diesen Umständen konnte er den Vater nicht mehr lange allein in der Wohnung lassen.

Margie Skrolls Besuche wurden deutlich weniger. Er konnte von ihr nicht verlangen, außerhalb des Wochenendturnus Vater zu besuchen.

Beaufort wusste, dass die Krankheit des Vaters sein persönliches Leben, seinen Arbeitsalltag schwerwiegend beeinträchtigen würde, sollte er niemand finden, der dem Vater beistünde.

»Ich möchte niemand im Haus, ich vergesse zwar viel mehr als in früherer Zeit, aber ich kann noch gut auf mich selber aufpassen. Wenn es soweit ist, sag ich dir das«. Er tröstete seinen Sohn, der seinen Kummer um den Vater offen ausgesprochen hatte.

»Ich möchte dich nicht allein lassen, wenn es dir schlechter geht.«

»Du weißt, ich verfüge über die Gene der Beauforts, die waren alle gesund und langlebig«. Bernhard Beaufort lachte, drückte die Hand des Sohnes und verabschiedete ihn. »Geh nur und regiere das Land«.

Gerhard machte sich mit Charly lange Gedanken um

den Gesundheitszustand des Vaters. Sie bedachten die Konsequenzen für seine bald nötige Pflege und Versorgung.

»Wie ich meinen Vater kenne, wird er es rundweg ablehnen, in ein Seniorenheim einzuziehen«.

»Ob ein politisches Amt und die Sorge um deinen Vater zu vereinbaren sind, müssen wir uns gemeinsam überlegen«.

»Er hat trotzdem noch immer seine ungemein positive Lebenseinstellung. Sein Optimismus war für mich von Kindheit an beispielhaft und ansteckend für unsere Familie. Er kennt die meisten Leute in seiner Umgebung noch mit dem Namen. Dass er davon überzeugt ist, Mutter würde bald aus Reims zurückkehren, scheint jedoch schon ein Zeichen fortgeschrittener Erkrankung zu sein. Er kann sich nicht mehr an die Zusammenhänge erinnern, an das Leben mit ihr, schon gar nicht an ihren Tod.«

76

Beauforts Tage waren ausgefüllt mit anstrengender Parlamentsarbeit, der Beantwortung einer Vielfalt von schriftlichen Anfragen, Anregungen und mails. Seine Mitarbeiterin erledigte die vielen Schriftstücke in angemessener Weise, ganz in seinem Sinne, so dass er guten Gewissens unterzeichnen konnte.

Die langen Debatten im Hause, die vielen Sachausschusssitzungen drückten manchmal auf das Gemüt. Seit Gerhard Beaufort den Kummer mit dem Vater so hautnah erlebte, spürte er plötzlich eine andere Form politischer Verantwortung.

Der Freitagabend war für die Versammlungen auf der Kreis-und Ortsebene freigehalten. Der Terminkalender musste revidiert werden, denn trotz aller politischen Tätigkeit musste er sich in neuer, ganz anderer Form als früher dem Vater widmen.

Bei einer Versammlung vor einer Handvoll Bauern stand plötzlich nicht mehr nur der Getreide-und Milchpreis im Mittelpunkt, sondern die Absicherung im Alter, die steigende Zahl der Pflegebedürftigen auch auf dem Bauernhof.

»Wer soll die Kosten tragen. Die Bevölkerung wird immer älter, die pflegebedürftigen Menschen brauchen Zuwendung, die Pflege des einzelnen Pflegebedürftigen kann zum finanziellen Fiasko werden«, meinte einer der älteren Landwirte.

Beaufort redete über Fakten, mit denen er sich bisher nur theoretisch auseinander gesetzt hatte. Plötzlich ging ihn das ganz persönlich an. Wohin mit dem Vater? Wer stützt ihn im Alter und in der Krankheit?

Der angesehene Abgeordnete des Landtags, der ehemalige Staatsanwalt und Richter merkte plötzlich, dass es gesellschaftspolitisch brisante Fragen und Probleme gibt, mit denen er sich bisher wenig oder gar nicht befasst hatte. Das sollte anders werden.

77

Der Innenausschuss für Innere Sicherheit des Landtages war in die Forensische Psychiatrie des Bezirkskrankenhauses geladen. Kerstin Bajors, die Vorsitzende, hatte in ihrem Einladungsschreiben an die Mitglieder Ihres Ausschusses wie des Justizausschusses schon den Schwerpunkt der Veranstaltung kurz dargelegt: Im Mittelpunkt solle die Information über psychisch kranke Straftäter durch ein kompetentes Team aus der Forensischen Forschung stehen. Nachdem eine Gesetzesänderung anstünde, sollten auch Nichtjuristen unter den Ausschussmitgliedern die Gelegenheit wahrnehmen können, den Dreiundsechziger, sie spielte auf den Paragraph 63 des Strafgesetzbuches an, kennen zu lernen. Es ginge hier um die gerichtliche Anordnung der Unterbringung von Straftätern in einem psychiatrischen Krankenhaus.

Dr. Arnschrein, der Leitende Chefarzt der Abteilung für Forensische Psychiatrie und Psychotherapie holte mächtig aus. Er referierte über die Grundlagen wie die Anwendungsforschung im Bereich Ätiologie und Diagnostik bei psychopatischen Patienten. »Die Ätiologie ist eine zielgerichtete Erforschung der Entstehung von Krankheiten, hier speziell im Bereich psychischer Krankheiten«, erklärte er. Danach gab er das Wort an einen Kollegen im beigen Anzug weiter.

Beaufort erkannte ihn sofort. Das war »Grätsche«, wie er leibt und lebt. Schlacksig, einsneunzig groß, semmelblond, breites Lachen. Und dann hob der Semmelblonde an, dynamisch, freundlich, mit jedem Wort einnehmend. Das war Wolf Kleist, wie ihn Bernhard kannte. Er habe, stellte er sich den anwesenden Politikern vor, nach dem Studium hier am Klinikum bereits ein paar Jahre mit Schwerpunkt Pathogenese gearbeitet, hätte auf Vermittlung seines Professors anschließend im Heilig-Kreuz-Hospital in Winchester im englischen Süden gearbeitet und habe sich dann für weitere sechs Jahre in Los Angeles an der amerikanischen Westküste aufgehalten. Dort habe er vor allem Erfahrung in der Therapie mit straffällig gewordenen Sexualtätern gesammelt, insbesondere auch in der klinischen Anwendung. Diese Kenntnisse wolle er hier am Bezirksklinikum einbringen. Seine Ausführungen waren interessant, informativ und in keiner Phase langweilig. Er dozierte mehrere Fallgeschichten von triebgesteuerten Tätern, erörterte Haltungen des psychopathischen Charaktertyps, erläuterte psychologische Begleitmerkmale, verwies differenziert, mit einem süffisanten Schmunzeln, auf die häufig unproportionierte körperliche Erscheinungsform der Personen und Gerhard Beaufort ertappte sich, seine Kolleginnen und Kollegen kritisch zu beäugen.

»Ich habe dich gleich erkannt«, sagte Wolf Kleist grinsend zu Gerhard Beaufort, als sie sich nach den Vorträgen in der Lounge des Klinikums begrüßten. »Bist nicht zu übersehen, Gerhard, und dass du in der Politik gelandete bist, verwundert mich zwar, aber es passt zur dir.« Es wäre schade, sehr schade, dass sie sich aus den Augen verloren hätten, aber, er, Beaufort, habe in den letzten Monaten Torpedo und Hamlet wirklich zufällig wieder getroffen und sie hätten sich verabredet spätestens zu seiner, Beauforts Hochzeit, die Bekanntschaft zu erneuern.

»Da waren wir neun Jahre im *Erasmus* aneinander gekettet, gehen dann sang- und klanglos in die Welt hinaus und keiner weiß etwas vom anderen.« Gerhard war sichtlich zerknirscht.

»Die *Doktorin* ist tatsächlich Ärztin geworden, Frauenärztin, sie ist selbstständig, hat einen Kollegen geheiratet, kinderlos, forsch wie eh und je«, meinte Wolf Kleist.

»Apropos Heirat, Du bist heute schon zu meiner Hochzeit eingeladen«, schloss Beaufort die Unterredung, sie klopften sich auf die Schulter und gingen ihrer Wege.

78

Wolf Kleist war erst in der siebten Klasse in das *Erasmus-Gymnasium* gekommen. Eines Tages stand er vor der Tür, schmal, lang, blondschopfig und still, eine wunderhübsche, sehr junge Frau an seiner Seite, seine Mutter. Der Direktor hatte ihn dann vorgestellt. In der Klasse war ein Platz frei, am Tisch des Triumvirats. Es gab ein ungeschriebenes Gesetz: Dieser vierte Platz in der Gruppe hatte frei zu bleiben, bisher. Niemand wagte ein Wort, als sich der Blonde still und bescheiden mit traurigem Blick zur Troika setzte. Selbst Remsky verhielt sich still. Wolf sprach wenig, brillierte in Mathematik und Biologie, wobei er in ungewöhnlicher aber bescheidener Souveränität und zur Freude seines Biologielehrers über Zellen und Nerven, über Strukturen und Gesetzmäßigkeiten, über Botanik oder Mikrobiologie, was für die meisten ein Buch mit sieben Siegeln geblieben ist, Tiefgründiges für den Unterricht beitrug. Der Studienrat Hiermann gab jeweils für die nächste Stunde das Unterrichtsziel an und Kleist referierte dann in der folgenden Unterrichtsstunde das Thema. Er solle Lehrer werden, meinte Hiermann nicht nur einmal, zu Kleist gewandt. Was er heute schon wüsste, brächte kaum ein Referendar vom Studium mit.

Allmählich hatte sich dann herum gesprochen, dass der Vater vom Wolf Kleist sich das Leben genommen hätte. Remskys Vater brachte mit nach Hause, dass der Herr Kleist dreißig Jahre älter als seine Frau gewesen sein musste, die ihr Kind schon mit neunzehn Jahren bekommen habe. Der alte Kleist müsse im Krieg, da wäre er noch recht jung gewesen, irgendetwas angestellt haben, was dann, viele Jahre danach, vor Gericht zu verhandeln gewesen wäre. Genaueres erfuhr man nicht. Dann habe er sich einen Schlauch ins Auto gelegt und sei eingeschlafen.

Der Physiklehrer in der Oberstufe, Oberstudienrat Rosenbaum, der keiner Fliege etwas zu Leide tat, war dann zu Beginn des achten Schuljahres nicht mehr wieder im Erasmus erschienen. Er sei jetzt im benachbarten katholischen Gymnasium eingesetzt, hieß es. Rosenbaum hatte Wolfs Mutter geheiratet, war der Stiefvater von Wolf geworden. Wolf wurde von diesem Zeitpunkt an offener, fing an zu lachen und war öfter bei Gerhard Beaufort eingeladen. Er lebte einen Straßenzug weiter, die Jungen trafen sich vor allem im Fußballverein und dort war Wolf schon bekannt als der absolute Verteidiger. Er habe eine Karriere als Berufsspieler vor sich, meinte sein Trainer, seine Ausdauer, sein Ballgefühl, seine Pässe und die Souveränität in der Abwehr, seien unübertroffen. Furchtlos grätschte Wolf Kleist jedem Stürmer in die Beine, ließ keinen der gegnerischen Spieler den Strafraum passieren, hatte bald den Ruf eines großen Abwehrstrategen und spielte lange in einer oberen Liga. Er verdiente sich sein Studium durch Fußballspielen und wurde zum Idol nicht nur der Mädchen des *Erasmus*. »Grätsche«, wie sie ihn alle respektvoll nannten, verließ rechtzeitig bevor er zum Fußballkrüppel geschlagen wurde, wie er lachend feststellte, das Feld. Dann hörte man nichts mehr von ihm.

»Meine Mutter lebt mit ihrem Mann jetzt südlich von Los Angeles. Mein Vater ist in Pension, sie haben das Leben hier aufgegeben und sich neu orientiert. Ich fliege regelmäßig nach Kalifornien«, erwähnte er, bevor sie sich in der *Forensischen Klinik* verabschiedeten.

»Das wär es auch für mich«, überlegte Gerhard Beaufort, »raus aus der Politik und was Neues anfangen«. Als wäre er reif für die Insel, gingen ihm diese Gedanken nicht aus dem Kopf.

79

Beaufort hatte sich als junger Staatsanwalt Meriten verdienen wollen, lernte den harten Alltag, die umfangreichen und schwierigen Arbeitsprozesse kennen und fühlte sich tatsächlich in diesem Beruf zu Hause. Zwei Jahre später, als junger Richter, zu jung, wie er in späteren Jahren resümierte, wollte er sich für das Recht einsetzen, zumindest hatte er es nicht gebeugt. Mancher Kuhhandel um das eine oder andere Urteil machten seinem Gewissen zusehends zu schaffen, aber als er Jahre später in der Politik landete, musste er feststellen, dass die Welt kaum irgendwo ein heiles Plätzchen für ihn bereit halten würde, aber eine Insel im Pazifik war für ihn nicht erstrebenswert.

Auch Remsky reifte, wurde mit dreißig erwachsen. Da hatte er berufliche Erfolge zu verzeichnen, schaute gut aus, war immer noch von überbordender Selbstsicherheit, aber weniger ironisch als früher, stellte nicht mehr jeden und alles grundsätzlich in Frage, respektierte anderer Leute Ansichten. Manche charakterlichen Falten begannen sich allmählich zu glätten, je mehr er aus seiner unerbittlichen Selbstsicherheit hinauswuchs. Er übertraf Hamlet und sogar den Gentleman an gut situierter Bürgerlichkeit und Biederkeit. Beaufort hatte in seinen kanadischen Jahren die Welt aus anderer, neuer Sicht zu gewichten gelernt und Josh Fahrenttorf hatten seine indischen Hippietage ins Erwachsenendasein gehievt.

Alle drei waren vom Leben privilegiert. Sie hatten sich freigeschwommen von der elterlichen Bevormundung, den moralisierenden Ratschlägen der zumeist der Erziehung fernen Väter und der Dauerfürsorge ewig besorgter Mütter. Ihr Leben war auf Zukunft ausgerichtet.

80

Der Flug nach Barcelona hätte so schön sein können, er hätte durch die Bullaugen die Pyrenäen betrachtet, weit im Osten das Mittelmeer blau schimmern sehen, hätte gedöst.

Sie patschte mit der rechten Hand auf seinen linken Oberschenkel. »Na, lieber Zeitgenosse, Sie sind ja so still, wohl noch nicht oft genug geflogen? Höhenangst was, ist Ihnen übel? Tüten hängen bereit.« Sie lachte ungeniert, laut und ungehemmt. Die Stimme hätte er unter tausenden heraus gehört. Er schaute schräg nach links. Sie klebte an der

Außenwand der Boing in ihrem Sessel, hatte eine Tüte Chips in der Linken, das Hundefutter, wie er es nannte, krachte unter ihren Zähnen. Josh kam nicht viel zum Reden. »Sie kenne ich«, sagte sie, »weiß nur nicht woher«. Sie schob sich eine weitere Hand voll Chips in den Mund, munter zerbiss sie die gelben Kracher. »Ich vergesse Gesichter, wie andere Namen«. Es wäre eine Krankheit, sagten die Ärzte, aber was soll's. Dafür hab ich ein vortreffliches Namensgedächtnis.« Das rechte Bein hatte sie über das linke geschlagen, der rote Rock rutschte ihr übers Knie.

Das war das Mariandl. An sie würde er sich zeitlebens erinnern und wäre er achtzig Jahre und hätte alle möglichen Katastrophen hinter sich. Mariandl kam eines Tages, er war in der Abiturklasse, in den Klassenraum geschneit und warf ihre prall gefüllte Arbeitsmappe auf das Pult. Das war eine Wucht, ein Ereignis der besonderen Art, ein Leib gewordenes Erdbeben. »Wellkraut ist mein Name, ja tatsächlich Wellkraut, schaut nicht so entgeistert. Ihr werdet mich das Jahr über ertragen und ich euch, du meine Güte, so einen Haufen verschreckter Halbwüchsiger. Ich gebe Chemie, euren Dr. Conradin haben wir gestern eingeliefert, Herz hat er, was die nur immer mit ihren Herzen haben, Herz und so jung, keine fünfzig und schon Herz. Nehmt eure Bücher rauf und auf geht's.«

Selbst dem Remsky klappten die Augendeckel nach unten, Beaufort war ganz leise, eben ein Gentleman und er, Josh, rieb sich, ohne es zu merken, das Kinn. Dann wurde das ein Jahr in Chemie wie sie noch keines hatten. Die erfolgreichste Chemieklasse sollten sie werden, rief sie. Da zischte und brodelte es, wenn es nach chemischen Reaktionen stank in der 9a. Sie redete jede und jeden mit *Du* an. Eine Viertelstunde nach Unterrichtsbeginn öffnete sich die Klassenzimmertüre und der Oberstudiendirektor trat ein: »Ah, ich sehe, Sie haben sich schon eingeführt«, lachte er.

»Alles Gute und sollte es Probleme geben, ich bin für Sie da.« Es gab kein Problem, nicht ein einziges, sie war Lehrerin, Mutter, Freundin. Keine zehn Jahre älter als ihre Schülerinnen und Schüler, kompetent und laut und sie konnte sich die Gesichter ihrer Mitmenschen nicht einprägen. Jede Stunde neu musste sie sich vergewissern, wer vor ihr saß.

Das Mariandl saß nun neben Josh Fahrenttorf im Flugzeug. »Ihre Stimme kenne ich«, sagte sie, »bis wir landen, weiß ich Bescheid«.

Josh kam nicht zum Reden. Sie flogen gerade über die Pyrenäen und da sagte sie, nachdem sie die Chipstüte geleert hatte. »Du bist der Josh aus der 9a am *Erasmus*. Das waren doch noch Zeiten, was. Geht's Dir gut, bist fit, was treibst so? Ich bin weg von der Chemie, konnte mir keine Gesichter merken. Bin in der Forschung. Heut Nachmittag lieg' ich endlich am Strand, in der spanischen Sonne, drei Wochen aalen und surfen. Ich surf seit meinem fünfzehnten Jahr und Sangria gibt es drei lange Wochen, nichts als Sangria. Hier meine Adresse, kannst bei mir schlafen, wennst in der Stadt bist und kein Zimmer findest. Nicht so, wie du meinst, Josh, bin zu alt für Dich« und sie lachte, lachte, dass das Flugzeug wackelte und die Reisenden ihre helle Freude hatten.

Josh war in einer anderen Welt. Die Dynamik, das brodelnde Leben dieser Frau, ihre Unbekümmertheit hatten ihn schon vor zwanzig Jahren fasziniert, als sie ihnen die Chemie nahebrachte wie keine in den früheren Schuljahren. Er stieg aus dem Flieger und wusste nicht wie er ins Taxi gelangt war.

81

In einer Seitenstraße, nahe des Palau de la Musica Catalana hatte er wie immer Unterkunft gefunden. Senora Magdalena Torres erwartete ihn, führte ihn in sein Zimmer, lud ihn zum Abendessen und verströmte ihre gewohnte Liebenswürdigkeit und Herzlichkeit.

Torres' kleines, ungemein gediegenes Hotel war schon seit drei Generationen Treffpunkt der Mersebach mit den spanischen Händlern. Des ersten Mersebachs Faible für Spanien ging so weit, dass er seinen Kindern eine spanische Gesellschafterin und Erzieherin an die Seite stellte. So wuchsen die Mersebach seit drei Generationen in zwei Kulturen auf. Eine kleine Finca nahe Barcelona diente in den Sommerferien als Erholungsraum von der geschäftigen Welt zu Hause in Deutschland. Der zweite Mersebach, der den Schuhhandel seines Vaters weiterführte, wuchs zweisprachig auf und hatte seine Frau in Barcelona – wie sollte es anders sein - kennen gelernt. In ihren späten Lebensjahren, nach dem Tod ihres Mannes Paul Mersebach, verzog die Senora wieder in die spanische Heimat und bewohnte allein und hoch betagt die familiäre Finca. Paul Juan Mersebach, der derzeitige Patron, der das Steuer des Familienbetriebs noch fest in Händen hielt, war mit einer Jugendfreundin aus Marburg verheiratet. Ihre einzige Tochter Silvana lebte seit Jahren fernab der Heimat im mexikanischen Veracruz. Die Mersebach Company hatte an der Küste, am Golf von Mexiko, eine Zweigstelle des Betriebes aufgebaut, das mehreren hundert Menschen Arbeit sicherte. Silvana, einzige Erbin des Mersebachschen Unternehmens, hielt das Geschäft aufrecht. Spanisch sprechend aufgewachsen waren ihr die sprachliche Kompetenz und das erlernte Wissen aus der Firma des Vaters eine außergewöhnliche Hilfe bei der Leitung.

82

Das kleine Cafe, in dem Josh Fahrenttorf am nächsten Morgen frühstückte, barg eine tief greifende Erinnerung. Vor Jahr und Tag saß er an einem warmen Sonntagabend im Juni auf der Terrasse des Cafes. Der Tag war erfolgreich verlaufen. Er war noch nicht lange im Geschäft, doch die spanischen Vertragshändler waren ihm mit viel Noblesse und Verständnis entgegen gekommen. Er hatte einträgliche Verträge ausgehandelt und er würde der Mersebach Company im fernen Deutschland Arbeit und Aufträge für ein weiteres Jahr gesichert haben. Paul Juan Mersebach hielt große Stücke auf Josh Fahrenttorf.

Josh hatte den jungen Männern zugeschaut, die die Straße herauf und hinunter glitten, wie junge Toreros, voll Kraft und Eleganz, stolzen Hauptes, mit den Gedanken bei ihren Senoritas. Diese folgten der fast nicht zu zügelnden Horde mit wiegenden Schritten, tänzelten ihren Paso Doble mit gewundenen Drehungen, näherten sich den jungen Männern. Die warben mit ihren beweglichen, gertenschlanken Körpern um die Mädchen. Diese antworteten lachend mit girrenden Lauten und schwärmten auseinander wie auffliegende Tauben, fanden sich wieder im Kreis, hielten sich an den Händen, immer in geziemender Entfernung zu den Jungen.

Am nächsten Morgen würden sie wieder auf ihren Mofas oder mit der Straßenbahn zu ihren Arbeitsplätzen fahren, am Fließband stehen oder die Schulbank drücken, im Kopf die Gedanken an den Abend vorher und schon an den Sonntag, der immer wieder vor ihnen lag.

Josh hatte sich im vollbesetzten Cafe an den Tisch einer jungen Dame gesetzt, die einen späten cafe con leche trank und in eine Zeitschrift vertieft schien. Der fremde Akzent im sauberen katalanischen Spanisch Barcelonas, den der Fremde sprach, ließ sie kurz aufschauen.

»Was trinkt man um diese Zeit außer cafe con leche, wenn man fremd ist in der Stadt«?

»Mit einem eleganten Vino Tinto sind Sie auf der sicheren Seite«, lachte sie.

Da war es um ihn geschehen. Wenn es wirklich Liebe auf den ersten Blick gibt, so hatte sie ihn gnadenlos überfallen. Er war diesem Mädchen von einem Augenblick auf den anderen hilflos ausgeliefert.

Sie erzählte von ihrem Dienst als junge Lehrerin für Englisch und Kunstgeschichte an einer Mittelschule. Nicht weit von hier würde sie bei ihren Eltern wohnen, habe an der Universidad de Barcelona studiert. Die Mutter eine Krankenschwester, der Vater Mechaniker, zwei Geschwister noch dazu, die Oma lebt im Haus, die Verhältnisse seien eng, sie auf der Suche nach einem bezahlbaren Zimmer in der Nähe ihrer Schule, die sie Tag für Tag mit der Straßenbahn erreicht.

»Sind Sie morgen wieder hier, in diesem Cafe. Ich möchte Sie wiedersehen.«

Ihr Lachen brachte ihn halb um den Verstand.

»Das wird nicht gehen, Sie ein Fremder, der bald wieder weg ist in seiner Heimat. Wann müssen Sie fahren«?

»Die Woche würde uns gehören«, hört er sich sagen.

Lachend, wieder lachend, erhob sie sich und winkte ihm zu.

Den nächsten Abend saß er zur gleichen Zeit am gleichen Tisch. Und sie kam, mit leichten, tänzelnden Schritten, strahlenden Augen, ihrem wunderbaren Lachen im Gesicht, schob sich eine kleine Strähne ihres schwarzen Haares aus dem Gesicht.

»Eine Woche haben wir für uns«?

Es war die glückliche Zeit seines Lebens. Sein Leben

würde er für dieses Mädchen geben. Er würde sie auf der Stelle heiraten. Josh hatte bisher nicht gespürt, was Liebe sein kann.

Es war Freitagabend. Lucia Ana Morales kam nicht wieder. Josh wartete, bis der Wirt das Cafe schloss.

»Wo wohnt die Dame«? fragte er el dueno.

»Ich kenne die Dame nicht, sie war noch nie hier«.

Er verließ die Stadt. Josh wurde krank. Er trauerte um eine verlorene Liebe. Er baute seiner Carmen einen goldenen Altar in seinem Herzen und schwor ihr die ewige Liebe. Der Alltag nahm seine Aufmerksamkeit, seine ganze Kraft in Anspruch und er musste sich den beruflichen Gegebenheiten stellen.

83

Josh hatte das Frühstück beendet, er schaute sich um, die Straße hinauf und hinunter. Ein Jahr war vorbei und Lucia Ana war in seinem Herzen geblieben, als hätte er sie gestern in den Armen gehalten. Er würde auch im nächsten Jahr wieder in diesem Cafe sitzen, seinen Kaffee oder einen Vino Tinto trinken und sich die Augen ausschauen. Irgendwann würde Lucia Ana vor ihn hintreten und ihre Hand auf seine heiße Stirn legen. Dann würde sie fragen: »Wo warst du so lange, ich habe immer auf dich gewartet.«

Der Rückflug von Barcelona in die Heimat war kurzweilig. Er dachte an das Zusammentreffen mit Remsky auf dem Flughafen.

»Wir müssen uns wieder treffen, so viele gemeinsame Jahre dürfen nicht verlöschen wie eine Kerzenflamme«, meinte der Freund, als sie sich verabschiedet hatten.

Die Dame Mersebach holte ihn vom Flughafen ab, just mit dem Auto, das die Ursache ihrer Bekanntschaft war.

»Meine Tochter kommt morgen aus Vera Cruz, würden Sie sie für uns vom Flughafen abholen«?

84

Silvana Mersebach kam am nächsten Tag nicht allein aus Veracruz. Das ist, dachte Fahrenttorf, als sich die Herren bekannt machten, der nächste Patron. Die Dame Mersebach begrüßte ihre Tochter und den Herrn.

»Die beiden werden bald heiraten«, sagte sie, »gewöhnt euch aneinander«. Sie nahm Josh am Arm: »Halten Sie den beiden die Treue, Herr Fahrenttorf, die beiden brauchen Sie in Deutschland, wenn sie wieder in Mexiko arbeiten«.

Längst hatte Josh Fahrenttorf die Erfahrung gemacht, dass sich Umstände von heute auf morgen ändern. Der schnelle Tod seines Vaters war in sein Gedächtnis eingebrannt, der Verlust der geliebten Frau in Spanien zerriss seine Seele. Was morgen sein würde, wagte er nicht zu denken.

85

Wenn ihn sein Geschichtslehrer fragte, woher denn nun die Hugenotten ihren Namen hätten, zitierte Gerhard Beaufort seinen Vater.

»Ich glaube«, sagte mein Vater, »dass unsere protestantischen Vorfahren ihren Namen von einem Schweizer Freiheitshelden ableiten. Er hat Besancon Hugues geheißen und er hat im sechzehnten Jahrhundert in Genf gelebt.«

»Wenn Sie jedoch mich fragen: Ich meine, unsere hugenottischen Ahnen beziehen sich ganz einfach auf den Kosenamen Huguenot, der sich wiederum auf Hugo bezieht. Im Althochdeutschen steckt da so viel mehr drinnen, z.B.

dass der germanische Vorname Hugo sich ableitet vom althochdeutschen hugo, was so viel wie Geist oder Verstand bedeutet.«

Dass Beaufort eine Koryphäe in Geschichte gewesen war, hat er nicht nur mit solchen Definitionen bewiesen. Wenn er nach seinen Vorfahren gefragt wurde, konnte er die ganze Klasse mit spannenden und historisch belegbaren Fakten aus der Ahnenforschung seiner Familie unterhalten. Der dicke, in Schweinsleder gebundene Foliant aus dem Bücherschrank des Vaters, vor allem seine vielen Erzählungen aus der Familiengeschichte hatte Gerhard immer schon tief beeindruckt.

86

»Nachdem die protestantische Reformation im sechzehnten Jahrhundert der offenkundig zerbrechenden Basis der katholischen Kirche fast den Garaus gemacht hatte, brachen sich neue politische und gesellschaftliche Entwicklungen Bahn«. Vater erzählte, als würde er Texte aus einem Buch vorlesen.

»Die Menschen der damaligen Zeit litten unter Krankheiten, Not und Verfolgung und der Streit der Kirchenoberen, der Fürsten und Könige ruinierte den Kontinent vollends. Die Steuern und Abgaben waren horrend und viele Bauersfamilien, wie die der Beauforts, unsere Vorfahren, mussten zusehen, wie sie den Alltag bewältigten. Die vielen hungrigen Mäuler konnten recht selten gestopft werden und so starben jene, denen die Kraft fehlte, zu allererst. Übrig blieben nur die ganz Gesunden, und von denen stammen wir ab, merk dir das, das ist ein ungewöhnlicher Vorzug. Es gab einmal einen, der sprach von natürlicher Auslese, naja, soll er, jeder hat so seine Gedanken im Kopf. Gar zu viel Darwinismus schadet aber der Gesellschaft«. Vater hob die Augenbrauen, man merkte ihm an, dass er so gar nicht mit allem einverstanden war, was dieser Guru, wie er ihn nannte, seinerzeit geschrieben hatte.

Gerhard wusste, dass gerade im sechzehnten und bis hinein in das neunzehnte Jahrhundert, als die Beauforts schon in Deutschland oder Skandinavien siedelten, Hunger und Armut viele Familien in die Schuldenabhängigkeit getrieben hatten. Schwere Missernten taten das Übrige. Väter nahmen sich das Leben am Strick, Mütter liefen ins Wasser, Kinder verhungerten vor der Haustüre der heruntergewirtschafteten Bauernhöfe und verrotteten Hütten. Der Dreißigjährige Krieg als innereuropäischer Konflikt hatte die europäische Bevölkerung um ein Drittel dezimiert. Die religiösen Differenzen dienten als Vorwand, um sich zu bereichern, territoriale Ansprüche zu festigen oder irgendwelche Rechnungen zu begleichen. Und in der Zeit nach dem Dreißigjährigen Krieg war in Europa nichts, wie es einmal gewesen war.

Wenn er darüber vor der Klasse referierte, rutschten seinen Zuhörern fast die Augen aus den Höhlen und der eine oder andere kam durch Gerhards Vorträge auf den Gedanken, sich mehr mit der interessanten Materie zu befassen oder später gar ein Geschichtsstudium anzustreben.

Die Beauforts kamen aus dem Nordosten Frankreichs, das steht in den Analen. Als im Oktober 1685 König Ludwig XIV das Edikt von Nantes widerrief, den Katholizismus wieder zur Staatsreligion machte und so den Hugenotten, die protestantischen Glaubens gewesen waren, den Boden unter den Füßen wegzog, verließ Philip Beaufort nämlich seine Heimatstadt Reims und zog gegen Norden. Soviel wussten die späteren Generationen der Beauforts über das Leben ihrer französischen Vorfahren. So manches wurde in den ersten Jahrzehnten mündlich weitergetragen, bis einer der Beauforts sich für die Geschichte der Vorfahren interessierte und begann die Historie der Generationen aufzuschreiben.

Philip Beaufort machte sich mit seiner Familie und weiteren Mitgliedern seiner Sippe auf einen langen Weg, wie vor dreitausend Jahren Abraham, der aus Ur in Chaldäa kam und ein *Gelobtes*, ein versprochenes *Land* suchte. Nach langen Hungerjahren erreichte er mit anderen Glaubensflüchtlingen das Territorium des Kurfürsten Friedrich Wilhelm von Preußen.

Zunächst hätten sie im Schleswigschen ein Stück Land zugewiesen bekommen, gerade genug zu auskömmlichem Leben und zudem merklich weniger Steuerlast als in früheren Zeiten, schreibt Philip in das erste Familienbuch der Beauforts auf teures Papier. Er schien diesen schleswigschen Fürsten zu verehren, ließ der sie doch auch ihren Glauben leben.

»Ich bleibe immer in diesem Land, das mich nach meiner persönlichen Glaubensfasson selig werden lässt«, steht in schöner Schrift zu lesen.

Dann breitete sich die Sippe aus nach Brandenburg hinüber, bis hinauf nach Schweden und alle blieben ihrem Gelübde treu: Sich als Beaufort um einander zu kümmern und in Verbindung zu bleiben, in guten und in tristen Zeiten.

Gerhard Beaufort war von seinem Vater immer wieder mit der Historie der Familie konfrontiert worden und die Ahnen im achtzehnten und neunzehnten Jahrhundert lebten in den plastischen Erzählungen des Vaters, als würden sie heute ihrem Tagwerk nachgehen. Man bräuchte nur über die Straße zu gehen, ins andere Dorf, die nächste Stadt und man könnte miteinander reden, sich im Kummer stärken, die Freuden miteinander teilen.

Die Beauforts waren wohl kluge Köpfe, ihre Kinder

wuchsen deutsch und französisch sprechend auf und sie ließen ihnen die Bildung ihrer jeweiligen Zeit angedeihen.

So lebten die Beaufort über zweihundert Jahre im Norden Deutschlands, erzogen ihre Nachkommen, bereiteten sie redlich und selbstbewusst auf das Leben vor. Sie klagten nicht, wenn ein Unheil in ihre Reihen drang, lebten, liebten, litten mit der Sippe und stärkten ihre Nächsten. Die Väter mussten dann und wann, wenn es den Fürsten recht schien, in die Kriege ziehen und so mancher aus der Sippe kehrte nie mehr heim.

Der Urgroßvater Friedrich Beaufort hatte dann die Tochter eines bekannten brandenburgischen Schultheißen geheiratet, der auch in den preußischen Landtag eingezogen war. Waren die Beauforts früher Bauern, wohlbetucht auch, weil sparsam, oder auch Pfarrer oder Lehrer, so eröffneten sich den Familien von nun an neue Wege.

Der Schwiegervater stattete die Tochter mit einem beträchtlichen Vermögen aus, das der Schwiegersohn mit Fleiß und der Kraft eines ungewöhnlichen regen Geistes vergrößerte.

Von Potsdam bis Rostock in den Norden oder nach Hamburg im Westen, gar bis Leipzig im Süden oder nach Cottbus hinüber fuhren nach einigen Jahren die Wägen der Beauforts. Sie trieben Handel quer durch Deutschland und bis hinein ins Polnische oder in die südliche Österreichische Monarchie. Friedrich Beaufort hatte mit seiner Frau drei Söhne, von denen jeder nach seinen Neigungen leben durfte. Der Älteste übernahm Anfang der zwanziger Jahre des zwanzigsten Jahrhunderts das Beaufort'sche Transportgeschäft, der zweite wurde Soldat und fiel im Zweiten Weltkrieg als Oberstleutnant an der französischen Front.

«Welch eine Ironie des Schicksals«, pflegte Gerhards Vater Bernhard zu sagen, wenn er von dem im Krieg umgekommenen Onkel sprach, »muss der in der alten französischen

Heimat sterben«. Er selber, Gerhard Beaufort, stammte vom dritten Sohn des Transportunternehmers ab, der einer schönen fränkischen Pfarrerstochter nach Süddeutschland gefolgt war und zeitlebens wohlbestallter höherer Beamter blieb. Ein stiller Mann, der Familie immer nahe, ließ er seinem Sohn die beste mögliche Erziehung nahe bringen, stellte ein französisches Kindermädchen an und begleitete ihn in seinem Arztstudium immer mit seinen guten Wünschen und Hoffnungen.

Gerhard Beaufort sen. nun verliebte sich dann gegen Ende seines Studiums in eine katholische Frau und gab ihretwegen sogar den angestammten protestantischen Glauben auf.

»Wir können in einer Familie nicht zwei Religionen praktizieren«, sagte sie«, »da musst du dich schon bewegen, wenn du mich liebst«.

Dass Gerhard nun katholisch erzogen wurde, hatte er der resoluten Mutter zu verdanken, die den Vater nur heiratete, weil er ihr versprochen hatte, den Sohn katholisch erziehen zu lassen. Da waren sie nun wieder heimgekehrt in den Schoß der vorlutherischen und vorhugenottischen, der alten katholischen Kirche, die seit der Reformation doch wohl eine andere geworden war und die nun für die kommenden süddeutschen Beauforts zur Heimat wurde.

87

Remsky war müde. Er hatte lange an einem Redekonzept für den Minister gesessen. Der Minister hatte seine Fachleute, war aber von der Brillanz seines »besten Mannes«, wie er Remsky respektvoll nannte, überzeugt.

Remsky erhob sich und suchte sich einen kleinen Snack aus dem Kühlschrank in seinem doch recht respektabel möblierten Arbeitszimmer. Nur das Schreibzimmer der Sekretärin trennte ihn vom Ministerzimmer. Er hatte jederzeit Zugang, machte es sich jedoch zur Verpflichtung, den Dienstweg einzuhalten. Frau Sattelmeier hielt Remsky stets die Tür zum Minister offen.

»Der Minister bittet Sie, heute Abend zu warten, bis er wieder zurück kommt«. Frau Sattelmeier steckte den Kopf durch die Tür. Remsky war eben mit dem kleinen Imbiss fertig geworden und kümmerte sich noch einmal um die Rede.

»Er fährt über Land, steckt irgendwo mit einigen Abgeordneten und Bürgermeistern vor einer Staustufe und möchte bis gegen sechs Uhr zurück sein«. Frau Sattelmeier forderte ihn zu tapferem Durchhalten aus. Sie würde ebenso warten müssen.

Remsky rief Nina an und erklärte ihr, dass er aus »nahe liegenden Gründen - der Minister sei im Moment wichtiger als ihrer beider Gefühlsleben« - verspätet bei ihr auftauchen würde.

Nina kannte diese Anrufe und nahm sich vor, mit derartigen Situationen zu leben.

»Morgen Vormittag«, stöhnte der Minister, der seit dem frühen Morgen noch nichts gegessen hatte, »morgen Vormittag kommt so ein Prinz oder auch Scheich, Sie werden das schon merken, auf dem Flugplatz an und bedarf Ihrer Hilfe. Ein Araber. Rufen Sie morgen früh zuerst noch den Staatsminister beim MP an, der wird Ihnen Näheres sagen.«

»Seit wann verhandeln wir mit Despoten«, warf Remsky ein.

»Remsky, alles dürfen Sie tun, nur nicht die Politik des MP kritisieren«.

»Wenn Sie die Frau Sattelmeier schicken, freut sich der Herr Prinz sicher«, Remsky strotzte vor Süffisanz.

»Die verehrte Frau Sattelmeier spricht zwar ein einigermaßen brauchbares Englisch, wenn der Herr Scheich jedoch mit seinen Begleitern ins Französische oder wer weiß in welche andere Sprache wechselt, läuft das Ganze an ihr vorbei. Soweit ich weiß, kennen Sie mehr als ein halbes Dutzend Fremdsprachen, wahrscheinlich auch den Dialekt dieses arabischen Fürstensohnes. Also, dann morgen um neun Uhr am Flughafen. Der Chauffeur erwartet Sie.« Dann verabschiedete sich der Herr Umweltminister.

88

Remsky hatte Nina eingeladen, ihn zum Scheich zu begleiten.

»Der mag das sicher, wenn er so charmant begrüßt wird. Ich geb' dich als meine Frau aus«.

Der Scheich kam tatsächlich mit prächtigem Gefolge. Die Flughafendirektorin hatte den arabischen Prinz in die Lounge für die VIPs gebeten. Dort erwartete ihn Remsy mit Nina.

Remsky hieß ihn im Namen des Ministerpräsidenten willkommen, sicherte ihm Diskretion zu und führte ihn zum Autokonvoi, der an der Rückseite des Empfangsraums wartete.

Der Prinz war ebenso in Damenbegleitung. Sie unterhielten sich angeregt in Englisch. Der Prinz hatte mehrere Jahre in Oxford studiert und zudem an der Pariser Sorbonne.

Remsky brachte die Gäste im Hotel unter, versprach dem Prinz, am Nachmittag zur Verfügung zu stehen und verabschiedete sich.

»Er macht einen guten Eindruck«, sagte Nina.

»Der Eindruck kann täuschen. Er ist hochstudiert, mit den Sitten der westlichen Welt vertraut, sein Vater hält sein

Volk mehr oder minder als steuerfreie Sklaven und ich soll mich um dieses Despotensöhnchen zwei Tage kümmern«.

»Diese zwei Tage vergehen, dann wird er hoffentlich wieder abreisen«. Nina versuchte ihn zu trösten.

»Er ist interessiert an erneuerbaren Energien, an unseren Techniken. Windenergie und Solartechnik faszinieren ihn. Geld ist vorhanden, so lange das Öl sprudelt. Das möchte er uns weiter verkaufen, in seinem Land möchte er jedoch davon unabhängig werden. Er ist Ingenieur für Geothermie.«

»Sein Volk möchte aber zuerst Freiheit und dann neue Energien«, warf Nina ein.

«Er weiß, dass eine solche technische Entwicklung und Abkopplung vom Erdöl in seinem Land klimapolitisch notwendig und ökonomisch sinnvoll ist«, antwortete Remsky.

»Dann kann man nur hoffen, dass mit den neuen Energien auch ein neues Verständnis für Menschenrechte kommt«, ergänzte Nina.

»In Ländern, in denen eine derart ungesunde Vermengung von Politik und Religion das Denken, die wirtschaftliche Entwicklung, die gesamte Kultur und Politik dominieren, wächst nur langsam Neues.« Remsky merkte jetzt erst, dass er seine Brieftasche zu Hause hatte liegen lassen.

»Jetzt esse ich auf deine Rechnung, mein Schatz«, sagte Remsky. Er hatte drei Stunden Zeit, bis er den Prinz mit Gefolge ins Ministerium führen würde.

89

Als Gerhard Beaufort seinen Vater aufsuchte, saß der in seinem Lehnstuhl und schlief. Das graue, lange Haar umwallte den schmalen Schädel. Die Wangenknochen waren ausgeprägter zu sehen, als bei seinem letzten Besuch, die blassen Wangen rötlich geädert. Tief lagen die geschlossenen Augen unter den markanten Wülsten der Stirnbeinknochen. Die Lippen hielt er geschlossen. Großer Friede lag über dem Gesicht des geliebten Vaters. Noch nie war ihm so bewusst gewesen wie in diesem Augenblick, dass Vater dem Tod näher war als dem Leben. Über die Oberschenkel hatte er eine Decke gezogen, darauf lag die Chronik seiner Ahnen, die er mit beiden Händen umklammert hielt. Er war in tiefen Schlaf versunken. Gerhard setzte sich auf das dunkelbraune Ledersofa. Die Eltern hatten es in noch jungen Jahren gekauft. Ein hoch betagter Arzt, befreundeter Kollege des Vaters seit Jahrzehnten, hatte es ihnen in den letzten Jahren seines Lebens angeboten. »Ich muss jetzt wohl doch in ein Altenheim«, hatte der alte Herr still lächelnd gesagt, »ich habe mich lange gewehrt und den Abschied von der Wohnung immer wieder hinaus geschoben, aber bevor ich allein auf mich gestellt verhungere und verdurste, will ich die letzten Tage doch in einigermaßen kultivierter Form leben«.

Da hatten sie das schwere Möbel in die Wohnung getragen. Die Eltern stellten es in das Wohnzimmer neben das Fenster zum Garten und das Sofa war für Gerhard der schönste Aufenthalt in seiner Kindheit und Jugend gewesen. Dort fühlte er sich beschützt und geborgen. Er löste behutsam die Chronik der Beauforts aus den Händen des Schlafenden. Dann nahm er ein Weinglas aus der alten Kommode, schenkte aus der am Tisch stehenden, geöffneten Flasche ein und wartete, bis der Vater erwachte. Der Vater trank gerne den Roten aus Burgund. Dort ließen ein ideales Klima und warme Böden einen paradiesischen Wein heran reifen. Wie die Beauforts das Wissen um ihre Ahnen von Generation zu Generation weiterreichten, so geben die Weinbauern ihre Erfahrungen über den Weinanbau über die Jahrzehnte und Jahrhunderte weiter. Vater trank nur zu besonderen Anlässen seinen französischen Wein, obwohl er im Keller einige Dutzend kostbarer Auslesen gesammelt hatte. Der herrliche Wein, den Gerhard nun kostete, war von hoher Qualität. Er prostete seinem Vater zu. Im selben Augenblick erwachte der alte Herr, sah seinen Sohn gegenüber sitzen, griff sein Glas und lachte seinen Gerhard an. »Schön, dass du da bist, Gerhard, wir haben dich schon erwartet«. Mutter war immer um ihn, sowie die Generationen Beauforts immer anwesend waren, über die Generationen der Nachkommen hinweg blieben die Bande der Sippe bestehen.

»Ja, ich musste kommen und dich wieder sehen. Verzeih mir, Vater, dass es so lange gedauert hat. Meine Arbeit lässt mir wenig Zeit für mich, für dich. Zu wenig Zeit auch für meine Verlobte«.

»Ich gebe dir keinen ungebetenen Rat, Gerhard, aber an dem alten Wort carpe diem ist mehr daran als man meint. Nutze den Tag, auch um zu leben«. Schon waren sie dann auch wieder bei der verstorbenen Mutter angelangt.

»Ich habe die Beauforts auferstehen lassen. Ich bin wieder einmal bei besonderen Beaufort'schen Originalen gelandet«, Vater lachte und verwies auf den Urahnen Hugo Beaufort, der sich aufmachte, um die Welt kennen zu lernen. Er segelte jedoch nicht wie es damals üblich war nach Amerika. Er stach in Kiel in See, durchquerte die Ostsee als Schiffsjunge, da war er doch schon über zwanzig Jahre alt, und landete schließlich im schwedischen Stockholm. Viele Monate hatte man nichts von ihm gehört, bis dann eines Tages im späten September ein Brief des verloren Geglaubten bei der Familie eintraf.

Kurz bevor es zum endgültigen großen Schlachten kam, hatten die preußischen Grenadiere den jungen Hugo von der Ernte weg geholt, verpassten ihm eine kurze Ausbildung und jagten ihn ins Getümmel. Die Mutter war untröstlich. Die drei schrecklichen Tage im Oktober bei Leipzig, als die Verbündeten dem Napoleon Bonaparte die Haut abzogen, würde er zeitlebens nicht vergessen, schrieb er. Ohne eine Schramme am Leib war er endlich in den letzten Oktobertagen des Jahres 1813 zu Hause angekommen, hat die weinende Mutter in die Arme genommen, geküsst und getröstet und war im Frühjahr darauf wieder unterwegs. In Kiel wollte er sein Glück machen.

»Die Umstände« schrieb er der trauernden Mutter, »es sind die Umstände, die mich zwingen, mein Glück in Schweden zu suchen.«

Als er nun in Schweden ankam, waren in Deutschland immer noch versprengte, marodierende Kriegerhaufen unterwegs.

In Schweden hatte er im Schiffbau gearbeitet und wie so oft, waren es im Leben der Beaufort'schen Generationen die angeheirateten Frauen, die den Männern weiterhalfen. Vermutlich auf einem ausgelassenen Tanzabend der Schiffbauer verliebte er sich in ein ihm bis dahin unbekanntes Mädchen. Die beiden heirateten bereits übers Jahr. Sie war die Tochter eines Goldschmieds. »Du hättest einen besseren verdient, als einen deutschen Franzosen«, sagte der starrköpfige Schwiegervater, »einer der nichts hat und der nichts ist, Beaufort heißt der noch dazu, das passt doch gar nicht in unsere Familie«.

Hugos Briefe an die Mutter verrieten viel über den Gemütszustand des jungen Ehemannes, der kein Recht im Hause des Schwiegervaters hatte, mit seiner jungen Frau nur geduldet war.

»Es wird besser«, schrieb er, als der Nachkomme da war. »Wieder ein Hugo, diesmal jedoch ein Schwede, aber ein Beaufort«, fügte er hinzu.

Dass er das Vermögen, das seine junge Frau in die Ehe eingebracht hatte, gut verwaltete, in den Schiffbau einstieg und schließlich ein geachteter, begüterter Mann wurde, hatte den Schwiegervater versöhnt.

Doch das Unglück in der schwedischen Beaufortsippe blieb nicht aus. Einer der Söhne blieb auf der Ostsee. Nicht eine Blanke des Schippers tauchte jemals wieder auf. »Der junge Beaufort ist Piraten in die Hände gefallen«, hieß es.

Andere Gerüchte wollten wissen, dass er nach schwerem Händel nach Amerika geflüchtet sei. Sein Schiff war jedoch in Stettin mit Weizen beladen worden. Vermutlich kam die Ladung ins Rutschen und das Schiff sank in kürzester Zeit mit Mann und Maus.« Bernhard Beaufort vergaß so vieles im Alltag schnell und immer schneller, aber die Geschichte seiner Ahnen dozierte er ohne Mühe.

90

Bedächtig wogte die österliche Prozession der Semana Santa durch die Straßen der Altstadt von Alicante. Josh Fahrenttorf hatte seinen Urlaub in diesem Jahr auf Ibiza verbracht. Mit einem Ausflugsschiff war er am letzten Tag von San Antoni übergesetzt nach Alicante auf das Festland. Er wollte noch einige Tage in dieser alten Kulturstadt verbringen. Dann hatte er ein Abteil im Zug nach Barcelona gebucht. Über Valencia und Tarragona sollte ihn die Bahn in die katalonische Hauptstadt bringen.

Sollte er zwischen Barcelona und Alicante wählen müssen, fiele ihm die Entscheidung schwer. Die Phönizier hatten schon Jahrhunderte vor unserer Zeitrechnung hier gesiedelt, das wusste er noch aus dem Geschichtsunterricht. Später kamen die Griechen, dann die Römer und der fünfhundertjährige maurische Einfluss ist heute noch unverkennbar.

Wer in der Metropole wohnt, will katalanisch sprechen, identifiziert sich mit der Kultur, die die Sitten dominiert, wie das Castillo de Santa Barbara. Es grüßt von einem mächtigen Felsen oberhalb der Stadt die Katalanen wie die Fremden, die aus aller Herren Länder die Stadt besuchen.

Josh stand unter tausenden Menschen, während die Prozession vorbei schritt. Kapellen spielten gemäßigte Marschmusik, die mit leichten Trommelwirbeln wechselte.

Hunderte Träger hielten die mächtigen, schweren Pasos, die Szenen aus dem Kreuzweg Jesus Christi zeigten, auf den Schultern.

Josh hörte die Melodien mit unverkennbar maurischem Anklang und dachte an Lucia Ana.

In Stille und tiefer Anteilnahme begleitete die Bevölkerung der Altstadt den Vorbeizug der Prozession.

Josh suchte Lucia Ana unter all den Menschen. Vielleicht ist sie in den Süden verzogen, gar nach Alicante? Sein gesunder Menschenverstand protestierte.

Die halbtätige Fahrt nach Valencia führte ihn durch die zauberhafte spanische Küstenlandschaft. In Valencia traf er Mauro Negro, Repräsentant der Handelskammer, den er vor zwei Jahren auf einer Wirtschaftsfachtagung in Tarragona kennen gelernt hatte.

Er verzichtete auf einen Besuch der Stadt, die er schon mehrmals gesehen hatte. Am Abend nahm er eine Einladung Negros in dessen Haus wahr.

In den späten Nachmittagsstunden des folgenden Tages traf er bei Senora Torres in Barcelona ein.

Senora Magdalena Torres freute sich, Josh wieder zu sehen. »Gehen Sie nach Guadalupe, ein stiller Ort, voller Harmonie und Anmut, dort finden Sie die Heilige Maria, die Schwarze Madonna, die Königin von Spanien, die hilft in ausweglosen Situationen«, setzte sie hinzu. Sie wusste nicht, was den lieben Gast plagte, aber sie ahnte einen Kummer. »Und das wunderbare Toledo ist nicht weit davon, es ist einen Besuch wert, besonders das Museum im jüdischen

Viertel ist wie ein Märchen aus verlorener Zeit. Kennen Sie El Greco, unseren Maler, das war ein Genie«. Er nickte und versuchte ein Lächeln, dann machte er sich noch in den Abendstunden auf den Weg ins Cafe. Vielleicht würden sie auf ihn dort warten. Er fixierte jede Frau, es könnte ja Lucia Ana sein. Sie könnte Jahr für Jahr dort auf ihn gewartet haben und er war nicht gekommen. Eine stille Trauer legte sich auf seine Seele. Er trank seinen Vino Tinto.

91

Dann stand sie am Tisch. »Darf ich mich zu dir setzen«?

Ihm fiel die Salzsäule ein, in die Noach's Frau verwandelt worden war. Er war nicht weit weg von diesem Zustand.

»Mein Vater sagte, wenn ich dich finde, soll ich dich mitbringen. Auch um Mitternacht«.

Sie schob ihre Hand unter die seine: »Ich bin da. Ich bin für immer da«.

Wo sie denn gewesen sei, fragte er. Alle die Jahre. » Warum bist du weg geblieben«?

»Ein plötzlicher Blinddarmdurchbruch brachte mich noch am gleichen Abend, nachdem ich von dir fort gegangen war, auf den Operationstisch. Dann war ich zwei Tage nicht ansprechbar. Als ich danach den Wirt unseres Cafes anrufen konnte, war der dritte Tag. Da warst du wieder im Flugzeug und dann zu Hause«.

Das war die einfachste Erklärung. Sie war plötzlich krank geworden.

»Zweimal folgte dann die Semana Santa, unsere spanische Heilige Woche, beide Male an verschiedenen Tagen. Immer stand ich im Cafe. Mein Vater sagte, wenn er dich lieb hat, dann wird er wieder kommen«.

Er ließ den Vino Tinto auf dem runden Tisch stehen.

Sie fassten sich an den Händen und verließen die Terrasse des Cafes, ganz langsam, als hätten sie alle Zeit der Welt. Sie wechselten die Straßenseite, bogen in eine kleine Allee. Dann standen sie vor Lucia Ana's Haus. Eine schmale Tür gab Einlass, dahinter die Kühle eines weiten steinernen Flurs. Ungestüm läutete Lucia die Glocke, einmal, dreimal, immer wieder:«Er ist da. Ich bringe ihn euch».

»Heilige Mutter Maria«, betete ihre Mutter, »du hast meine Gebete erhört. Die Trauer meiner Lucia Ana hat ein Ende«.

92

Seine innere Ruhe fand Bernhard Beaufort, wenn er in der Historie seiner Vorfahren blätterte. Sie tauchten dann in seinem Geiste auf, die Verblichenen, als lebten sie mitunter seinen Zeitgenossen. Die alte Elastizität früherer Jahre erwies sich manchmal noch, wenn er sich mühelos erhob. Dann blieb er stehen, wippte auf den Zehen, überlegte und setzte sich schließlich wieder hin. »Es ist mir entfallen«, sagte er. Dann redete er mit sich selber, erzählte er von seinen Vorfahren. »Besonders am Herzen liegst du mir, Jaques Beaufort, mein geliebter Vorfahre«.

Er redete gerne mit diesen längst Vergangenen als säßen sie am Tisch und tränken seinen Wein.

»Jaques hat nahe Metz sein Schicksal gefunden. Als Reiter im preußischen Korps im schlimmen Krieg der Jahre 1870 und 1871 zwischen den Deutschen und den Franzosen kam er nach einem schweren Sturz mitten in heißem Gefecht unter sein Pferd zu liegen. Er konnte sich nicht mehr befreien und kam auf ungekanntem Wege hinter die französischen Linien. In einem französischen Lazarett in Metz galt er zunächst wegen seiner perfekten Aussprache als französischer Spion in deutscher Uniform. Man hat ihn hofiert, bis er schließlich, ganz bei Bewusstsein, die Wahrheit klärte«, erzählte Bernhard.

In einem Brief an seinen Vater, der alle von Generation zu Generation weitergegebenen Briefe der letzten zwei Jahrhunderte in einer alten Holzkiste aufbewahrte und sie für die kommenden Generationen weiterreichte, schrieb dieser junge Kürassier Jaques: »…und nun lebe ich hier in Frankreich. Zwei Jahre war ich in Gefangenschaft im Lager. Derzeit arbeite ich als Knecht auf einem alten Hof. Ich habe so große Sehnsucht nach dir, mein lieber Vater, meine liebe Mutter, nach euch, meine lieben Geschwister.«

93

Gerhard Beaufort kannte die Briefe der verstorbenen Verwandten gut genug, um Charly davon zu erzählen.

»Er blieb in Frankreich, dieser Jaques Beaufort, die Tochter des Bauern hat ihm vermutlich den Kopf verdreht. Er hatte ein Kind mit ihr, schließlich heirateten die zwei und er blieb. Irgendwo zwischen Reims und Metz, nahe der Geburtsstadt unserer ersten bekannten Ahnen, leben also wieder Vorfahren von uns in Frankreich«.

»Wenn dein Vater von seinen Ahnen erzählt, scheinen zwei Seelen in seiner Brust zu kämpfen. Er wäre vielleicht zu gerne in der Heimat aller Beauforts und könnte sozusagen alle Generationen der Beauforts dort vereinen«.

Gerhard konnte das nur bestätigen: »Seine geliebte Frau, meine Mutter, die er nicht vergessen kann, würde dort für ihn alles regeln« meint er, »sie wäre ja nur zur Erholung in der Urheimat der Ahnen. In diesem Glauben lebt er«.

94

In diese große Sippe würde sie nun einheiraten, überlegte Charly Haag. Sie hörte den Erzählungen ihres künftigen Schwiegervaters gerne zu. Wenn er seinem Hobby freien Lauf ließ, tauchten vergangene Zeiten, die Schicksale der Menschen vor ihr auf. Da verließen ihn weder die Erinnerungen noch die Sprache.

Sobald er sich aus der Welt der Vorfahren löste, versagte immer mehr sein Gedächtnis, wurden ihm auch von Mal zu Mal die täglichen Verrichtungen schwerer. Immer weniger vermochte er sich auf einfache Gespräche zu konzentrieren. Er wusste, dass sein Zustand auffiel und oft war er sehr bekümmert.

»Vieles fällt mir nicht mehr ein, ich verlege den Flaschenöffner und finde ihn dann wieder im Kühlschrank. Das ist mir früher nicht passiert. Ich möchte so gerne mein Leben gestalten wie früher, aber es rinnt mir jeder Gedanke aus den Händen«.

»Wenn Mutti wieder kommt, wird es einfacher«, ergänzte er, an Gerhard gewandt.

Sein Hausarzt verordnete ihm Medikamente, die den Verlauf seiner Erkrankung linderten, ihm mehr seelische Stabilität sicherten. Die Ungeduld und die oftmals aggressiven Kommentare besserten sich leicht.

Gerhard besuchte den Vater mehrmals die Woche, wechselte mit Charly in der Betreuung. Margie Skroll kam jede Woche zwei Tage: »Ich verkrafte diese ganzen Umstände nicht mehr«, sagte sie. »Ich stehe fünf Tag in der Woche im Unterricht, brauche immer mehr Kraft und Substanz. Wir brauchen eine zuverlässige Person, die Bernhard durch den Tag begleitet«.

95

Bernhard Beaufort sen. schob den Nachmittagskaffee, den ihm seine Nachbarin, Frau Meerstern, einmal in der Woche aufbrühte, zur Seite: »Ich hab vergessen, Briefmarken zu kaufen. Wenn ich Briefe schreibe, muss ich sie ordnungsgemäß frankieren und ich finde wieder keine Marken«.

Frau Meerstern wollte ihn abhalten: »Sie haben die Marken doch schon heute Vormittag gekauft, sicher haben Sie das Markenkärtchen verlegt«.

«Sie irren, Frau Meerstern. Ich bin bald zurück«. Er zog sich sein Sportjackett über und verließ schnellen Schrittes die Wohnung.

Er kam bereits nach einigen Minuten zurück. In immer kürzeren Abständen entschied es sich, ob Bernhard seine gefassten Absichten in die Tat umsetzte oder abbrach. Zumeist genügte schon die kurze Distanz zwischen Haus und Gartentüre, dann waren seine Vorhaben seinem Gedächtnis entschwunden.

»Die Blumen im Garten müssen gegossen werden«, sagte er zu Frau Meerstein, »ich werde Gerhard anrufen, vielleicht hat er eine Stunde für mich übrig. Er lässt sich ja nie sehen«.

Gerhard fand nach dem Anruf von Frau Meerstein eine Vielzahl von Briefmarkenheftchen in verschiedenen Schüben der Anrichte, des Wohnzimmerschrankes.

»Wer sind Sie, hatte er mich gefragt, nachdem er nach dem Nachmittagskaffee zur Post gehen wollte und an der Gartentür umkehrte. Ihr Vater kann nicht mehr alleine bleiben«, fügte Frau Meerstein hinzu.

Gerhard nahm sich vor, zur Post zu gehen und die Bediensteten von den Umständen in Kenntnis zu setzen, nachdem ihn Frau Meerstern von anderen, wesentlicheren Ausfallserscheinungen in Kenntnis gesetzt hatte.

96

Am Donnerstag nach einem anstrengenden Debattentag im Plenarsaal setzte sich Gerhard Beaufort in sein Auto, um Vater wieder zu besuchen. Ob es ihm gelingen würde, ein ernsthaftes Gespräch mit dem Vater zu führen, wusste er nicht. Er überlegte auf der Fahrt vom Parlament zum Haus des Vaters alle Möglichkeiten. Der Vater empfing ihn freudig erregt. Er hatte ihn zumindest wieder erkannt.

»Vater, ich bitte dich, zuzustimmen, dass wir uns um eine Hilfe für dich umschauen. Ich schaffe das nicht mehr, mein Beruf fordert mich bis zum letzten«, er redete ruhig und mit Engelszungen auf den Vater ein.

»Ich komme noch recht gut allein zurecht«. Bernhard Beaufort sträubte sich und zog sich in sein Innerstes zurück. Auf Gespräche dieser Art reagierte er immer ungehaltener.

97

Die Wahlen im kommenden Frühjahr warfen ihre Schatten voraus. Die üblichen Protagonisten in der Landespolitik wie in den Medien waren alarmiert. Der Umweltminister war gesprächig wie selten. Remsky chauffierte ihn zu einem Termin.

»Bühler möchte seinen künftigen Schwiegersohn im Innenministerium sehen, Staatssekretär soll er werden. Das würde ihm so passen, dem alten Manipulator.«

Remsky überlegte. Er kannte viele Verflechtungen, Beziehungen und Verhältnisse der Abgeordneten, aber ein Schwiegersohn von Bühler kam ihm nicht in den Sinn.

»Wer soll das sein«, fragte er den Minister.

»Sie kennen doch den blonden Freiherrn, den Herrschl

von Pottenz, er ist ein Meister der Oberflächenbeherrschung. Er macht mehr aus sich, als dahinter steckt.«

Remsky wusste, dass Gerhard Beaufort bei den Abgeordneten höchste Priorität für den Einzug ins Staatssekretariat zukam. Eine böse Überraschung, die er dem Freund am Abend mitteilen musste. Es war ein unabdingbarer Freundschaftsdienst, dass Remsky Beaufort instruierte.

»Man rechnet allgemein mit deinem Einzug ins Staatssekretariat, aber der Bühler strickt seine eigene Nadel«, ergänzte Remsky seine Nachricht.

»Warten wir die Entwicklung ab«, sagte Beaufort. »Die Kollegin Bajohr könnte man für jedes Amt gebrauchen, sie beherrscht die innenpolitische Materie von Grund auf mit all den Verflechtungen, sie kennt die maßgeblichen Persönlichkeiten in Stadt und Land, sie erfährt allseits höchste Anerkennung und der Pottenz hat sich in den vergangenen vier Jahren in der Innenpolitik keine Meriten erworben. Na, da wird der MP seine helle Freude haben«, fügte er hinzu.

Remsky wusste, dass der eloquente Freiherr im Sozial- und Kulturausschuss gesessen und da eine ruhige Kugel geschoben hatte. Der brachte nichts vorwärts. Das war allgemein bekannt.

98

Das war also die Erklärung, der MP hatte gar nicht die Absicht, ihn, Beaufort, anzurufen. Bühler hatte die Fühler bei ihm nur ausgestreckt, um seine Sicht der Dinge auszukundschaften. Gerhard nahm sich vor, die Welt weniger naiv zu sehen.

»Derzeit habe ich echte Sorgen. Mein Vater leidet unter deutlichen dementen Ausfallerscheinungen. Ich suche eine Hilfe für ihn. Da ist mein Vorwärtskommen, meine Karriere zweitrangig. Es schickt sich wohl eins ins andere. Mir würde die Zeit fehlen für eine noch intensivere Arbeit im Innenministerium. Dazu kommen die vielen Veranstaltungen im Wahlbezirk.

»Außerdem darf ich wohl bald Trauzeuge bei dir sein«, lachte Remsky, den die Gelassenheit des Freundes beruhigte. Das war der alte Gerhard Beaufort, der Gentleman. Gelassen und souverän, wie in schulischen Zeiten.

99

»Und wenn Mutter eine Dame für dich sucht, die dir im Haushalt hilft«?

Im selben Moment, als er diesen Vorschlag unbedacht und spontan aus sich heraus presste, distanzierte er sich bereits davon. Wie konnte er einen solchen Gedanken auch nur andeuten? Wie konnte er sich auf die tote Mutter berufen?

Bernhard Beauforts Miene hellte sich spontan auf. »Mutter müsste jedoch ein Zimmer vorbereiten. In Mutters Zimmer möchte ich niemand einlassen«.

Gerhard wusste nicht, wie ihm geschah. Der Hinweis auf Mutter lenkte Vaters Denken in die erhoffte Richtung.

»Mutter kennt sicher jemand, die mir zur Hand gehen kann. Jedoch kann das nur eine vorübergehende Lösung sein«, setzte Bernhard Beaufort hinzu.

100

»Frau Jalowy kocht vortrefflich«, die Freude war Vater sichtlich anzumerken. »Ich kann zudem auf den Adressenzettel verzichten, wenn ich in die Stadt gehe, weil sie mich in den

Park und in das Cafe begleitet«. Vaters Anrufe wurden seltener, er war ausgeglichener und souveräner als in den letzten Monaten.

Gerhard Beaufort dankte dem lieben Gott und seiner Mutter für diese Entwicklung. Nach Wochen des Suchens und Planens hatte er mit Hilfe von Remsky eine vertrauenswürdige Agentur gefunden, die ihm die Dame aus Oppeln in Polen vermittelte.

»Ich habe Grund, wieder einmal in eine Kirche zu gehen und meinem Herrgott Dank abzustatten«, sagte er zu Charly. »Ich habe vergessen, was mich meine Mutter gelehrt hat. Braucht der Mensch wirklich erst die Schläge des Lebens, um die wesentlichen und letzten Dinge beizeiten zu bedenken«?

Charly bestärkte ihn in ihrer liebenswürdigen Art: »In all dem Stress unseres Alltags müssen wir beide uns wieder vermehrt um mehr geistliche Ausrichtung und auch um Gelassenheit bemühen. Ich glaube die Sorge um deinen Vater bringt uns beide den verlorenen Wurzeln wieder näher«.

101

Professor Haag hatte sich mit seiner Frau nach Norwegen abgesetzt. Das vergangene Jahr, in dem er sich in seinen Ruhestand einfand, hatte ihn kaum zu Hause gesehen. Das Paar streifte durch die endlosen Wälder der norwegischen Heimat, im Fjord lag das alte aber gut erhaltene Ruderboot aus alter Zeit.

Charly hatte alle Hände voll zu tun. Zunächst meinte sie, allein zu Recht zu kommen in ihrem Reisebüro. Die beiden vergangenen Jahre brachten dann einen Boom für Reisen nach Norwegen, in die Fjorde, ins Landesinnere. Die Filiale in Bergen nahe dem Sognefjord florierte, wollte sie doch den Reisenden vor Ort Hilfe und Information bieten. Zugleich warb sie in Norwegen für ihre süddeutsche Heimat mit vielen kulturellen Sehenswürdigkeiten.

102

Dr. Sabine Wölfchen hatte einen Kollegen geheiratet. Nachdem Remsky gestorben war, fühlte sie sich allein und verlassen. Sie hatte Remskys Haus aufgegeben und Berthold hatte wieder das Elternhaus bezogen.

Wölfchens Ehemann Dr. Leutinger war Oberstaatsanwalt am Landgericht, ein Studienkollege des Innenministers. Leutinger wusste nun wieder, dass der Innenminister den Abgeordneten Beaufort als Staatssekretär wollte. Auch war ihm bekannt, dass Bühler seinen künftigen Schwiegersohn, den Freiherrn von Pottenz, hochhieven wollte. Gerhard Beaufort musste feststellen, dass alle mehr wussten, als er selber. Aber er wollte sich in dieser Welt bewähren. Politik müsse sich doch machen lassen, ohne den eigenen Vorteil ständig im Auge zu haben.

103

Das Mitglied des Landtags Herrschl von Pottenz stammte aus kleinen adeligen Verhältnissen aus dem Oberrheinischen. Die Mutter Katharina hatte Herrschl's Vater Hannes von Pottenz bei einem Ausflug seiner Corporation in einem Dorfwirtshaus im Schwäbischen kennen gelernt. Eine kleine, nette, schwäbische Komtess, bildungsbeflissen und naiv. Ihr Vater wiederum war zu Lebzeiten ein Regierungsrat am Landwirtschaftsamt gewesen und hatte den eigenen, adretten kleinen Freiherrntitel schon seit mehreren hundert Jahren im Stammbaum. So wurde aus der Komtess Katharina von Borewitz die Freifrau von Pottenz und ihr Mann zog zu ihr nach Süddeutschland. Er kam vom Regen in die Traufe, denn das neue kleine Schlösschen derer von Borewitz war ebenso baufällig wie das rheinische Elternhaus. Der Herrschl kam pünktlich nach neun Monaten zur Welt und war der Kronprinz, denn weitere Kinder blieben dem jungen Paar versagt.

Herrschl lebte ein behütetes Kinderleben im Dorf, wuchs mit den Bauern-und Häuslerkindern auf und schleppte sich mehr schlecht als recht durchs Gymnasium. Er wurde auf fragwürdigen Wegen durchs Abitur gelotst und der Vater hätte gerne einen Juristen aus ihm gemacht. Die Juristerei ging dem jungen Pottenz schon nach zwei Semestern deutlich gegen den Strich. Herrschl schrieb sich auf Betreiben der Mutter an der philosophischen Fakultät ein. Dazu wechselte er die Universität. Er würde dort bei einem Studienfreund seines Vaters nach zehn Semestern seinen Doktor machen. Er mauserte sich an der neuen Universität nach kurzer Zeit zu einem beliebten und redegewandten Kommilitonen, der sich vor allem in der Burschenschaft durch knarzige Reden und zackiges Verhalten nachhaltig bemerkbar machte. Als Fuchs bewährte er sich und wurde schnell zum Burschen und zum Corpsburschen reklamiert. Er knüpfte zügig Kontakte, lernte schnell die maßgeblichen Alten Herren kennen, hielt sich in deren Kreisen vornehm zurück, fiel dadurch angenehm auf und machte sich als konziliantes Mitglied seiner Verbindung einen Namen.

Dann verfiel er dem Alkohol, sprach dem Bier über die Maßen zu und verbrüderte sich mit Gott und der Welt. Er suchte Kontakte auch zu den einfachen Kreisen der Gesellschaft und lernte Geld und Ansehen von vererbtem und hergebrachtem, aber verarmtem Adel zu scheiden.

Studierte Töchter aus einfachem Hause umschwärmten

den jungen Freiherrn. Herrschl zeugte im Überschwang der Gefühle eine kleine Tochter, verzichtete jedoch auf die Ehe mit der hübschen Tochter eines schwäbischen Eisenwarenfabrikanten. Im neunten Semester war er dann alimentenpflichtig, dem Alkohol noch mehr zugetan und versäumte immer häufiger Vorlesungen und scheinpflichtige Seminare.

Auf einer der seltenen Fahrten ins Elternhaus touchierte er die Granitmauer an einer Dorfkirche. Der Freiherr hatte zu viele Promille im Blut, verlor den Führerschein und setzte seine Fahrt in die Heimat mit dem Zug fort. Seine Mutter weinte sich die Augen aus.

Alkoholbedingte Abhängigkeiten, Haltlosigkeiten, waren seit Generationen das Grundübel in der Familie derer von Pottenz gewesen und auch der Herrschl verfiel zusehends dieser unseligen Tradition. Zur Kutschenzeit im neunzehnten Jahrhundert und noch im Besitz größerer Ländereien schien der ausschweifende Umgang mit Alkohol und Dienstboten eine freiherrliche Attitüde der besonderen Art gewesen zu sein.

Die Familie aber hatte nun zu arbeiten, um zu überleben. Hannes von Pottenz war zeitlebens Verwalter auf einem gräflichen landwirtschaftlichen Großbetrieb und konnte die kleine Familie über Wasser halten. Große Sprünge konnten sich der Freiherr und seine liebe Frau nicht leisten. Das alte Schlösschen verfügte über mehr als zwanzig Räume, davon konnte nur einer im Winter beheizt werden.

Das Studium ihres Herrschl auf die Reihe zu bringen brachte die Familie immer nahe an die Grenze finanzieller Belastbarkeit. Sparsamkeit war oberstes Familiengebot.

So setzten die Eltern auf eine gute Partie für den einzigen Spross eines guten Namens. Die elterlichen Verbindungen zu den bekannten, alten, adeligen Familien wurden alljährlich bei pflichtgemäßen Zusammenkünften – respektlos der Heiratsmarkt genannt - aufrechterhalten, aber welche vermögende Komtesse oder Baronesse wollte den Herrschl schon nehmen.

Ohne Leistung schien nun auch der angestrebte Doktortitel ein Wunschtraum zu bleiben. Nach der unseligen Alkoholfahrt und weiteren Exzessen verwünschte der Vater das Studium des Sohnes und der Freiherr Hannes von Pottenz entschloss sich, den Sohn in Quarantäne zu stecken.

Er fuhr mit dem Vierundzwanzigjährigen zu einem gräflichen Jugendfreund, der noch nicht abgewirtschaftet, sondern mit Fleiß und täglicher, gemeinsamer familiärer Sorge das kleine Vermögen durch die Zeiten gebracht hatte. Nun wohnte der süchtige, junge Mann in einem ebenso alten Gemäuer, wie er es von zu Hause gewohnt war.

Der Graf von Korsten-Beseschlundt trieb ihn allmorgendlich aus dem Bett, fütterte ihn mit magerem Fisch aus dem eigenen Weiher durch den Tag und ließ alle pädagogischen Fürsorglichkeiten beiseite.

Er trichterte ihm kübelweise Selters in die Kehle und Herrschl von Pottenz bekam zunächst deftige Entzugserscheinungen.

»Du bist versoffen, verwöhnt und fürs Leben untauglich, Herrschl von Pottenz. Du kannst unter meinen Bedingungen bleiben oder in der Welt draußen verrecken. Die Geier warten schon auf dich.«

Herrschl blieb. Der Graf hetzte ihn mit einem Waldarbeiter durchs Unterholz und ließ ihn schwer arbeiten. Herrschl schuftete im Wald bis zum Umfallen, fällte Bäume, entrindete die Viermeterstücke und lud sie auf den Unimog.

Der Graf nahm den Jungen mit Brachialgewalt unter seine Fittiche und machte, so meinte er, aus einem verwöhnten Filou, einen Mann.

Dass er nach einigen Monaten geheilt ins Elternhaus zurück kehren konnte, hatte er mehr der Unerbittlichkeit seines entfernten, gräflichen Verwandten und Jugendfreundes

des Vaters zu verdanken, als der eigenen Charakterstärke. So hatte Herrschl von Pottenz tatsächlich den ersten Kampf seines Lebens gewonnen. Trotz dieses Siegens konnte er vor den charakterlichen Anlagen nicht davon laufen. Mehr *Schein als Sein* blieb seine Devise.

Aus dem angestrebten Doktortitel wurde nichts, aber er lernte die Tochter eines Landespolitikers kennen und heiratete sie. Er beendete sein Studium mit akzeptablem Erfolg und fand eine Anstellung im Landesamt für Denkmalpflege. Die Arbeit gefiel ihm und er wäre sicher alt geworden im Hause, wenn ihn nicht der Schwiegervater Bühler aus der Langeweile gerissen hätte. Der konnte sich nicht vorstellen, dass seine geliebte Tochter lebenslang an einen Oberregierungsrat in der Denkmalpflege gefesselt sein sollte.

»Du wirst Abgeordneter«, stellte er ihm beim gemeinsamen sonntäglichen Mittagessen in Aussicht. »Wir suchen einen Studierten mit einem Namen, der was hergibt. Das trifft alles auf dich zu.«

Es bedurfte keiner langwierigen Überredungstaktik des Schwiegervaters. Herrschl überlegte nur kurz und fand sich auf der ersten Nominierungsversammlung der Partei wieder.

»Red' nicht zu lang«, sagte Bühler, »du lernst die vierzig Sätze, die ich dir zur Landespolitik aufschreibe, auswendig. Alles andere kommt von selbst.«

Herrschl von Pottenz lernte die vierzig Sätze, deklamierte sie vor seinem Publikum, bekam tosenden Beifall und war für ein Abgeordnetenmandat der Partei nominiert. Da stand dem verarmten Freiherrn plötzlich die Welt und die Zukunft offen. Er atmete auf, er schien nicht unter die Enterbten und Entrechteten, unter die in der Gosse, gefallen zu sein. Der Herrgott schreibt eben auch auf krummen Zeilen gerade, dachte er sich.

Nun war ihm politisches Denken von jeher fremd gewesen und gesellschaftspolitische Fragen hatten ihn nie sonderlich interessiert. So musste sein Schwiegervater, der Fraktionschef Bühler, auf einer *tabula rasa*, einem unbeschriebenen Blatt, seine Eindrücke hinterlassen.

104

Der Minister hatte eine Rede zu halten. Die Debatte um die Windenergie war in der Fraktion ausgeufert. Hier wäre in den Positionen der Regierung einiges auszuräumen und der Schwerpunkt Sonnenenergie bedürfe eines adäquaten Pendants, einer Ergänzung sozusagen. Der Ministerpräsident wollte partout nicht hinter anderen Bundesländern und möglicherweise einigen alpenländischen Anrainerstaaten zurückstehen.

Im Ministerium war die Raumnot akut geworden, eine junge Regierungsrätin z.A. brauchte einen eigenen Raum. Remsky hatte bisher kein passendes Zimmer für die junge Dame, die morgen ihren Dienst beginnen würde. Sie kam aus dem Wirtschaftsministerium und wollte die nächsten sechs Monate vor der endgültigen Anstellung ihre Erfahrungen im Umweltministerium sammeln. Remsky hatte ihr – vorübergehend, wie er der Chefsekretärin zusicherte – einen Schreibtisch in den recht geräumigen Empfangsraum zu Frau Stendal gestellt.

Kurz nach neun Uhr am Montag bat die Frau Regierungsrätin z.A. Annegret Pullober um ein Gespräch, wie Frau Stendal mit erhobenen Augenbrauen wissen ließ.

»Annegret Pullober, ich bitte um ein kurzes Gespräch, Herr Remsky«, ertönte ihre Stimme glasklar und metallisch durch den Raum.

»Was kann ich für Sie tun?« fragte Remsky die drahtige,

junge Person, die keinen Schritt in den Raum drängte, ohne aufgefordert zu werden.

»Herrr Remsky, ich wollte heute meinen Dienst unter geordneten Voraussetzungen in diesem Hause beginnen. Dies wird mir deutlich erschwert, es fehlt ein geeigneter Raum, in dem ich arbeiten kann.«

»Ja…«, Remsky kam zu keiner Erwiderung.

»Der Schreibtisch ist zudem viel zu klein und eher ein Provisorium als ein Arbeitstisch. Gegen den PC ist nichts einzuwenden«.

»Nehmen Sie, bitte, Platz, Frau Pullober. Wir haben da sicher in Ruhe etwas miteinander zu besprechen«.

Frau Regierungsrätin z.A. Annegret Pullober nahm in dem ihr zugedachten braunen Ledersessel Platz. Remsky setzte sich ihr gegenüber und versuchte ihr auseinander zu setzen, dass sie alle unter der Raumnot im Ministerium litten und sie in drei bis vier Wochen …

Pullober unterbrach ihn: »Ich bin vom Wirtschaftsministerium gewohnt, dass ich sehr gute Arbeit abzuliefern habe, dies ist unter diesen Vorzeichen in diesem Hause nicht möglich, Herr Remsky«.

»Frau Pullober, ich nehme in den nächsten Wochen die Arbeit von Ihnen an, zu der Sie unter diesen Voraussetzungen, wie Sie meinen, in der Lage sind. Da Sie sich nun schon vorgestellt haben, möchte ich Sie bitten, bis heute Nachmittag um fünfzehn Uhr zu versuchen die Faktenlage im Bereich Windenergie darzustellen. Bitte, kommen Sie pünktlich zu mir zur Besprechung. Ich danke Ihnen.«

Remsky erhob sich, trat an seinen Schreibtisch und nahm von der renitenten Dame keinerlei weitere Notiz.

Annegret Pullober schaute Remsky entgeistert an, drehte sich abrupt zur Türe und entschwand ins Vorzimmer zu Frau Stendal.

Remsky schrieb das Verhalten der jungen Frau ihrer Jugend und Unerfahrenheit zu und wollte es auf sich beruhen lassen.

Der Minister kam gegen vierzehn Uhr durch die Verbindungstür aus dem Ministerbüro zu Remsky gerutscht.

»Haben Sie einen Kaffee, Remsky? Ich bin total übermüdet und schlafe sonst ein. Der gestrige Abend, ich kam kurz vor elf Uhr ins Bett, liegt mir noch in den Knochen.«

Remsky ließ den Kaffee durch den Automaten zischen.

»Haben Sie mit der Rede angefangen?«

»Sie wird fertig«, Remsky drehte sich zum Minister. »Dank der neuen Kraft, die im Vorzimmer sitzt«.

»Haben Sie jemand eingestellt? Da weiß ich ja gar nichts davon«, der Minister zog die Augenbrauen hoch.

»Sie bleibt ein halbes Jahr bei uns. Sie kommt aus dem Wirtschaftsministerium, eine junge, zackige Regierungsrätin z.A. Sie stößt sich im Moment die Hörner ab.«

Remsky griff zum Telefon und bat Frau Stendal die junge Dame hereinzuschicken.

Die Türe öffnete sich.

»Es ist noch nicht fünfzehn Uhr, Herr Remsky. Zudem ist die Materie neu für mich.«

Sie widmete den Herrn, der am Tisch mit Remsky seinen Kaffee trank, keines Blickes.

»Herr Minister, ich möchte Ihnen Frau Regierungsrätin z.A. Annegret Pullober vorstellen. Sie widmet sich seit heute Morgen der Windenergie.«

Pullober wandte sich dem Herrn Minister zu. Die einzige Regung, die Remsky an der jungen Frau festzustellen vermochte, waren die etwas weiter geöffneten Augen. Er bemerkte die hohen Backenknochen, den kleinen, schmalen, dünnlippigen Mund, das feste, nicht zu große Kinn, die anliegenden Ohren und den rigorosen Kurzhaarschnitt.

Es war still. Der Minister sagte nichts, er führte die Tasse zum Mund, stellte sie dann ab und sagte zu der Frau Regierungsrätin z.A: »Sie haben in meinem Hause die Gelegenheit noch viel zu lernen, sehr viel, meine Dame.«

Dann erhob er sich und verließ den Raum durch die Verbindungstür.

105

»Wenn Sie nun schon da sind, Frau Pullober, nehmen Sie bitte Platz und trinken sie eine Tasse Kaffee mit mir«. Remsky wollte die Situation entspannen.

Doch die Frau Pullober bedankte sich, machte kehrt und verließ den Raum.

Die Personalunterlagen der Frau Pullober lagerten sicher noch in der Personalabteilung. Er bat Frau Stendall telefonisch, sie ihm auf den Tisch zu legen, sobald der Bürobote sie brächte.

»Schreiben Sie, Frau Pullober«, sagte er zu dieser Ausgeburt an Nüchternheit, nachdem Pullober pünktlich um fünfzehn Uhr seinen Arbeitsraum nach kurzem Anklopfen wieder betreten hatte, »schreiben Sie: *Dobcinsky, Sternpert, Seilmus und Schmidt-Kinsky.*«

Pullober sagte kein Wort, hob den kleinen Kopf, hatte kein Interesse an weiterer Debatte.

»Haben Sie diese Namen?« fragte Remsky. »Jetzt besorgen Sie sich die Aufsätze und Bücher der vier Wissenschaftler und arbeiten Sie das Wesentliche, was diese Herrschaften über den derzeitigen wissenschaftlichen Stand der Windenergie zu sagen haben, in ihren Bericht ein. Es reicht, wenn Sie morgen zur selben Zeit berichten, schriftlich berichten.«

Frau Pullober legte ihm einige Seiten, die sie seit dem frühen Vormittag ausgearbeitet hatte, auf den Schreibtisch und verließ wortlos den Raum.

»Ein seltsamer Mensch«, dachte Remsky, »dergleichen habe ich noch nicht kennen gelernt.«

»Was war denn das eben«, fragte der Minister, als Remsky mit ihm die Rede besprach. »Haben wir noch weitere solcher Beamten oder ist das ein Charakteristikum der neuen Jugendbewegung. Absolut korrekt und ohne Gefühle. Haben uns die Aliens schon überrannt?«

106

Als Remsky gegen Abend den Minister verließ, lagen die Akten der Frau Regierungsrätin z.A. Annegret Pullober bereits auf seinem Schreibtisch.

»*Die Förderprogramme der europäischen Union für die deutschen Bundesländer – unter dem Aspekt höchstrichterlicher Entscheidungen*«. Diese Facharbeit der Frau Pullober, die ihm seine Sekretärin vorgelegt hatte, hätte er zu gerne gelesen.

Auf dem Abiturzeugnis, das sie mit gutem Durchschnitt geschafft hatte, fand er die Unterschrift eines Herrn Oberstudienrates Solester. Wenn es *der* Solester war, den er kannte, dann müsste der damalige Primaner in der Landeshauptstadt wohnen. Solester war nur zwei Jahre über ihm gewesen.

Am Abend nahm er das Telefon zur Hand. »Wenn du *der* Remsky bist, den ich vor zwei Jahrzehnten kannte, das Superhirn, als das du weit und breit bekannt gewesen bist, dann freut mich das.« Solester lachte mit seiner kräftigen Stimme durchs Telefon. Remsky freute sich ebenso. So hatte Remsky den ehemaligen Schüler seines alten Gymnasiums in Erinnerung, laut, fröhlich, feixend, immer zu Späßen aufgelegt. Er hatte ihn aus den Augen verloren. »Als Lehrer passt der Solester«, dachte er, »der bringt seine Schüler auch in trostlosen Situationen zum Lachen«.

»Remsky, ich habe Dich in Erinnerung als das schlechte Gewissen schwach vorbereiteter Lehrer, als der einmalig begabte Schüler, der selbst vom Direktor ob seines phänomenalen Gedächtnisses das *wandelnde Lexikon* genannt wurde.«

Remsky lachte und die beiden erzählten von vergangenen Zeiten und Erfahrungen.

»Ist dir der Name *Pullober* ein Begriff?« kam Remsky auf sein Anliegen zu sprechen. »Du musst nichts erzählen, was du mit deiner Geheimhaltungspflicht nicht verantworten könntest«.

»Die Frau ist mir nicht nur ein Begriff. Damit verbinde ich die Überlegung, ob es tatsächlich Menschen ohne Nerven, ohne Gefühl geben kann, Fleisch gewordene Maschinen sozusagen. Ihr Vater steht kurz vor seiner Pensionierung als Kämmerer in einem Landratsamt. Und jetzt ist sie bei euch im Ministerium gelandet? Das hat sie präzise und leidenschaftslos vorbereitet.«

»Braucht ein solcher Mensch trotz aller Nüchternheit nicht doch auch Absicherung durch den Beamtenstatus. Ist das vielleicht ihr Schwachpunkt«? warf Remsky ein.

»Ich habe sie genommen wie sie war. Sie hatte keine Freundinnen. Sie war eine unglaublich begabte Sportlerin, von außerordentlicher Ausdauer und wenn andere nach einer halben Stunde Freischwimmen erschöpft das Wasser verließen, setzte sie noch eine Stunde hinzu und danach war ihr keine Müdigkeit anzumerken. Schon mit sechzehn Jahren hatte sie an der Seite ihres Vaters die Drei-und Viertausender der Alpen bestiegen und mit achtzehn, noch im Jahr vor dem Abitur, stand sie mit ihm auf dem *Island Peak* in Nepal.«

Remsky wusste, dass jeder Mensch eine wunde Stelle hat,

eine Not mit sich herumschleppt, irgendwann auch Gefühl zeigt und vor allem Menschen braucht, die ihm das Mitfühlen auch abverlangen. Es würde die Zukunft zeigen, was aus der Frau Regierungsrätin z.A. Annegret Pullober noch würde. Remsky verabschiedete sich von Solester. »Der gehört noch zur alten Garde«, dachte er, »immer menschlich, gradlinig«.

107

Zur Hochzeit in Barcelona waren Fahrenttorfs Mutter und sein Bruder Ernst angereist. Frau Mersebach ließ es sich nicht nehmen »die Firma zu vertreten«, wie sie lachend sagte.

Die Familiensippe der Morales war vollzählig vertreten. Selbst ihr Onkel, der Bruder von Lucia Ana's Vater, der in Deutschland schon seit zwei Jahrzehnten lebte und einen überregionalen Gemüse-und Obsthandel leitete, war mit seiner Familie in der alten Heimat erschienen. Die greise Mutter von Juan Mersebach hatte ihre Finca verlassen und war unter den Hochzeitsgästen.

Josh und Lucia Ana erlebten die schönsten Tage ihres Lebens und verbrachten ihren Hochzeitsurlaub auf Ibiza.

In den Monaten vor der Eheschließung hatten sie die künftige Wohnung in Deutschland eingerichtet und die nötigen Formalitäten geregelt. Lucia Ana würde wieder in ihrem Beruf als Kunsterzieherin arbeiten und fand an einer privaten Schule beste Voraussetzungen.

Von *Bassano* aus hatte ein Freund Remsky zum *Monte Grappa* hinauf gefahren. Dort hatte er am *Panettone* seinen Gleitschirm aufgezogen. Er hatte in den letzten Jahren ein untrügliches Gespür für Wind und Thermik entwickelt.

Die jungen Leute auf der Steilwiese hatten getollt und gelärmt und hatten sich einer nach dem anderen wie die Lemminge in den Abgrund geworfen. Da hingen sie nun in den Gurten, glitten, ohne sich einem Aufwind anzuvertrauen, ins Tal und würden am frühen Nachmittag nach einer halben Stunde Flug wieder am Startplatz oben sein.

»Da kann ich sagen, was ich will«, meinte lachend ihr Mentor, ein junger Subregens aus einem österreichischen Priesterseminar. »Die sind noch ungestüm wie junge Pferde und müssen ihre Erfahrungen selber machen, irgendwann werden sie sich die Hörner abstoßen«. Der junge Geistliche glitt weit unter Remsky dem Tal zu.

Der erste Kontakt mit einem jungen Priester, für ihn zu damaliger Zeit ein älterer Mann, reichte zurück bis in seine Schulzeit. Er hatte seine Mutter gedrängt, ihn beim Pfarrer für den Ministrantendienst anzumelden. »Alle machen das und ich will auch«, stellte er fest.

Noch keine zehn Jahre war er alt, der Berthold, und es reizte ihn, da vorne mit den anderen Gleichaltrigen am Altar zu stehen oder bei einer Beerdigung zu assistieren. Der Singsang, den der alte Pfarrer von sich gab, oft unter einer schweren Weihrauchwolke verborgen, faszinierte ihn. Die geheimnisvolle lateinische Sprache, mit der auch die älteren Ministranten auf den Stufen kniend scheinbar so leicht umzugehen verstanden, regte seine Phantasie an.

»Lassen´s den Berthold nur da, der wird ein guter Ministrant, der aufgeweckte Bub«. Das Lob schien der Mutter gut getan zu haben. Sie streichelte ihm über das Haar und spornte ihn an. »Geh nur, mach nur schön mit, der Herr Pfarrer mag dich«.

Dann wurde der Herr Pfarrer einmal krank und der Herr Bischof schickte einen jungen Aushilfspriester vorbei.

»Da wird nur getan, was ich sage«, quetschte der Herr Kooperator durch die Lippen, als er die erste Ministrantenstunde leitete und die Buben nicht schnell genug zur Ruhe gekommen waren. Die Übungen für die heilige Handlung in den Ostergottesdiensten kannte der Berthold schon lange vom Zuschauen. Beim Aufsteigen über die Altarstufen verheddterte er sich mit seinen Beinen in der zu langen Albe, stürzte nach vorne und fing sich mit einem zupackenden Griff am schwarzen Talar des Herrn Kaplan.

»Krippl«, schrie der Geistliche, »verreckter Krippl, ich schmier dir gleich oane, dass'd langst«.

Er drehte sich zu dem entsetzten Berthold um, packte ihn mit seinen beiden langen Armen und drückte ihn nach hinten. Aus seinen nassen Mundwinkeln quetschte er dicke, schmierige, weiße Schaumfetzen.

Vor diesen Schaumfetzen ekelte den Berthold viel mehr, als ihn der harte Griff der beiden Kaplanshände schmerzte. Er drehte den Kopf zur Seite, damit ihm der triefende Speichel nicht ins Gesicht lief.

»Dir werd ich's zeigen«, brüllte der Diener Gottes auf den Berthold ein, der den Angriff des Wüterichs über sich ergehen ließ wie ein unabänderliches Schicksal.

Der Kaplan hatte ein rotes Gesicht, die Zornesadern quollen an der Stirn hervor. Er hatte jede Beherrschung verloren und schlug dem Berthold mit einer goldenen Patene, einem kleinen runden Teller, den der Berthold schon oft den Leuten unters Kinn gehalten hatte, wenn sie die heilige Kommunion empfingen, vor die Stirn. Die Haut an der Stirn platzte auf, das Blut lief dem Buben übers Gesicht. Dann ließ ihn der wilde Kaplan nach hinten fallen.

Berthold stürzte auf den Rücken, sah die entsetzten Gesichter der anderen Ministranten, erhob sich und flüchtete im Minstrantenrock aus der Kirche.

»Das werde ich diesem unbeherrschten Menschen nicht durchgehen lassen«, sagte der Arzt, nachdem er dem Berthold die Wunde an der Stirn genäht hatte, »heut noch ruf ich im Bischöflichen Ordinariat an«.

Am nächsten Tag war der Kaplan bereits wieder weg. Berthold hatte den unangenehmen Mann aus den Augen verloren und nie mehr etwas von ihm gehört. Er erfüllte seinen Ministrantendienst noch ein paar Jahre. Dann sagte er seiner Mutter, dass er der ganzen Sache nichts mehr abgewinnen könnte.

»Das kleine Kreuz, das dir der Herr Pfarrer zum Abschied geschenkt hat, hebst schön auf, Berthold, vielleicht kannst es später irgendwann gebrauchen«. Gebrauchen konnte er es nicht, aber weggeworfen hatte er es auch nicht.

Remsky trieb mit einer kräftigen Thermik nach oben.

»Ich könnte nach Dubrovnik fliegen, wenn ich wollte«, lachte er. Dann landete er in Bassano nicht weit von seinem Domizil entfernt auf einer feuchten Brache.

109

Remsky hatte den Minister um einen privaten Termin gebeten. Er habe ein Anliegen, sagte er und setzte sich in den angebotenen Ledersessel. Der Minister war ganz offensichtlich geknickt, als Remsky ihm seine Zukunftspläne offenlegte.

»Sie wissen, Herr Remsky, ohne Sie bin ich nur die Hälfte wert. Aber wie ich Sie kenne, haben Sie Ihre Zukunft schon bis Omega durchdacht. Ich werde Sie nicht umstimmen können«.

»Sie finden mich jederzeit in Dubrovnik, Herr Minister.

Ich muss dort hin, es wird noch ein paar Monate dauern, die warten auf Investoren, auf Ideengeber. Kroatien ist die Heimat der Vorfahren meiner künftigen Frau.«

Der Minister erwähnte am nächsten Tag, scheinbar beiläufig, der *Ministerialdirigent* sei ihm, Remsky, jetzt schon sicher. Ferdl Urban würde in zwei Jahren gehen, da wäre er dran. Remsky lachte, meinte, dass die gute Nachricht ihn kurz vor seiner Auswanderung nach Kroatien fröhlich stimme, er den *Ministerialdirigenten* wohl nicht mehr in Anspruch nehmen müsse. »Sie wissen schon, lieber Herr Remsky«, sagte der Minister, »dass der Laden hier ohne Sie nur halb so viel wert ist«.

110

Remsky hatte an der Seite des Ministers eine Parlamentariergruppe aus Togo aus dem westlichen Afrika zu einem einheimischen Unternehmen begleitet, das sich mit maßgeschneiderten, weltweit anerkannten Lösungen für viele Probleme in der Abwasser-und Recylingstechnik auf dem deutschen Markt eine führende Stelle erarbeitet hatte. Remsky selber hatte in einem Vortrag die heute im europäischen Raum standardisierten Verfahrensschritte in der Abwassertechnologie dargelegt und vor allem den biologischen Kläranlagen das Wort geredet. Der spitzköpfige Ministerialbeamte aus der togolesischen Crew ging ihm nicht aus dem Sinn. »Herr Remsky«, stöhnte er, »der Bau einer einzigen, nur annähernd ähnlich modernen Bio-Recyclinganlage strapaziert das Budget unseres Hauses im Übermaß. Die Hälfte unseres Haushalts würde der Bau der vorgestellten Art verschlingen.« Man müsste eben ausländische Investoren ins Boot holen und mit modernem Know-How könnten die Gastgeber weiterhelfen, entgegnete Remsky. »Wir können

Ihnen Investoren vermitteln, die nicht nur den eigenen Vorteil sehen«. Remsky stellte fest, dass die Materie doch komplizierter war, als er angenommen hatte. Er musste konstatieren, dass er Nachholbedarf hatte und würde sich heute Abend ganz substantiell mit der Problematik der Togoleser befassen.

Er hatte sich dann gegen vier Uhr aus dem Büro verabschiedet, nicht ohne dass der Minister ihm nochmals zugerufen hätte, die Angelegenheit Kroatien wäre doch wohl noch nicht sein letztes Wort gewesen und was nach dem bevorstehenden Urlaub »Sache« wäre, könne man ja heute noch nicht wissen.

Remsky lachte, verschwand im Vorzimmer, streckte die Beine von sich, ließ einen Espresso auf sich wirken und dachte an Nina Müller. Sie hatte schon seit zwei Wochen nichts mehr von sich hören lassen, er selber war zehn Tage in Polen gewesen, erst seit drei Tagen wieder im Hause. Danach wühlte er sich noch durch die Unterschriftenmappe und führte zahlreiche Telefonate. Er freute sich auf den Abend allein, wollte sich die Zeit nehmen, um sich auf den Urlaub in Dubrovnik einzustimmen. Auf *Hvar* hatten sie sich ein Ferienhaus gemietet.

Ermüdet wie selten kam er dann spät am Abend vom Ministerium nach Hause. »Plötzlich und unerwartet«, diese Redewendung kannte er aus den Todesanzeigen: Der Briefkasten am Haus war vollgestopft mit Werbematerial und einer Handvoll großer und kleiner Briefkuverts. Er blätterte sie schnell durch. Den dicken, gelben Brief von Nina schnitt er mit der Schere auf. Sonst schickte sie ihm ihre Briefe in lila oder gelben Kuverts und mit schönen, extra ausgesuchten Briefmarken. Er wickelte den kleinen in Seidenpapier gewickelten Gegenstand aus, es war Ninas Verlobungsring, den er ihr vor Monaten angesteckt hatte.

Den Brief las er im Stehen. Sie bitte ihn um Verzeihung,

schrieb sie, aber sie habe Nikola vor zwei Wochen in Dubrovnik wieder getroffen, einen Freund aus früheren Tagen. Er sei ihre große Liebe gewesen, habe mit ihr studiert, nachdem er wieder nach Dubrovnik zurück gekehrt war, habe sie ihn aus den Augen verloren. Er wäre ihr Schicksal, sie würde bei ihm in der alten kroatischen Heimat bleiben.

Remsky setzte sich in den alten Lehnstuhl, den er sich vor zwei Jahren aus einer spontanen Laune heraus in einem Möbelgeschäft in der Straße gekauft hatte. »Plötzlich und unerwartet« - so fühlt sich also der Tod an. Er wollte diesen Abschied nicht wahrhaben, ging in einer ersten Reaktion ans Telefon und wählte ihre Nummer. Nina war nicht zu erreichen.

Noch nie hatte er sich so allein gefühlt. Mit der ihm eigenen analytischen Meisterschaft, mit seinem scharfen, nimmermüden Intellekt konnte er dieses Dilemma nicht begreifen. Er schaute durch den Vorhang auf die Straße, es war schon düster geworden. Tagsüber hatte die Sonne geschienen, der Vormittag mit den Togolesern hatte ihn nicht angestrengt, er hatte zumeist an sein Vorhaben und an Nina in Kroatien gedacht und freute sich auf Dubrovnik, wie seinerzeit, als er mit dem Gleitschirm nach Bassano hinuntergeflogen war. Seine Zukunft sah er in der südlichen Sonne, weit weg vom Bürokram im Ministerium, seine Pläne waren weit gediehen, er stand vor dem Kaufabschluss einer großen Montagehalle im Süden von Dubrovnik, seine Chancen sah er in der Solarenergie, wollte nicht in irgendwelchen verstaubten, veralteten Ministerien untergehen.

Von einem Moment auf den anderen ist alles anders. Mutters Tod war auch so plötzlich gekommen. Er dachte in diesem Augenblick nicht an Nina, sondern an seine Mutter und da fiel ihm wieder der geifernde Kaplan ein, dieses Ekel, der ihn seinerzeit im Altarraum malträtiert hatte, und er sah den jungen Referendar Silberhausen vor sich, der sich vorgenommen hatte, in der siebten Klasse war es gewesen, gleich am dritten Schultag den aufmüpfigen Remsky zu disziplinieren.

Da hatte er dem Herrn Studienreferendar Wilhelm Silberhausen bewiesen, dass der ungenügend vorbereitet in diese Geschichtsstunde gekommen war, dozierte zur Freude der ganzen Klasse aus dem Stegreif über den westfälischen Frieden von sechzehnhundertachtundvierzig, über das arge Dilemma, aus dem die Verhandlungsparteien damals nach fast zweiwöchigem Ringen doch noch herausgefunden hatten, er holte mächtig aus, referierte über Kaiser und Könige, über Erbfolge, Religionsfreiheit, Pest und Cholera. Er solle Wolf lesen, Golo Mann noch dazu, mahnte Remsky den geschockten, blassen Referendar, von dessen aufgeblasenem Wesen nichts mehr übrig geblieben war, was der über das 17. Jahrhundert geschrieben habe und wenn er, der Herr Referendar, Wert auf spannende Geschichten legen würde, empfehle er ihm schlicht und einfach den alten *Grimmelshausen*, der wäre ein Kämpfer gewesen, aber auch ein frommer Mann. Es würde sich rentieren, in die alten Bücher zu schauen. So von oben herab würde Silberhausen nie mehr behandelt werden. Er hatte das dem Remsky nie verziehen, war aber von diesem Tag an gründlich vorbereitet, so dass der Remsky Nachsicht mit ihm hatte.

Remsky hatte die Schuhe ausgezogen, aus dem Keller eine alte Flasche Bordeaux geholt, die ihm die Sekretärin vor einigen Wochen zu seinem Geburtstag geschenkt hatte.

Er würde in den nächsten Tagen, sobald die Abgeordneten aus Togo wieder weg wären, nach Kroatien fliegen. Mit dem nächsten Gedanken verwarf er dieses Vorhaben wieder. In einer derartigen Situation war er noch nie gewesen und er hatte dafür keine Lösung. Das war etwas ganz anderes, als die Planung einer Kläranlage oder die Neukonzeption eines Gesetzestextes. Aber wenn sie ihm gegenüber sitzen würde, wenn er mit ihr sprechen könnte, vermochte er sie möglicherweise zu überzeugen, dass sie sich einfach irrte. Sie habe sich in einem emotionalen Ausnahmezustand befunden, würde er ihr sagen, sie sei im Haus der Großeltern liebevoll empfangen worden, die Wärme dazu, die Sonne, die ganz andere Luft, das Land, die wunderbare Stadt, das gesamte Umfeld, alte Bekannte und dann dieser junge Mann. Er, Remsky, ließe das ja gelten, würde er sagen. Sie sei doch in Deutschland heimisch geworden, dort habe sie ihre eigentlichen Wurzeln, ihre Eltern lebten doch in Deutschland, hätten dort ihre Zukunft. Gleichwohl ahnte er, dass sie sich nicht würde beeindrucken lassen, dass sie sich schon gar nicht unbedacht zu dieser Trennung habe hinreißen lassen. »Der zurück geschickte Ring hat etwas Endgültiges«, sagte er sich. »So etwas tut man nicht unüberlegt«. Er meinte, diese Liebe hätte für immer gelten können. Er war immer liebevoll zu ihr gewesen, hatte ihr mehr von seinem Innersten geoffenbart als einem anderen Menschen zuvor.

Er hatte vor Jahren bei einem längeren Urlaub in Brindisi eine junge Italienerin kennen gelernt, sie hatten die Adria mit einem Motorboot unsicher gemacht, viel gelacht, Wein getrunken, er hatte sie nach Hause gebracht. Sie hatten einander noch zwei Monate geschrieben, dann war das zu Ende, freundschaftlich und völlig unspektakulär.

Auf einem Empfang in der deutschen Botschaft in New York, er hatte seinen Minister und zwei weitere Kabinettskollegen dorthin begleitet, verliebte sich die Frau eines amerikanischen Industriellen Hals über Kopf in Remsky. Da sei gar nichts gewesen, sagte er seinem Minister, der der dauernden Telefonanrufe der Dame in den nächsten Tagen allmählich überdrüssig geworden war. »Bleiben Sie vernünftig, Remsky«, sagte der Minister, »fangen Sie ja nichts mit der Lady an, ihr Mann hat Einfluss«. Dann stand die Dame auch noch gegen Ende der Woche, die sie in New York verbracht hatten, vor der Türe seines Hotelzimmers, machte ihm Avancen und Remsky hatte alle Hände voll zu tun, sie höflich, aber bestimmt nach Hause zu schicken. Sie würde ihm schreiben, rief sie ihm zu, diese Liebe habe sie ja auch überrascht, aber er könne sie so nicht stehen lassen. Sie schrieb nicht und schien zur Besinnung gekommen zu sein.

111

Beaufort und Charly Haag machten sich an die Planungen für ihre Hochzeit, Remsky irrte recht kopflos durchs Ministerium. Beide Freunde hatten einen nahezu identischen beruflichen Weg zurück gelegt als junge Staatsanwälte, Richter, der eine als Zivilrichter, der andere hatte sich durchs Strafrecht gewühlt, bis sie sich der Politik verschrieben hatten, Remsky als gewissenhafter, sachkundiger Diener seines Ministers und Beaufort als Parlamentarier. -
Beaufort und Charly Haag verkündeten ihre Liebe und luden gute Freunde zur Hochzeit ein. Remsky zelebrierte sich als Gerhards Trauzeuge, Charly's Mutter war das weibliche Pendant. »Ich bin katholisch getauft«, lachte Remsky, » ihr könnt mit mir rechnen«. Er trauerte seiner Nina nach und gab sich die Schuld an ihrem Abschied, der Verstand sagte ihm anderes, aber er gefiel sich in der Opferrolle. Josh flog erst in den frühen Morgenstunden aus Barcelona ein: »Meine Frau Gemahlin sorgt sich daheim um die Kinder und um unseren *Parkplatz*, wie er den Campingplatz gerne nannte. Ich bin vom Regen in die Traufe gekommen, ach wäre ich doch Schuhverkäufer geblieben. Von Montag bis Sonntag habe ich es mit Irren zu tun. Der eine fühlt sich zu Unrecht ohne Unterlass der spanischen Sonne ausgeliefert, die er nicht verträgt, dem anderen fehlt das heiße Wasser auf dem Campingplatz, aber ich verdiene dreimal so viel wie

zu Hause in Deutschland. Dafür kann ich mir aber nichts kaufen, ich fahre nicht einmal in Urlaub ins Bayerische.«

Beauforts und Charlys Verwandtschaft war klein, die Norweger verbanden die Reise zum Fest mit einem Urlaub in Bayern. Gute Freunde feierten mit, Romberg und Carmen Juliana brachten ihre Kinder mit und *Grätsche* erfreute mit seinem Frohsinn. Aus dem Bergland war Wendel Schneck mit seiner Schwester Brigitta gekommen.

Für Beaufort sen. nahte nun allmählich das Ende seiner Tage. Er lebte, lachte, es fehlte ihm bei guter Pflege nichts. Am Tage der Hochzeit seines Sohnes ging er in festlicher Kleidung freundlich grüßend mit in die Kirche, amüsierte sich beim Fest, als wäre er im Vollbesitz seiner früheren Kraft, fragte Gerhard, wann Mutter endlich zum Fest nachkäme, mit der er erst gestern gesprochen habe. Er unterhielt die Hochzeitsgäste am Tisch, erzählte von den Beauforts, die seinerzeit aus dem Franzosenland, wie er sich ausdrückte, hatten fliehen müssen und heute in aller Welt lebten, auch in Afrika, wo sie es mit Wüsten zu tun hätten, die sie am Nachmittag, wenn die Hitze nicht zu infam brennt, durchwanderten und wo es einfach *wild* zuginge. Aber gefürchtet hätten sich die Beauforts noch nie, sie hätten sich nie etwas zu Schulden kommen lassen, Bürger und Edelleute wären sie.

112

Beaufort sen. hat seinen Tod nicht herbei gesehnt, noch gar erwartet. Die Barmherzigkeit des Vergessens hatte ihn total eingeholt, überrollt. Er starb still an einem frühen Morgen. Bernhard Beaufort erfuhr davon noch bevor er in die Fraktionssitzung eilen konnte. Das Ereignis überraschte ihn, obwohl er es erwartet hatte. Er trauerte, aber der Vater würde bei seiner geliebten Frau sein, hatte er doch zeitlebens davon gesprochen, dass es einen guten Gott gäbe, der den Menschen schließlich und endlich doch nicht verlassen würde. Da sei er sicher, fügte er immer hinzu. Gerhard beneidete den Vater um seine Glaubensstärke. Die Eltern hatten spät geheiratet, die Mutter war schon weit über dreißig gewesen, der Vater ein Mitvierziger.

Die Dame aus Oppeln, der Gerhard die Pflege des Vaters anvertraut hatte, gab Beauforts Anzüge in einer Kleiderstube ab. In den Innentaschen eines grünen Jankers fand sie zwei alte Briefe, die sie Gerhard übergab. Der Absender war ein Robert Beaufort aus Eger in Ungarn. Der Brief war etwas verdrückt, mit französischen Sätzen durchsetzt. Robert Beaufort schrieb seinem Verwandten, dass er der deutschen Post vertrauen würde, sie würde den Bernhard Beaufort schon finden. Das war der Post dann auch gelungen. Es seien nun ein paar Jahrzehnte nach dem Großen Krieg vergangen, schrieb er, und vielleicht würde noch einer aus der Sippe der Beauforts leben, Vorfahren, die nach den Wirren der Vertreibung und Flucht in alle Welt hinaus gejagt worden wären, wie damals, als sie in schlimmen Zeiten vor über zweihundert Jahren die alte Heimat in Frankreich hatten verlassen müssen. Er wäre seit dem Kriegsende, das er als junger Mensch erlebt hatte, nach Eger deportiert worden, hätte eine Ungarin geheiratet, lebte heute als Bademeister in einem der Thermalbäder. Die Kinder würden studieren, wie es sich für einen Beaufort gehöre. Da war er wieder, dieser Stolz, ein Beaufort zu sein, ein Stolz, den Bernhard nie so ganz hatte nachvollziehen können. Vier Kinder habe er, schrieb dieser ungarische Beaufort, und er würde sich über eine Antwort aus dem *Westen* freuen. Der Vater musste wohl geantwortete haben, weiterer Kontakt war scheinbar nicht zustande gekommen. Der Brief stammte aus den Siebzigern und Jahre später kam wieder eine Nachricht, diesmal war es eine einfache Todesanzeige. Der Robert war zu seinen Ahnen eingegangen. Einer der Söhne, Andras, hatte geschrieben. Nur die Todesanzeige für den Vater Robert ohne jeden weiteren Vermerk lag im zweiten Kuvert.

Das wäre typisch Vater gewesen: Einfach nicht reagieren auf den Brief des Verwandten oder ganz kurz, unverbindlich. Ihn hatten zeitlebens seine alten Annalen interessiert, in denen die Vorfahren und ihre Lebensverhältnisse akribisch notiert waren, aber Kontakte knüpfen zu noch lebenden Verwandten, erachtete er als nicht nötig. Wozu auch, er hatte sich selbst genügt. Nie war in der Familie die Rede von einem Robert Beaufort. Da mag es wohl noch viele andere Beauforts gegeben haben, im Norden der Republik, in Polen vielleicht und der Tschechoslowakei, gar in Schweden, wo sich in der nachnapoleonischen Zeit ein Beaufort niedergelassen hatte. Wer weiß, wohin sie der Wind getrieben haben mag. Bernhard lächelte, der Vater hatte auch seine guten Seiten gehabt, viele sogar, Bernhard war nachsichtiger geworden.

Er notierte sich die Adresse des ungarischen Verwandten. Diesem Kontakt möchte er nachgehen, die Welt wäre klein, nach Budapest brächte ihn ein Flugzeug, die Weiterfahrt nach Eger wäre kein Problem. Oder er würde die Verwandtschaft aus der Puszta zu sich einladen.

Er holte sich einen alten Schulatlas aus dem Bücherschrank des Vaters. Eger lag knappe hundert Kilometer von Budapest entfernt, mitten in der Puszta, nahe der Slowakei. Dorthin würde er Pfingsten doch wohl eher mit dem Auto fahren. Charly hatte immer schon davon geschwärmt, einmal nach Budapest zu kommen, mit einem Donauschiff am liebsten. Zunächst würde er sich die Telefonnummer dieses Andras Beaufort, seines entfernten Cousin beschaffen. Der dürfte in seinem Alter sein, vermutete er. Sein Mitarbeiter im Abgeordnetenbüro würde das für ihn erledigen. Er hatte viel von dieser versteppten Landschaft gehört, dort sollten malerische Dörfchen in den Sand gesetzt sein, Schweine und Schafe würden gezüchtet, Paprika wachsen. Er erinnerte sich an einen dieser Nachkriegsheimatfilme, in dem hübsche Bauernmädchen und heißblütige Burschen in malerischen Trachten den Csardas tanzten.

Der Anruf auf seinem Handy ließ ihn sein Vorhaben unterbrechen. Charly bat ihn, rechtzeitig zum Abendessen zu kommen, er solle noch einige Besorgungen erledigen, ihr Vater habe nachgefragt, ob er willkommen wäre, er wolle nicht stören, aber er wäre so allein, weil die Mama noch in Norwegen bei den Verwandten wäre. Gerhard Beaufort erinnerte sich an ein Gespräch mit Remsky, der in Ungarn scheinbar ein unliebsames Erlebnis gehabt hatte. Beim Abendessen hatte er keine Gedanken mehr an den Brief aus Ungarn, an seine Absicht dorthin zu fahren. Der Schwiegervater unterhielt sie mit Eindrücken von seiner Reise nach Süditalien, dort hätte ein Bogenwettbewerb stattgefunden, er hätte viele alte Bekannte vom Fach, wie er sagte, getroffen, alles Freunde aus früheren Tagen, ausgewiesene, erfahrene Bogenschützen. Sein Hobby hatte ihn schon in viele Länder gebracht. »Der Professor mit dem Bogen«, ergänzte Charly, »hätten wir Dich nicht gehabt, wüsste ich nicht, was mit uns damals in Norwegen passiert wäre«. Sie brachten das Gespräch auf andere Vorgänge, schweiften ab, kamen vom Hundertsten ins Tausendste, Charly hatte einen Brief aus Kanada in Händen, ihre Agentur hatte sich um eine Immobilie bemüht, in der sich ihr Reisebüro unterbringen ließe. Nahe Ottawa oder Montreal würde sie sich gerne niederlassen, aber nicht zu weit abseits von den befahrbaren Routen, dort könne man auch mit milderem Atlantikwetter rechnen, Toronto hingegen wäre zwischen den Huron- und den Ontariosee eingespannt, die Nordstürme fauchten nach Cardine Silvestre's Aussagen Wochen länger als in Montreal. Im Moment gäbe es mehr Ungewissheit als planerische Sicherheit, vieles wäre zu bedenken. Die US-Staaten Maine und Vermont, die alten amerikanischen Ostküstenstaaten mit ihrer hunderte Jahre alten Kultur, lägen nahe.

Da hatte Gerhard Beaufort die Erinnerungen an seinen schon fast zwanzig Jahre zurückliegenden Aufenthalt in Kanada vor Augen, seine erste Unterkunft in Toronto, Caroline Silvester, »sein kanadisches Abenteuer«, wie der Vater immer gesagt hatte. Er hatte jedoch keine weiteren Kontakte mehr gepflegt. Würde sie noch im Gospelchor singen, die hübsche Caroline, Familie haben, und ihr Vater, ob der noch lebte, der ihn in seiner manchmal etwas rauen Art an den eigenen Vater erinnerte?

Dann machte sich Charlys Vater auf den Heimweg. Sie redeten noch über Kanada, vertieften Charlys Absicht, eine Zweigstelle ihres Reisebüros dort zu errichten. Die Planung hatten sie lange schon angedacht. »Du bräuchtest vermutlich einen Geschäftsführer in Kanada«, scherzte er. »Du wärst der Richtige«, erwiderte sie, sehr ernst und hoffnungsfroh. Sie unterhielten sich über sein Mandat im Landtag, über die vor ihm liegende weitere Periode, in der er dem Parlament angehören würde. »In knappen vier Jahren ist das Abenteuer Politik für mich zu Ende, da sind andere vonnöten, der Remsky, der ist für solche Aufgaben am rechten Platz«.

Immer wieder gingen seine Gedanken zurück in die kanadischen Jahre. Auf der Highway Number 11 hatte er Gravenhurst hinter sich gelassen, in Bracebridge in einem der gemütlichen *Holiday Inns* ein mächtiges Steak gegessen. In zwei Stunden wollte er in Huntsville eintreffen, hatte sich im *Cranberry Resorts* angesagt. »Kommen Sie zwischen siebzehn und achtzehn Uhr, da habe ich etwas Luft und wir können miteinander reden«. Michael Coverner war dort im Hotel der Geschäftsführer. Sie würden gerne einen Deutschen nehmen, hatte er am Telefon gesagt und wenn er noch dazu Französisch und Englisch sprechen würde, wäre es das, was sie suchten. Huntsville explodiere im Fremdenverkehr und immer mehr deutschsprachige Gäste wären zu betreuen.

Das *Leben persönlich*, meinte er im Überschwang, habe dann einige Meilen nach Bracebridge am Straßenrand gestanden und habe gewinkt. Es war in hellblaue Jeans gewickelt, eine rot karierte Bluse verzierte den Teil zwischen Kinn und Bund, ihr schwarzes Haar glänzte im Sonnenlicht. »Mein *Chrysler* hat den Geist aufgegeben, er fährt einfach nicht mehr weiter«, sagte sie. »Das sehe ich«, erwiderte Beaufort. Dann stellte er fest, dass wohl nur ein paar Liter Benzin im Tank fehlten. Der alte *Cruiser* müsste noch etliche Jahre ohne Problem seine Straße ziehen.

Dann lud sie ihn nach Huntsville zum Kaffee ein. »Ich möchte mich schon gerne revanchieren«, lächelte sie. Er würde sie gerne wieder sehen, sagte er beim Abschied, wenn sie ihm ihre Telefonnummer geben würde, wäre das Ganze einfacher.

»Ich heiße Caroline Silvester«, sagte sie und ihr Vater wäre in der Gastronomie in Toronto tätig, nebenbei führe er eine Pizzeria, er wäre – beiläufig gesagt – ein zugewanderter Italiener aus der Nähe von Viterbo. Caroline erheiterte Beauforts komplizierte Ausdrucksweise, er möge einfacher reden, meinte sie, das würde sie besser verstehen. Er stocherte im Apfelkuchen: »Mutter gelingt jeder Kuchen.« Der hier wäre eigentlich eine Zumutung und zugleich eine Aufforderung an den Konditor ein anderes Rezept einzuführen, ergänzte er.

Wenn er, Beaufort, das Land hier kennen lernen und

noch dazu sein Geld auf redliche Weise verdienen wolle, könne er auch bei ihrem Vater in Toronto drunten arbeiten, meinte sie, sie würde sich für ihn einsetzen. »Eigentlich sind meine Vorfahren väterlicherseits italienische Weinbauern aus Mittelitalien, Viterbo, wie ich schon sagte, ist ihre Heimat, sie stammen wie alle Italiener natürlich geradlinig von einem alten italienischen Adelsgeschlecht, wenigstens von den ruhmreichen Römern ab und sie kolonisieren und kultivieren notgedrungen in der Neuzeit den amerikanischen Kontinent«, wie mein Vater immer wieder äußerte.

»Einen Herrn Silvestre kenne ich, er arbeitet im *Delta* in Toronto«, Gerhard lachte, »das *Delta* ist auch meine Arbeitsstelle«.

»Und Sie lassen mich meinen Lebenslauf erzählen, zweihundert Meilen weg von Toronto – und Sie arbeiten schon bei meinem Vater«, fauchte sie, »ich kann das nicht glauben« und entschwand seinen Blicken.

Er würde Herrn Coverner im Cranberry in Huntsville absagen, seine Suche nach einer anderen Arbeitsstelle hatte sich erledigt, er würde vorerst in Toronto bleiben.

114

Von heute auf morgen kann sich Entscheidendes ändern, eingefahrene Sicherheiten gehen da plötzlich zu Bruch. Der Umweltminister magerte sichtbar ab, wirkte ausgezehrt, fahl im Gesicht und er sagte zunächst die eine oder andere Kabinettssitzung ab. Er solle kürzer treten, mahnte sein Arzt. Dann musste ihm sein Kardiologe drei *Stants* vor das gebeutelte Herz setzen und er blühte wieder auf. »Jetzt bin ich zweiundsechzig«, sagte er zu Remsky, »lieber Freund, meine Frau will mich ins Haus zwingen, bevor ich ins Gras beiße, wie sie so sagt. Den MP habe ich schon instruiert und er, Remsky solle sich neu orientieren. Sein Nachfolger im Ministeramt sei schon angedacht.

Remsky machte nun Platz im Ministerium, orientierte sich neu, ließ den Beamtenstatus ruhen. Der Herbst sah ihn bereits in Brüssel als politischen Berater des Kommissars für Energie und Umwelt und er würde so manche das Fürchten lehren. Er kaprizierte sich zudem auf die neuen Medien, das freie Internet und die digitale Welt. Dieser neue Kosmos würde das kollektive Bewusstsein beeinflussen, Flexibilität und Kreativität würden Kriterien dieser modernen Technologie sein. Die Erwartungen der Menschen, die Ansprüche der Politik, einer ambitionierten Gesellschaft, des vielfältigen kulturellen Lebens würden nicht nur eine kaum überschaubare technische Vielfalt, sondern einen schier nicht zu überblickenden Fundus an Software hervorbringen. Remsky wusste, dass diese Entwicklung seine Welt, seine Zukunft werden würde. Der Kommissar bot ihm an, neben der spezifischen Aufgabe als sein politischer Berater, auch für die weite Materie des freien Zugangs zum Internet neue Wege zu kreieren. Falls es ihm nicht zu viel würde, setzte er hinzu.

Remsky würde eine neue Duftmarke setzen und »vielleicht läuft mir eine schöne Frau zu, die mich heiraten will. Vielleicht erbt die Schöne ein Imperium und ich bin Cäsar«. Dieses Imperium wartete nur auf Remsky.

115

Eine so rasche Antwort aus Eger in der ungarischen Puszta auf seinen Brief hatte Gerhard Beaufort nicht erwartet. Der entfernte Verwandte war überrascht von seinem Anruf und zeigte seine Freude über die Kontaktaufnahme unverhohlen, er lud den *Cousin*, wie er Beaufort nannte mit seiner Frau zu einem Besuch in seine Heimatstadt.

Gerhard Beaufort zurrte die erste sitzungsfreie Pfingstwoche für den Besuch in Ungarn fest und dann stieg er mit Charly in das Flugzeug. Eine besondere Spannung und Vorfreude hatte sich seiner bemächtigt. »Was werden das für Menschen sein, mit denen uns eine lange Vergangenheit verbindet«?

»Es werden schlichtweg Beauforts sein«, lachte Charly, »einen davon habe ich ja an meiner Seite«. Sie hatten die Sicherheitskontrolle hinter sich gebracht und traten in das Abfertigungsgebäude.

Andras Beaufort hielt einen Strauß strahlend gelber Sonnenblumen in der linken Hand. Dann standen sie sich gegenüber, ein verhaltenes Lächeln im Gesicht, die beiden Beauforts umarmten sich, sie fanden wohl wenig Ähnlichkeit am je anderen. Er wäre sehr glücklich, sagte Andras, dass sie sich sozusagen nach Jahrhunderten langen Umwegen endlich getroffen hätten und das in Ungarn, nicht in Frankreich oder Deutschland und in friedlichen Zeiten. Er unterfasste Charly, die die Sonnenblumen unter dem rechten Arm hielt und geleitete die neuen Verwandten durch das Terminal zu seinem Auto. Noch war die Verlegenheit auf beiden Seiten zu spüren. Andras bog in eine Seitenstraße und hielt vor einem Lokal.

»Das *Soul* solltet ihr kennen lernen, da isst man wirklich echt ungarisch«. Andras erzählte, dass er nicht oft nach Budapest käme, aber wenn er schon hier wäre, dann würde er mit seiner Frau im *Soul* essen. Das ungarische Steak schmeckte und der Ober brachte noch eine Karaffe weißen Wein.

»Das ist ein urwüchsiger ungarischer Wein, ein trockener Syhra, der wird euch gut tun. Man sollte nicht zu viel trinken, aber ich werde ja am Steuer sitzen und wir sind in knappen zwei Stunden in Eger.

Die Fahrt von Budapest nach Eger offenbarte die fremde, ungewohnte Schönheit der ungarischen Landschaft. Die letzte Wegstrecke, kurz nach Füzesabony, war es eng geworden auf der Straße, Geschäftsleute schienen dem Markt in Eger zuzustreben um ihre Verkaufsstände aufzustellen, wie Andras anmerkte. Die prächtigen Sonnenblumenfelder, die schon rechts und links der Autobahn gegrüßt hatten, gleißten ihnen nun ganz nahe entgegen, eine gewellte Hügellandschaft gab den Blick auf die Weinberge frei. In der Ferne zeichneten sich die südlichen Ausläufer des Matra-Gebirges am Horizont ab.

»Eine Wanderung durch die schönen Buchenwälder nördlich von Eger müssen wir uns vornehmen, sonst habt ihr Ungarn nicht gesehen«. Andras hatte nun zwei Stunden erzählt, sie immer wieder auf landschaftliche Schönheiten aufmerksam gemacht und als die Beauforts in Eger ankamen, hatten sie von Andras über Land und Leute, über Ungarns lange und ereignisreiche Geschichte, über die Hunnen und die sowjetischen Kommunisten erfahren. Letztere hätten das Land Jahrzehnte nach dem Zweiten Weltkrieg okkupiert und mit herunter gewirtschaftet.

»Das werden wir denen nicht vergessen, sie haben uns und unseren Kindern die Zukunft genommen und die einheimischen Stalinisten waren ihre willigen Erfüllungsgehilfen«, fügte er sarkastisch hinzu.

Nur drei Tage hatten Gerhard und Charly für den Verwandtenbesuch in Eger eingeplant. »Nehmt euch viel Zeit, kommt zu uns und macht Urlaub, Platz für zwei Leute haben wir immer«, sagte Andras.

Zsovia, Andras' Frau, begrüßte sie mit einer Herzlichkeit, als würden sie sich schon viele Jahre kennen. Die beiden Kinder wären bei der Oma und schon neugierig auf die Verwandten aus Deutschland.

»Seit mein Vater verstorben ist, kümmern wir uns verstärkt um meine Mutter und sie nimmt die Kinder, wenn wir unterwegs sind, so wird es überall auf der Welt sein«. Zsovia brachte Gulasch aus einem Kessel, der auf dem breiten Herd dampfte, auf den Tisch, stellte einen Korb Weißbrot und zwei Flaschen spritzigen Tokayer dazu. »Eine Flasche *Erlauer Stierblut* wird es morgen geben, zum Gulasch trinken wir gerne einen weißen Tokayer«, prostete Andras seinen Gästen zu. Dann nahmen sie sich an den Händen und wünschten einander einen gesegneten Appetit. »Herzlich willkommen bei Zsofia und Andras Beaufort«. Gerhard und Charly Beaufort waren zu Hause angekommen.

»Jetzt haben wir alle Zeit der Welt«, lachte Andras, »und wir können drei Tage erzählen und wenn ihr, wie gesagt, einmal länger Urlaub bei uns macht, fahren wir auch zu Onkel Gustav, der in Debrecen lebt und zwei Jahre jünger als Vater ist. Als die Russen neunzehnhundertsechsundfünfzig bei uns einmarschiert sind, er war da noch ein junger Mensch, hat er sich bei Nacht und Nebel aufgemacht und nach drei Monaten erhielten meine Eltern eine Ansichtskarte aus Rom. Nun sitzt er seit einigen Jahren in Debrecen und hat sich selbständig gemacht.«

Bis in die Nacht hinein erzählten sie sich gegenseitig aus ihrem Leben.

»Diesen Onkel Gustav würde ich gerne kennenlernen, wir hängen einfach noch einen oder zwei Tage an«. Gerhard war von diesen liebenswerten Menschen, seinen Blutsverwandten, wie er sagte, begeistert.

»Gustav ist ein relativ alter Mann, da wäre es sicher gut, wir würden ihn doch noch besuchen. Niemand weiß, was morgen passiert«, meinte Zsovia.

Der nächste Tag sah sie zunächst in Eger, dem barocken Schmuckstück im östlichen Ungarn. Sie waren begeistert von den schönen Bauten, ebenso von der mittelalterlichen Burg und den Thermalbädern.

Dann erzählte Andras von den Mongolen, die im dreizehnten Jahrhundert die Stadt nieder gebrannt hatten und die meisten Einwohner umbrachten und von der hundertjährigen osmanischen Herrschaft im sechszehnten Jahrhundert, den Habsburgern und schließlich machte er noch ein paar Anmerkungen über die letzten dreißig *bolschewikischen* Jahre, wie er diese Jahrzehnte nannte. »Aber die Umstände, unter denen wir vegetieren mussten, kann man nicht schildern, man muss sie erlebt haben. Wir hatten im Laufe der Jahrhunderte immer wieder Besuch von auswärts, ich habe dir von den Asiaten erzählt und den Türken. Wir haben alle Usurpatoren überstanden und nun hoffen wir auf eine friedliche Zukunft in Europa«.

Ob er denn auch als Fremdenführer unterwegs sei, fragte ihn Charly lachend.

»Ob du es glaubst oder nicht, ich war tatsächlich an den Wochenenden oft genug unterwegs, um den Besuchern aus aller Welt, meist in Englisch oder Französisch die Schönheiten unserer Stadt zu erklären. Das war ein gutes Zubrot in schlechten Zeiten. Nun habe ich so viele Briefbekanntschaften, dass ich die nächsten Jahrzehnte nur noch in die weite Welt reisen könnte. An den Wochentagen bin ich im Forst und verdiene mein Brot. Wir haben allen Grund dankbar zu sein«.

Die Tage ihres Aufenthalts in der *neuen Welt* vergingen wie im Fluge, wie Charly anmerkte, am letzten Tag fuhren sie nach Debrecen. »Von da ist es nicht mehr weit nach Rumänien und die alte Handelsstadt ist weit bekannt wegen seines Thermalbades, auch sie hatte in früherer Zeit unter den Osmanen gelitten und war im Zweiten Weltkrieg hart mitgenommen worden.«

Gerhard Beaufort brachte nun die Rede auf Andras' Onkel Gustav.

»Ihr werdet einen absolut einfach lebenden Menschen kennen lernen. Er stellt keine Ansprüche, lebt kärglich, würde mit einem Minimum an Lebensstandard auskommen. Ihm würden ein Bett, ein Tisch und ein Stuhl genug sein. Lasst euch einfach überraschen.«

Dann steuerte Andras zielsicher durch die Stadt, sie fuhren die breite *Sumen-Straße* entlang, bogen in die Sankt-Anna-Straße ein und standen schließlich vor dem prächtigen Sankt-Anna-Münster, einem glanzvollen Kirchenbau aus der ersten Hälfte des achtzehnten Jahrhunderts, wie Andras kenntnisreich anmerkte.

»Ihr müsst Debrecen im Frühling besuchen, da könnt ihr von einem Konzerthaus in das andere gehen, ein Pendant zum Prager Frühling«.

Das Haus, in dem Andras' Onkel wohnte, wollte in einem gelbbraunen Farbton glänzen, Staub und Schmutz der Jahrzehnte waren jedoch unübersehbar. »Vermeidet die Hausmauer zu berühren, die Farbe könnte abgehen, der Sozialismus lässt grüßen«, mahnte Andras. Sie drückten gegen das mächtige, in rostigen Angeln hängende Holzportal, traten in einen dunklen gepflasterten Hof, betraten auf der rechten Seite das nunmehr uralt und abgewirtschaftet scheinende Haus, mussten kühle, feuchte, miefig riechende Gänge entlanggehen, bis sie schließlich vor einer steinernen Kellertreppe standen. »Er ist ein Kellerkind«, sagte Andras, »er würde diesen Keller nie verlassen.«

Andras klopfte, lange Zeit rührte sich nichts, dann öffnete sich die Türe und ein hagerer, alter Mann öffnete die Tür. »Andras«, lachte er mit einer unglaublich mächtigen Stimme, »ich hätte den Pfarrer von Sankt Anna eher erwartet, der kommt ab und an. Hast du Zeit für mich gefunden. Das ist schön.«

»Beaufort, Gustav Beaufort«, stellte er sich noch unter der Tür vor. »Bitte, treten Sie näher«.

»Gerhard und Charly Beaufort aus Deutschland«, antwortete der deutsche Beaufort.« Wir freuen uns, Sie kennen zu lernen«.

»Ein Beaufort aus dem Westen«, dröhnte der Alte und ein breites Schmunzeln zog über sein kantiges Gesicht. Gerhard erinnerte sich an einen amerikanischen Schauspieler, Gregory Peck hieß der, dem sah er ähnlich. Dann lud der lange Gustav Beaufort die Gäste in sein Zimmer. Der Raum war nicht größer als dreißig Quadratmeter und Gustav hatte da drinnen eine Werkstatt oder auch ein Geschäft, wie man eben sagen will, zudem waren sein Bett, ein Tisch, ein Stuhl, ein breiter Ohrensessel untergebracht. Aus einem Winkel ragte ein gemauertes Geviert in den Raum, mit Bambusstäbchen ummantelt, das war seine Toilette. Die Wohnung schien total überladen mit einem Wust an Dingen aller Art und zugleich aufgeräumt. »Nehmt Platz« sagte er und setzte sich mit Andras auf das Bett. »Ich bin nicht gewohnt, Gäste zu empfangen, setzen Sie sich, Madam, in den Sessel und Sie, mein Herr auf den Stuhl«. Der Charme dieses Mannes war ungewöhnlich, umwerfend, einnehmend, einfach angenehm.

Die beiden jungen Leute aus Deutschland schauten sich um. In drei bis an die Decke reichenden, tiefen Regalen fanden sich unglaublich viele Gegenstände, eine Sammlung von Materialien aller Art wie es schien, hunderte Kästchen mit Nägeln und Schrauben jeder Größe, emaillierte Töpfe und Dosen und Deckel, verzinkte und bemalte Bleche, Armbänder, verkupfert und versilbert, Petroleumlampen, Ölkännchen aus Emaille, Vasen aus Messing, eiserne Vogelkäfige, Koppelschlösser mit silbernem Schild, andere mit einer Krone oder mit Zunftzeichen auf den Schildern.

Gustav bot den Gästen Tee in blitzblanken Tassen. »Sie sollen nicht gehen und sagen müssen, dass dieser Mann seine Gäste nicht würdig empfängt«, er lachte wieder dieses umwerfende Lachen. »Dieser Gustav ist ein feiner Mann, ein Beaufort eben, würde Vater sagen«, dachte Gerhard Beaufort.

»Sehen Sie sich um, das sind meine Schätze, eine solche Anhäufung verschiedenster Dinge finden Sie kein zweites Mal in Ungarn«, und er lachte grollend. »Sucht ein Debrecener etwas *Unmögliches*, kommt er zu mir«.

Schwarze, abgegriffene Rosenkränze, die Perlen aus Emaille oder Silber, lagen in Schatullen aus Porzellan, daneben fanden sich kunstvoll gegossene Zinnsoldaten, farbig bemalt, wie Gerhard sie aus Kindertagen kannte, kleine Weihwasserkessel aus Zinn, blank geputzt, Kehrbleche aus Kupferblech, Eierbecher aus Stahl geformt, Amulette, silberne, emaillierte Broschen mit Tier- und Blumenmotiven, Krippenfiguren, wie sie auch zu Hause im Keller noch lagern mussten.

»Sie werden in diesem Raum keinen Gegenstand aus Kunststoff oder Bakelit finden, keinen aus Glas, weder gepresst noch geblasen, Glas ist mir zu riskant », sagte er, »etwas Niveau braucht das Volk, das zu mir kommt, schon«.

»Das Schild dort, selbst geschmiedet, vor Jahren schon, bezeichnete meine Zunft«, erklärte er. »*Der Eisengustl*«, würde ich bei Ihnen daheim heißen und sprach plötzlich ein wunderbares Deutsch, nachdem die Unterhaltung bisher in Französisch vonstatten gegangen war.

Natürlich kam man schnell auf die Geschichte der Beauforts zu sprechen, die heute in alle Winde verweht auf dem Kontinent lebten, »und einige von uns in Amerika und irgendwo unterhalb des Äquators«.

»Dieses dicke Buch«, sagte er, nachdem er aus einem breiten Schub einen in braunes Leder gebundenen Folianten genommen hatte, »enthält die Geschichte der Beaufort, so wie sie von meinen nahen Vorfahren aufgezeichnet worden ist. Meine Urahnen haben das Buch, ein gewisser Gaspar Beaufort war es, nach dem unseligen Krieg 1870/71 zu schreiben begonnen. Gaspar lebte im heutigen Saarland, irgendwo nahe dem saarländischen Hunsrück, nicht weit weg von Luxemburg, keinen Steinwurf von Frankreich. In seinem ersten Bericht erzählt er von seiner Familie und dem Ereignis, das sein künftiges Leben geprägt hatte, dem Bruderkrieg zwischen den Franzosen und den Deutschen.«

»Davon ist in unserem Stammbuch kaum etwas zu finden«, brachte Gerhard Beaufort ein, »aber ich erinnere mich dunkel an einen Jaques Beaufort, der anscheinend in französische Gefangenschaft gekommen war, es ist gut, dass es zwei, vielleicht noch mehrere Familienchroniken gibt, alle zusammen ergäben eine kleine europäische Sitten-und Kulturgeschichte«.

»Am meisten hat mich als jungen Menschen bewegt«, brachte Andras ein, »als Gaspar erzählte, wie die jungen Soldaten in den engen Schützengräben Unterschlupf suchten, wo das Wasser kniehoch stand, auch wenn sie die Böden mit Ästen und Baumstämmen ausgelegt hatten. Er schreibt von Ratten und Giftzeug, von der Kälte und von den Läusen und allerlei Ungeziefer, das ihnen die Hölle bereitet hatte. Viele der jungen Burschen schrien nach der Mutter, waren dem Töten, dem Schreien der Verletzten, der ungeheuerlichen Angst nicht gewachsen. Manch einer wäre auf und davon, schreibt er, man hätte sie nie mehr wieder gesehen. Am ärgsten habe ihn der Winter der Jahreswende von achtzehnhundertsiebzig auf einundsiebzig erschüttert. Der dramatische Bajonettkampf mit unzähligen Toten und Verstümmelten und die unaufhörlichen Geschützsalven in der Schlacht bei Wörth, wo er als Grenadier bei der Infanterie eingesetzt war, haben Gaspar wohl in tiefster Seele geschädigt. Dreißig Jahre hat er immer wieder seine Familiengeschichte aufgeschrieben, bis er seinen Sohn Joseph beauftragt hat, sie fortzuführen. Wenn ihr wieder kommt, solltet ihr sie lesen«.

Die Zeit war zu schnell vergangen, den halben Nachmittag hatten sie über die Beauforts, die Väter und Mütter, die Großväter und ihre Frauen und Kinder geredet, über die Ahnen, zurück bis in die Anfänge des achtzehnten Jahrhunderts, und schließlich auch von Gustavs *Reise nach Rom*, wie er die damalige Flucht in den fünfziger Jahren lachend nannte, erfahren.

»Wir sind ja keine echten Ungarn, keine Abkömmlinge der alten Magyaren aus dem Ende des ersten Jahrtausends, eher Zugewanderte, Einwanderer, Landnehmer wie zu Moses' Zeiten, wir sind eigentlich schlesisch-deutsche Polen, aber zu allererst sind wir französische Hugenotten, heute auch Protestanten und Katholiken, aber was soll das ganze religiöse Gefeilsche. Einige Abkömmlinge der Beaufort'schen Linie leben heute noch in Warschau, andere hat es in das mährische Grenzgebiet um Ostrau, Ostrava heißt es heute, gezogen und eine Cousine, mit der wir in Verbindung stehen, hat sich in Südpolen niedergelassen bei Zakopane, einem weit bekannten Wintersportzentrum«. Gustav war wie die meisten Ungarn mit der eigenen Geschichte und der ihres Landes sehr gut vertraut.

Gerhard wurde sehr nachdenklich. »Mein Vater meinte, er allein habe den von Generation zu Generation bis in die Gegenwart weiter gegebenen Stammbaum der Beauforts in Händen. Er wäre wohl sehr überrascht, würde er uns hier heute beisammen sehen«.

Andras war wie immer von seinem Onkel sehr begeistert: »Wenn ihr wiederkommt, machen wir auch einen Ausflug in die Beskiden, Gustav ist ein Wanderer von Gottes Gnaden, nimmermüde, unbezwingbar, da braucht es eine sehr gute Kondition, um mit ihm mitzuhalten. Die Beskiden sind Teil der Westkarpaten, die lappen in die Slowakei hinein und ins mährische Tschechien, Wälder nichts als Wälder«.

Charly war gefesselt von den Erzählungen der beiden

neuen Verwandten: »Wir kommen wieder, wir zwei kennen Kanada und Norwegen und den halben europäischen Kontinent, aber die Naturschönheiten und die Kultur eures Landes, oder gar der noch weiter östlich liegenden Länder sind uns nahezu unbekannt geblieben, aber bald werden wir in einem geeinten Europa gemeinsam leben, das alte Abendland sozusagen von Bukarest bis Lissabon und von Dublin bis Helsinki, von Oslo bis Rom«.

»Gegen Ende des neunzehnten Jahrhunderts, nach dem unseligen Krieg mit den Franzosen, einem Bruderkrieg sozusagen, kam unsere Chronik auf Umwegen aus einer entfernten Linie der westdeutschen Beauforts in die Hände meiner direkten Urahnen, die im schlesischen Raum siedelten. Andras wird das Buch einmal erben und fortführen, das hoffe ich doch«, lachte er und schlug dem Neffen auf die Schulter.

»Dieser Krieg 1870/71 war für unsere Vorfahren eine mächtige Zäsur«, erklärte Gustav Beaufort, »aber auch ein Ansporn, überall wo sie lebten nach Frieden zu trachten. Ich lasse Ihnen Auszüge aus der Niederschrift meines Ururgroßvaters machen und schicke sie Ihnen zu, dir zu«, sagte er. »Es würde viel zu weit führen, wollten wir heute diese ganze *Postille* durchgehen«.

Charly und Gerhard verabschiedeten sich, nicht ohne auch Gustav nach Deutschland eingeladen zu haben. »Ob sich das machen lässt, weiß ich nicht«, lachte er, »wer weiß, wie viel Zeit einem so alten Mann noch bleibt«.

»Wenn ihr wieder kommt, nehmt doch das Auto, schaut euch an der Donau den Bakonywald an und macht einen Besuch bei den Zisterziensern im Kloster Zirc. Dort habe ich während meiner Flucht neunzehnhundertsechsundfünfzig im wahrsten Wortsinn Zuflucht gefunden, im Garten gearbeitet, Mesnerdienste geleistet, Brot gebacken und alles repariert, was irgendwie defekt gewesen ist, ich habe mit den Mönchen gesungen und gebetet und so meine Angst und Tränen erstickt. Geht nach Zirc, nicht nur wegen der guten Luft, ihr werdet dort zu anderen, neuen Menschen. Zirc - das ist nicht nur ungarische Geschichte in Reinkultur, da steckt noch mehr dahinter«.

116

»Wer wird *unsere* Chronik fortführen, eigentlich müsste ich beizeiten damit beginnen«, Gerhard suchte Charly's Hand.

»Ich gehe davon aus, dass du auch in einigen Nachkommen weiterleben wirst«, lachte Charly, »ich habe so eine Ahnung«.

»Es ist ein Elend, dass aus dem Menschengeschlecht immer wieder gewalttätige Führer, Brandstifter herauswachsen, die ihre Völker in Abgründe führen«, sinnierte Gerhard, als sie den Rückweg von Debrecen nach Eger zurücklegten. »Das haben unsere Vorfahren erlebt und für die Verwandten in Ungarn liegt die Ära der Despoten und Unterdrücker nicht weit zurück und die Umstände zeugen landauf, landab noch von der Willkür«

»Sei nicht so ernst, du musst in der Politik bleiben und vor Ort den Manipulatoren das Handwerk legen, schon auf den unteren Ebenen eines Landtages gibt es Aufwiegler, Unruhestifter, Umstürzler«. Charly brachte ihren Politiker mit ihrer herzlichen Art wieder in die Wirklichkeit zurück. In den letzten Wochen hatte er die Rede immer wieder auf das Unbehagen gebracht, das seine politische Arbeit zunehmend begleitete.

»Wir stellen in Eger oder in Budapest oder in Debrecen eine Reiseagentur auf die Beine, dann kannst du die Politik hinter dir lassen. Nehmen wir uns mehr Zeit für uns, vielleicht lassen wir uns doch ein auf dieses Zirc, auch wir brauchen Abstand, vielleicht gar diese stille Welt der Klöster, meinst du nicht auch? In ihnen entdecken wir ja die Wurzeln unserer Religion, unseres eigentlichen Herkommens. Müssten wir zwei uns nicht bald auch darauf besinnen? Nicht selten suchen Menschen, oft Ausgebrannte, vom Leben und seinen Zumutungen Erschöpfte gerade diese Ruhe und Einsamkeit, um wieder zu sich selbst zu finden. Meine Mutter hat schon Recht, wenn sie immer wieder sagt, dass es außer unserer verkürzten Sicht der Dinge, noch anderes, nicht Greifbares, aber doch auch Reales gibt«.

»Gar kein schlechter Gedanke«, sagte Gerhard Beaufort, »du hast recht, wie immer«.

117

Die Post stapelte sich auf Gerhard's Schreibtisch. Der verehrte Schwiegervater hatte in ihrer Abwesenheit nach dem Rechten gesehen und ihm einen großen Zettel auf die Briefe gelegt: »Dein Anrufbeantworter scheint dicht voll zu sein, ich möchte kein Politiker sein«.

Mehrere Kreisvorsitzende luden zu einem dringenden Gespräch in die Ortsverbände, Bühler hatte wichtige Neuigkeiten, wie er kundtat, die er nicht am Telefon besprechen möchte.

Wendel Schneck lud die Beauforts zur feierlichen Schlussfeier der Renovierung seines Restaurants ein, er habe nun ein halbes Jahr um- und ausgebaut, sie wären für das letzte Wochenende im August eingeladen. Bis dahin wollte er das Gasthaus lupenrein haben. Er habe zudem die alten Freunde eingeladen, es wäre schön, wenn man sich wiedersehen würde.

Josh Fahrenttorf schrieb aus Spanien, dass er einige Wochen im Herbst, vermutlich schon im September, in Innsbruck bei seiner Mutter verbringen würde, »*mit Kind und Kegel*«. Vielleicht könnte man sich treffen. Auf dem Hof der Großeltern in Innsbruck wären ein halbes Dutzend Zimmer frei.

Carmen Juliana hatte eine Karte aus Griechenland geschickt, sie würden die Pfingsttage auf Ikaria verbringen, sie seien viel zu Fuß unterwegs und nicht in der Luft, wie ehedem Dädalus und Ikarus. Ob man sich treffen könne, fragte sie zuletzt.

»*Man kann sich treffen*«, lachte Gerhard, »aber nicht alles zur gleichen Zeit.«

Er vermisste den Vater. Seit dessen Tod war es stiller und leerer geworden.

Remsky bat um gelegentlichen Rückruf: »Ich darf dich an unsere Klettertour erinnern, die *Rosszähne* warten auf uns«.

Beaufort war von Remskys Vorschlag begeistert: »Wir haben beide vor Jahren immer wieder das Gebiet um den Schlern erwandert«, erzählte er Charly, »sind dann über die Rosszahnscharte zum Großen Rosszahn hinauf gestiegen. Derzeit kann ich wohl nicht genug Kraft aufbieten für eine solche deftige Route und wir müssten mit weniger vorlieb nehmen«. Es würde ihm eine längere Tour durch den Rosskarbach genügen, fügte er an. »Das wäre auch das letzte Wochenende im August«, meinte Charly. »Unser Terminkalender gibt nicht mehr viel her«.

Der Rosskarbach war in weiten Teilen verschwunden, versickert, die weiten Latschenfelder zur Seite des steinigen Kars hatten es ihm schon von jeher angetan. Sie würden zu dritt, Charly, Remsky und er, bereits am frühen Samstagmorgen den leichten Aufstieg beginnen. Dann hätten sie oben am Ende des Kars gegen Mittag Zeit genug für eine kräftige Brotzeit und eine längere Rast und einen guten

Ausblick hinauf zum Rosszahn, das würde ihm genügen. Er würde Remsky anrufen.

118

Bühler, noch immer Chef der Fraktion, wenngleich heftig umstritten, während der Legislaturperiode aber kaum auszutauschen, bat Gerhard Beaufort Platz zu nehmen.

»Magst einen Cognac, es is a guata, trink, na red' sich's leichter«.

»Ich kann jetzt keinen Alkohol trinken«, Beaufort hatte seinen dramatischen Traum vor Jahren noch immer nicht aus dem Kopf bekommen. »Ich muss heut Abend noch reden«.

»Worüber redest denn«?

»Über den *63iger* im StGB muss ich reden, beim hiesigen Anwaltsverein, der Müller Bertl hat mich eingeladen, der ist Landgerichtsdirektor und der Vorsitzende vom Anwaltsverein«.

»Wos is denn dann der *63iger*, wiast sagst«?

»Da reden wir ein anderes Mal mehr darüber, sag was du von mir willst«.

»Du bist doch mit an Remsky speziell g'wes'n, den gibt's zwar nimma bei uns, hot ja de höheren Weihen. Aber der hot allerweil noch de Finger im Spui. Wos woaß der, wos i net woaß, red, im Vertrau'n«. Wenn der Bühler von Vertrauen sprach, war das schon gebrochen.

»Ich habe keine Ahnung, was los ist, ich habe meine Urlaubstage in Ungarn bei Verwandten verbracht«.

Bühler lachte: »Oide Kommunist'n, deine Verwandt'n, wos«?

Beaufort wusste, dass hier Hopfen und Malz verloren waren und er schwieg.

»Der MP hot wos vor und i woaß des net. Etzat sog i *dir* wos, Beaufort. Ich hob glaubt, er macht an Herrschl zum Staatssekretär. Nix is, de Bajor solls wer'n, sogn's alle und ich woaß nix. Wen der MP net schmecka ko, den haut er über's Stangerl. Kruzitürk'n nu amol, woaßt du nix, wirkli nix«?

»Keine Ahnung und deswegen hast du mich angerufen«?

»I woar allerweil auf deiner Seit'n, dös woaßt und etzat hob i g'moant, du woaßt wos vo dem Remsky. Dös is a ganz a G'würfelter, der Remsky. Vergiß net, Gerhard, i hob di damals einag'holt. Wennst wos woaßt, ruafst mi o. Da kann i mi auf di valoß'n. Oane Kräha hackt doch der andern koa Aug' aus, verstehst? Verstehst des, Kruzitürk'n, verreckts Narr'nhaus, verreckts«.

»Letzteres versteh' ich gar nicht, mein Lieber und mir sagt überdies keiner was, ich bin ja auch schon übergangen worden, das müsstest du doch am besten wissen«.

»Dös is net mei Sach, dös is ganz alloa dem MP sei Sach, gell, dass'd es woaßt, da drah'n scho ganz andere no de Schtrick«.

Gerhard Beaufort glaubte dem Fraktionsvorsitzenden Bühler kein Wort.

119

»Gerhard, red' nicht zu lang, die wissen alle, was der *63iger* ist, aber ich brauch ja ein Monatsthema. Alle red'n zur Zeit darüber, da müssen wir doch auch vom Anwaltsverein was unternehmen, sonst heißt es gleich, wir würden uns nicht dafür interessieren, wir wären rückschrittlich«. Er zog den Gerhard Beaufort in den stickigen, viel zu kleinen und überfüllten Raum.

Der Abgeordnete Beaufort redete zwanzig Minuten,

fragte, ob die Kollegen Einwände oder Fragen hätten, er würde gerne dafür auch den Vortrag unterbrechen.

Was nur die Politik ständig wolle, kritisierte dann der Rupert Lanzess, den Beaufort vom Studium her kannte, die Politiker brächten noch die ganze Rechtsprechung in Verruf.

Der Grundtenor der Debatte war, dass ja noch keiner der Anwaltskollegen einen Straftäter in die Psychiatrie gebracht hätte, außer die Fakten wären eindeutig gewesen. In der Forensik wären sie übrigens schon alle gewesen, als Studenten, lachten sie, und den *20iger StGB* und den *64iger StGB* würden sie auch alle kennen. Kai Brunst erwiderte dem Lanzess, das wäre ja gerade ihre anwaltliche Aufgabe und Herausforderung, sich mit neuesten Erkenntnissen der Forensik zu befassen, worauf sich wieder Heiterkeit breit machte. Kai Bruns meinte, er wäre missverstanden worden, es wäre doch Aufgabe vor allem auch der Politik, auf Fehler und Versäumnisse in der Gesellschaft, und zur Gesellschaft gehöre eben auch die Rechtsprechung, hinzuweisen. »Willst was werden, Bruns«, lachte der Lanzess, »reicht dir deine Kanzlei nicht, du hast ja einen Umsatz für zehn Landgerichtsdirektoren«. Die Damen und Herren Anwälte freuten sich über den schönen Vortrag, lachten und tranken bis nach Mitternacht und ließen sich dann mit einer Taxe nach Hause fahren. Beaufort ergab sich in sein Schicksal.

120

Der Remsky Berthold rief ihn gegen elf Uhr am Abend an. Beaufort hatte eben die Türe hinter sich zugemacht, einen doch noch recht unterhaltsamen Abend beim Anwaltsverein hinter sich und wollte einen Schluck Pils zu sich nehmen.

»Bei euch tut sich allerhand. Du bist informiert«?

Beaufort wusste von gar nichts. »Erzähl, du weißt sicher mehr als der Bühler, der wiederum meinte, du wüsstest alles«.

»Die Kerstin geht ins Staatssekretariat ins Innenministerium«.

»Sie ist dafür bestens geeignet.«

»Aber du auch, du bist dazu noch im Volk verzahnt, wie wir höheren Beamten sagen«.

»Staatssekretär ist nicht mein Ziel, mein Ziel ist Kanada oder Ungarn oder Norwegen«, kommentierte Beaufort.

»Wenn du aussteigen willst, sehen wir uns zunächst am Schlern oder bei den Rosszähnen«, lachte Remsky.

»Müssen wir verschieben, Wendel weiht sein Restaurant ein, hast schon Post bekommen?«

»Ich merke mir den Wendel vor, ziehen wir unseren Trip nach hinten, wir könnten ja auch eine Schneewanderung machen. Jetzt geh ich ins Bett, morgen wird ein heißer Tag«.

Für Beaufort waren die Tage ausgefüllt mit Plenarsitzungen, die Arbeit in den Sachausschüssen bedurfte intensiver Vorbereitung, Besuche bei den Ortsverbänden waren unumgänglich, seine Ruhe fand er bei seiner Frau Charly. »Wir machen das Ganze jetzt noch mit, solange die Legislaturperiode dauert und dann orientierst du dich neu, vielleicht sind wir dann schon drei Beauforts und alles ändert sich«.

121

Josh Fahrenttorf litt am Heimwehsyndrom, das Krankheitsbild war eindeutig. Er plauderte mit seiner Lucia Ana nur noch über seine Geburtsstadt, seine Schulzeit, die er schon Jahrzehnte hinter sich hatte, redete über das Studium, die Zeit bei Mersebach in Deutschland, er würde eben älter, sagte er. Er redete von der Mutter und der häuslichen

Schmiede, die der Bruder ausgebaut hatte. Da kam der Brief seiner Mutter aus Innsbruck.

Nach dem doch viel zu frühen Unfalltod des Vaters hatte sie noch ein paar Jahre im Hause gewohnt, ihr Sohn Ernst hatte geheiratet, sie war noch etwas behilflich gewesen, dann fuhr sie eines Tages zu ihrer Mutter.

Sie richtete ihr Leben neu aus. Ihren Mann hatte sie in jungen Jahren auf einem Dorffest in Innsbruck kennengelernt, die Stubaitaler Schmiedezunft hatte die bayerischen Kollegen nach Innsbruck eingeladen und sie hatte mit einer Gesangsgruppe den Abend mitgestaltet. Dann besuchte sie ihn in seiner bayerischen Heimat. Übers Jahr haben sie geheiratet und sie hat ihre Tiroler Heimat der Liebe wegen verlassen.

Ihre Mutter war nun nicht mehr die Jüngste und konnte Hilfe brauchen. Da kehrte sie zurück in die angestammte Heimat.

Ob er sie nicht mit Lucia Ana und den Kindern in Innsbruck auf dem Losingerhof besuchen wolle, sie wäre darüber sehr glücklich, würden sie ihren Urlaub in ihren heimatlichen Bergen verbringen. Die Vorfreude der Mutter war am Telefon spürbar.

Auf dem Campingplatz war im September zwar noch immer Hauptsaison. Aber da stand nun die Verwandtschaft seiner Lucia Anna zusammen, mit vereinten Kräften und mit der Hilfe einiger Freunde wurde der Campingplatz übernommen und Lucia Ana mit Josh und den Kindern in die Österreichischen Alpen zur Erholung geschickt. Mutter erwartete sie, auf dem Parkplatz des Flughafens stand ihr alter VW-Bus, der sie auf den Hof oberhalb von Völs bringen würde.

Josh's Oma stand vor der Haustür, immer noch von unverwüstlicher Gesundheit, an ihrer Seite stand ein älterer Herr, schlank, in dunklem Anzug. Bischof Omes, war ein

Verwandter, der seit mehreren Jahren seinen Ruhestand auf dem Hof der Verwandten verbrachte. Die vielen schweren Jahre in Brasilien hatten an seiner Gesundheit gezehrt, so dass er sich entschloss, nach dem fünfundsiebzigsten Lebensjahr wieder in die Heimat seiner Kindheit und Jugend zurück zu kehren. Dass er im achtzigsten Lebensjahr stand, wussten nur die ihn kannten.

Lucia Ana kannte die Pyrenäenausläufer in ihrer spanischen Heimat, an den Abhängen der aragonesischen Pyrenäen konnte sie Winter für Winter ihrer Skileidenschaft frönen, sie waren nach Andorra hinauf gefahren, die sprechen dort katalanisch und das war immer einfacher für sie gewesen. Die Innsbrucker Berge aber, im Norden das Karwendelgebirge, nicht weit weg das Stubaital, faszinierten sie. Die größten Eindrücke hinterließen die schönen Wanderungen durch die Zirbelwälder und Latschenkieferbestände nahe des Patscherkofel, die ursprüngliche Hochgebirgslandschaft führte sie hinauf über zweitausend Meter, die reine Luft und die vortreffliche Sicht gaben ihr wieder Kraft und die Kinder wurden müde und gingen etwas früher zu Bett.

Bischof Omes begleitete sie ab und an und die vier Wochen belebten Lucia und Josh, die mitten im Leben in großer Verantwortung standen für ihre Kinder und ihre Arbeit. Er müsse derzeit wieder einmal nach längerer Erkrankung einen neuen Weg einschlagen, so auf die letzten Tage und das heiße für ihn, er müsse dazu den ersten Schritt machen und da sei er eben gerade dabei.

Dieses so beiläufig gesprochene Wort des alten Prälaten ging dem Josh nicht aus dem Kopf. »Den ersten Schritt machen, wenn man einen neuen Weg gehen müsse«, das konnte Josh nachvollziehen, hatte sich diese Weisheit doch auch in seinem Leben schon oft genug bewahrheitet. Immer wieder sind neue erste Schritte zu machen.

122

Sie waren alle zu Wendel Schneck gekommen, um zu feiern, die Beauforts und Remsky, die wunderschöne Venezulanerin Carmen Liliana und Remberg, *Grätsche* war da und Wendels Schwester, »die Dame im Cabrio«. Die zwei Tage war viel zu erzählen, sie erinnerten sich an die gemeinsame Zeit im *Erasmus,* und schließlich fand sich Josh, mit Lucia Ana aus Innsbruck kommend, am späten Nachmittag auch noch ein. Wolf Kleist, *Grätsche* genannt, würde noch zwei, drei weitere Tage bleiben, meinte er und verdrückte sich mit Wendels Schwester. Josh erzählte ein Erlebnis aus dem letzten Jahr, er wäre drei Tage in Montpellier in Südfrankreich gewesen, habe mit Freunden die Altstadt durchstreift und durch Zufall wären sie in eine Ausstellung über moderne Malerei gelangt. Dort habe er einen isländischen Kunstmaler kennen gelernt, schon angegraut, Gunnarson habe er sich genannt. Er habe ihn gefragt, ob er vor vielen Jahren gar in Deutschland gelebt, ob sein Sohn Gandolf geheißen habe, er wäre ein Schulfreund dieses Gandolf. Das wäre schon richtig, sagte Gunnarson, er wäre Gandolfs Vater. Die Freunde sahen ihn alle vor sich, den Gandolf Gunnarson.

123

Einer der stillen, zurückhaltenden Schüler in Beauforts Klasse war Gandolf Gunnarson, der jeden Morgen als erster auf seinem Platz saß, die Bücher, Hefte, Stifte auf den Tisch ordnete, wie es ihm zu Hause wohl aufgetragen wurde. Bei den Mädchen regte sich der Muttertrieb und bei den Jungen wuchs der Beschützerinstinkt. Hatte er in der Pause nichts zu essen, teilten die Mitschüler ihr Brot mit ihm. Das soziale Empfinden der Heranwachsenden wuchs und war der scheinbaren Hilflosigkeit des Gandolf zu danken. Wenn die Mitschüler am Morgen den Klassenraum betraten, wartete er auf seinem Stuhl schon gefasst, ruhig und mit verschränkten Armen auf den Unterrichtsbeginn. Er lächelte jeden an und sprach kein Wort. Leise antwortete er, wenn die Lehrer sich mit großer Behutsamkeit an ihn wandten. Er war die personifizierte Aufforderung zum Wohlverhalten. Wenn er redete, horchten die anderen zu, schwätzten nicht dazwischen, hielten sich mit vorlauten Kommentaren zurück. Er beeindruckte mit seiner freundlichen, liebenswerten Art. Ein noch recht junger Mann, wie es schien sein Vater, brachte ihn Tag für Tag mit einem kleinen Auto vor das Schultor.

Zunächst wusste niemand woher er kam, wo er wohnte. Nach dem Unterricht verließ er das Schulgebäude, lachte den einen oder anderen liebenswürdig an, hob gar die Hand, leicht, sehr dezent zum Gruß. Wäre er eines Tages nicht zum Unterricht erschienen, man hätte ihn vermisst, auf ihn gewartet, die Klasse hätte sich gesorgt, Beaufort, der Klassensprecher, wäre ins Direktorat gegangen und hätte nachgefragt, wo Gandolf denn heute bliebe.

Gandolf schien recht durchschnittlich begabt, er hatte weder schlechte noch gute Noten aufzuweisen. Nur der Kunsterzieher, Herr Liehrmann bescheinigte ihm große Begabung. Sein Talent müsse man ausbauen, aus ihm würde einmal ein Künstler. Er skizzierte ruhig und gelassen die Gesichter seiner Mitschüler und Lehrer. Der Direktor fragte ihn, ob er denn diese Skizze, die Gandolf von ihm gefertigt habe, mit nach Hause nehmen dürfe. Er habe noch mehrere Entwürfe von dem Herrn Direktor »im Atelier«, sagte Gandolf bescheiden und schenkte sie dem Herrn Direktor. Anlässlich der ersten Lehrerkonferenz stellte Studienrat Liehrmann den Skizzenblock des jungen Talents vor. Von dem jungen Mann würde man noch hören, war die einhellige Meinung der staunenden Lehrerschaft.

Gandolf skizzierte mit Bleistift, Tusche, Kohle und Pastellkreide, seine Aquarelle bestachen durch sauberes Lasieren, er referierte über die unterschiedlichen Lavurtechniken, malte in Öl und mit Acrylfarben, arbeitete an der Leinwand mit einer Vielzahl schmaler oder dickerer Pinsel, die er von zu Hause mitbrachte und bestach durch die Handhabung der Malmesser, die er dem väterlichen Fundus entnommen hatte. Wenn er dazu aufgefordert wurde, redete er im Unterricht über die Proportionslehre oder das Schablonieren und wie wichtig es sei, maßstabgerecht zu übertragen, oder wenn Liehrmann über die Perspektive sprach und über Farbenlehre oder Malstile, dann setzte Gandolf an der Tafel Liehrmanns Aussagen um. Als Liehrmann eines Tages mehrere junge Kollegen zu einer Unterrichtsvorführung in der Klasse hatte, harmonierte das Zusammenspiel mit Gandolf in wahrhaft faszinierender Weise. »Gandolf«, sprach Liehrmann, »mit der heutigen Unterrichtsstunde hast du mir meine Zukunft geebnet«. Der Oberschulrat meinte, aus ihm, Liehrmann würde was werden, wer nämlich so mit jungen Menschen umgehen könne, sie Kunst so lehren würde, der dürfe nicht hier versauern. Liehrmann war nicht lange darauf an der Universität als Dozent für Kunsterziehung hoch geschätzt.

Dann erschien Gandolf am ersten Tag nach den Pfingstferien in der siebten Klasse nicht zum Unterricht, sein Platz blieb leer, die Klasse war still und wartete auf die Ankunft des Klassenleiters. Liehrmann, der sie seit Jahren im Kunstunterricht begleitet hatte, trat in den Klassenraum und konnte kein Wort sprechen. Die Tränen flossen ihm übers Gesicht. »Gandolf ist tot«, sagte er, trat ans Fenster und weinte und die ganze Klasse beweinte den guten Gandolf Gunnarson.

Gandolf war nach einer Paddeltour zusammengebrochen

und in den Armen seines Vaters verstorben, so still wie er im Leben war, ging er aus diesem Leben. Er hatte nie davon erzählt, dass er mit seinem Vater in Frankreich seine Ferienzeit in den wilden Flüssen der französischen Cevennen verbracht hatte. Liehrmann erzählte vom Anruf des Vaters, der seinen Sohn nun nach Hause gebracht habe, nach Island, woher sie stammten und er sei an der Seite seiner Mutter beigesetzt worden, die bald nach der Geburt ihres Gandolf zu Tode gekommen war.

124

Die Schmerzattacke ereilte Remsky noch bevor er Wendels Hotel verließ. Das unbekümmerte Lachen nahm ein doch sehr jähes Ende, als Remsky anmerkte, er habe plötzlich starke Schmerzen »hinten links«. Josh und Wolf Kleist betteten ihn auf eine Liege. Es könnte nur eine Nierenkolik sein, diagnostizierte Wolf Kleist.

Die rasenden Schmerzen erschütterten Remsky bis ins Mark, überwältigten ihn, das anfängliche Stöhnen ging allmählich in einen Zustand erlösender Bewusstlosigkeit über. Der Notarzt ließ nicht lange auf sich warten, und nach einer guten halben Stunde lag Remsky bereits in der Notaufnahme des nahen Krankenhauses. Die Schmerz stillende Spritze, die Wolf ihm gesetzt hatte, brachte ihn wieder auf die Welt zurück. Er dämmerte im Wagen vor sich hin, Charly saß an seiner Seite im Krankenwagen. Beaufort begleitete den Sanka mit seinem Auto zur Klinik. Im Krankenhaus diagnostizierte der behandelnde Arzt eine Nierenkolik und bestätigte Wolf Kleist's Prognose. Der Stein steckte mitten im Harnleiter und die höllischen Schmerzen und diese unerträglichen Qualen blieben konstant, so dass die Ärzte ihn mit massiven Schmerzmitteln therapierten. Die Ärzte erzählten ihm, nachdem die Mühsal vorbei war, dass sie ihm zunächst eine Harnleiterschiene gesetzt hätten, in der Hoffnung der Stein würde von selber abgehen. Die folgenden Tage lavierte Remsky zwischen Wachzuständen und Traumphasen, in denen er sich weit weg von der realen Welt befand. Er sah Blumenwiesen mit tausenderlei Blüten, ging übers Rosskar, lag in tiefem Gras, betrachtete sich tief über ihn beugende Baumwipfel, hörte deren Rauschen und immer wieder eine Stimme, spürte Hände an Gesicht und Körper und schließlich eine Frauenstimme: »Kennen Sie mich, Herr Remsky, ich bin es, Annegret Pullober«. Ein Gefühl sagte ihm, dass er diese Stimme kenne. Als sich diese Frage nach gewisser Zeit wiederholte, konnte er schon das Gesicht einer Person erkennen und verstand sofort, dass dies die Regierungsrätin z.A. Annegret Pullober wäre, aber war sicher, er würde nur träumen. Wie käme Annegret Pullober an sein Krankenbett, hat gar der Minister sie geschickt? Aber er ist doch in der Kommission in Brüssel, lange schon hatte er dem Ministerium Ade gesagt. Dann fiel er wieder in diesen unbeschreiblichen, entrückten Trancezustand. Mutter kam auf ihn zu, er solle das Spiel auf der Geige besser üben, aus ihm würde noch ein prächtiger Musiker werden und der Vater saß im Hintergrund und wedelte immer mit der Hand, als wolle er sagen, dass er die Meinung seiner Frau gar nicht teilen könne.

Da kam er endlich und definitiv ins Spiel zurück. Ein Arzt sagte ihm, er hätte den Harnstein mit einer Zange heraus geholt, alles sei in Ordnung, nun müsse er nur wieder zu Kräften kommen, also essen und vor allem viel trinken, und daran wird es wohl gefehlt haben. Der Harnsäurespiegel sei schon beträchtlich hoch, aber das könne er jederzeit in den Griff bekommen. Remsky ließ seine Lebensweise Revue passieren, analysierte seine Essgewohnheiten und kam zu dem Entschluss, dass wohl auch sein unmäßiger Fleischgenuss und viele andere Fehler in der Ernährung, Auslöser dieser Attacke sein könnten.

Dann stand Annegret Pullober an seinem Bett. Sie lachte: »Ich besuche schon seit einer Woche einen Bekannten, er liegt neben Ihnen«. Diesen Menschen, der da neben ihm liegen sollte, hatte er noch gar nicht bemerkt. Wie sollte er auch, war er doch eben erst wieder in das Reich der Lebenden zurück gekehrt.

Annegret Pullober hatte das schwarze eng anliegende Haar sehr kurz geschnitten, er hatte sie in Erinnerung als verbiestertes Wesen, dünnlippig, impertinent und nüchtern. Was da vor ihm stand, lachte, legte ihm eine Hand auf seine und sagte: »Es wird schon wieder gut, Herr Remsky. Wir sehen uns noch öfter«, dann verließ sie die beiden Herren im Zweibettzimmer der urologischen Abteilung der Klinik.

»Mein Name ist Miguel Cervantes«, sagte der Bettnachbar, ich liege schon seit drei Wochen hier und werde bald das Haus verlassen, gesund, so hoffe ich«.

»Aha«, dachte Remsky, »Cervantes heißt der, und auch noch Miguel, dann müssen nur noch Don Quijote auftauchen und Sancho Pansa, ich bin also doch schon im Himmel«.

Remsky blieb noch eine Woche der Bettnachbar dieses spanischen Caballero. Er sei Bergsteiger, erzählte Miguel und habe mit Annegret den Watzmann gemacht. »Gemacht hat er ihn«, das ist ja interessant, dachte Remsky und er lernte noch viel hinzu.

Die nächsten Stunden und Tage nutzte Miguel, um Remsky mit allen Phasen der Vorbereitung extremer bergsteigerischer Expeditionen vertraut zu machen. Er gab ihm Tourentipps, sollte er selbst daran denken, ein Kletterabenteuer zu wagen. Miguel schwärmte von den schneebedeckten Gipfeln des Kaisergebirges, vom italienischen Westalpenbogen, nahm ihn mit in die Dolomiten, hörte über die extremen Belastungen beim Aufstieg auf die Siebentausender im Himalaya. Remsky glaubte, die Massive der Alpen zu kennen, Miguel Cervantes belehrte ihn eines Besseren. Der Nanga Parbat könne heimtückisch sein, zornig wie Don Julio in seiner Heimatkirche, launisch wie eine Diva, wenn man zu wenig Luft habe, solle man diesen Teufel sein lassen. Einen Berg wie das Matterhorn gebe es kein zweites Mal, aber diese Grazie von einem Berg sei lange nicht so furchterregend wie die Eiger Nordwand, die schon vielen zum Verhängnis geworden sei. Wer diese Wand nicht fürchte, lüge sich in die Tasche, Respekt erwarte sie.

Dann bezwang Remsky mit dem Caballero den Aconcagualero, diesen wüsten südamerikanischen Berserker, der ihn einmal abgeworfen habe, in fünftausend Meter habe er beim Anstieg schon viel Sauerstoff gebraucht, habe Blut gespuckt, vermutlich wäre er zu früh dran gewesen, die Andenluft sei im März noch extrem rau, dünn vor allem, vielleicht haben ihm damals schon seine Nieren einen Streich gespielt, wer weiß das so genau. Im Herbst des gleichen Jahres habe er schließlich ganz allein den Chimborazo mit links gemacht. Die Anden könne er jedem nur empfehlen und im kommenden Jahr, voraus gesetzt, er wäre wieder ganz gesund, würden sie, Annegret Pullober und er, den Rocky Mountains auf das Fell rücken, fügte er hinzu.

Beim Abstieg vom *Watzmann* habe er wohl massiv Energie verloren, musste sich nach einem Schwächeanfall in ärztliche Behandlung begeben und der Arzt stellte im Krankenhaus noch eine Diabetes mellitus fest, es wäre eventuell eine Frühform einer Niereninsuffizienz, er müsse abwarten, aber das könne man heutzutage meistern. Der Nachbar lachte:

»In meinem Fall dürfte die Ursache in einer langjährigen Fehlernährung begründet sein, ich darf weiter klettern wie bisher, aber ich müsste mit dem Essen zwar nicht aufhören aber aufpassen. Denken Sie daran, lieber Herr Remsky, der Mensch ist, was er isst«. Bei irgendeinem der deutschen Philosophen habe er diesen weisen Ausspruch gelesen, erinnerte er sich.

Dieser frohsinnige, spanische Bergfex hatte also aus der verbissenen Annegret Pullober einen fröhlichen, beschwingten Menschen gemacht. Was die Liebe doch aus den Menschen macht, sinnierte er und stellte wiederum fest, dass die Nina aus Dubrovnik ein für alle Mal für ihn verloren wäre, aber da er sozusagen den Zenit seines Lebens schon überschritten habe, sollte er sich doch wohl irgendwann nach neuen Ufern umschauen. »Die schönen, roten Dächer voller Photovoltaik, und das in einer so kulturell bevorzugten alten Stadt, sind auch nicht der Weisheit letzter Schluss«, räsonierte er, »lass die Kroaten das Sonnenlicht doch von anderen und auf andere Art in Energie umwandeln« und ließ diese Episode, schweren Herzens, wie er jedoch noch lange spürte, hinter sich zurück.

Die Brigitta Schneck hätte ihm zwar gefallen, aber da stünde wohl der Wolf Kleist im Wege, also, folgerte er konsequent, müsse er selber die Augen aufmachen. Aber es sollte keine Beamtin oder Politikerin aus Brüssel sein, da müsste es doch noch was anderes geben.

Dann machte sich Berthold Remsky aus dem Staub, ließ das Krankenhaus im bayerischen Oberland hinter sich, tauschte mit dem katalanischen Bergsteiger die Visitenkarten und fuhr gen Brüssel, irgendwo müsse der Mensch ja sein Auskommen finden. Der Kommissar Rudolf Hollander freute sich, dass er den Remsky wieder im Hause hatte, legte ihm nahe, mit der Kommissarin für Industrie, der Frau Burges, einen Kuhhandel zu vereinbaren, denn die wolle ihn über den Tisch ziehen, einen Kompetenzstreit hat sie mir aufzwingen woll'n, mokierte er sich, das Aas, setzt er süffisant hinzu, aber er, Remsky würde das ja nicht zulassen. Der Dame könne man nicht alles durchgehen lassen, der müsse man die Zähne ziehen und Remsky wäre dafür der richtige Mann. »Gehn's Remsky, fassn's dös Weibsbild, ich bin der net g'wachsn. Dös Ganze is wia a Dschungel, da blickt doch kana mehr durch«.

Remsky befasste sich mit der neuen Materie. Er war nach reiflicher Überlegung allerdings der Meinung, dass nicht *er* mit der Frau *Kommissarin für Industrie* streiten müsse, dazu sei er wohl nicht da und er überzeugte den Herrn Kommissar, dass es unabdingbar nötig sei, dass er selber mit der stets präsenten Dame reden müsse, er habe die unüberbietbare Kompetenz und Souveränität und die Kommissarin sei seinem Intellekt und seiner Autorität ja doch nicht gewachsen. Er, Remsky, würde ihm Argumente liefern. Der Herr aus Österreich ließ sich überzeugen, dass es unabdingbar nötig sei, dass er selber mit der unterkühlten Britin, wie er sagte, reden müsse, die Vorverhandlungen seien ja sowieso Sache der Beamten und Remsky würde das im Vorfeld schon hinkriegen.

»Wissn's Herr Remsky, mir hängt das ganze Brüssel zum Hals raus. Jetzt bin ich dreiundsechzig, bin von meiner Partei sozusagen gezwungen worden, ein Notnagel gewissermaßen, die san mir wos schuldig. Der Uhrsprung Karl wollte partout nicht nach Brüssel. Ich könnte jetzt schön im Wirtschaftministerium in Wien sitzen, aber dös hot der krachlederne Windhund net aus da Hand geb'n woll'n, der Saukerl, der. Dabei bin ich a studierter Ökonom und der Uhrsprung is nix, rein goa nix, a windiger Parteikraxler is der.«

»Sie sind aber im Haus hoch respektiert, Herr Kommissar«, wagte Remsky einzuwerfen. »Es wäre fatal, würden Sie zurück gehen nach Wien«.

»Die anzige, die mich b'sucht ist meine Sophie, mein Madl. Papa, sagt die zu mir, wannst nimma mogst, kommst einfach hoam, na gehst außi auf'd Koppl und reitest a wenig. Wissen's Remsky, wann i fertig bin am Abend, dann brauch i a Bett, i kann mi net rumdruck'n auf dene Festivitäten, so was liegt mir net, vastehn's, Herr Remsky, liaba Freund«.

»Sie haben Pferde, Herr Kommissar? Und reiten Sie regelmäßig? Ich müsst auch was für meine Gesundheit tun«.

»In sechs Wochen, Remsky, fahr' i hoam, da halt' mi koa Sau auf. Auf Indien schick i den Marek, der fliagt gern. Kommen's mit nach Wien, liaba Freund. Mir wär es eh recht, wann wir uns *Du* sagen würden. Ich bin der Rudolf«.

»Ich bin der Berthold«.

»Na und jetzt gehst zu der Burges und schenkst ihr reinen Wein ein. Kompetenzen geb'n mir kane ab, dös kann sie sich abschminck'n. Du bist der Dame g'wachsn, dein Hirn registriert alles und a Aussprach' hast auch a deutliche. Also geh, und ruf mich an, wannst sie erniedrigt host, dann trink ich einen Liter vom Besten«.

Remsky wusste, dass damit alles gesagt ist, ordnete die Faktenlage noch einmal gewissenhaft und ersuchte das Büro der Frau Burges um einen Termin.

125

Remsky brauchte eine kleine Stunde, um die Frau Kommissarin mit Fakten zuzudecken, er ruinierte jede ihre Argumentationsketten mit einem sanften Biss, überzeugte sie, dass sie mit diesem oder jenem Zugewinn, mit der Herausnahme dieses ihr anscheinend eminent wichtigen Teilkomplexes aus dem *Energiebereich* wiederum eine Kaskade neuer Begehrlichkeiten bei anderen Kommissaren befeuern würde, der Präsident müsste wohl gar noch selber eingeschaltet werden und so fort und gewonnen wäre schließlich nichts für ihr Haus. Sie würde eventuell ihrerseits Teile ihrer Zuständigkeit abgeben müssen, weil nationale Interessen tangiert würden, zudem habe er im Vertrauen erfahren, dass der Kommissar für *Wirtschaft*, wie auch jener für Fragen des *Binnenmarktes* Begehrlichkeiten pflegten, was ihr Ressort anginge. Man solle keine schlafenden Hunde wecken.

Frau Burges war von der Argumentation wie vom Charme dieses Herrn Remsky zu tiefst beeindruckt, war ihm schließlich sehr dankbar für seine vertraulichen Informationen, lud ihn zum Mittagessen ein und wenn er möchte, dürfe er gerne einmal nach Großbritannien kommen, sie habe nahe Portsmouth ein Landgut, mit Seeblick fügte sie hinzu, er sei immer willkommen.

126

»Herr Kommissar, ah Rudolf«, sagte er, »Frau Burges lässt dich vielmals grüßen, das Ganze müsste ein Missverständnis gewesen sein, sie würde dich gerne zum Weinfest ihres Hauses einladen und ich solle mitkommen«.

»Das ist gut, da gehst du allan, die Frau blufft. In sechs Wochen bin i daham, definitiv daham. Ich erwart' dich zu einem Besuch an der schönen, blauen Donau, bist ein g'scheits Haus, Remsky, aus dir wird no wos. Nächste Woch', am Dienstagabend, bin ich im *Vincent*, da isst man gut. Bist um halbachte dort?«

127

Auf dem *Erasmus* hatten sie zu Beginn jeden Schuljahres mit Neuzugängen zu tun, der eine oder andere war dann auch nicht mehr da, verzogen, irgendwo hin, weil die Väter anderweitig beschäftigt waren.

Koloman Zirkusser stellte sich vor, ein schwarzgelockter Jüngling mit zu langen Armen, die er hinter dem Rücken versteckte. Er schien Umzüge gewohnt zu sein und kam mit den Eltern aus Neuchatel in der Schweiz, der Vater habe nun eine herausgehobene Position in einem Münchner Bankhaus inne. Seine richtige Mutter käme eigentlich aus Melk, erzählte er bei der Vorstellung, dort sei er auch geboren, somit Österreicher von Geburt. Aufgewachsen sei er jedoch in der Französischen Schweiz und der Vater zigeunere nun mit der Familie so herum. Er wäre also auch Schweizer und wolle abwarten, wie lange sie es hier mit dem streunenden Vater aushielten. Sie, das wären er und seine Stiefmutter, die keine zehn Jahre älter sei als er. Der Vater habe sie seinem Bankdirektor abgeschwatzt, wie Koloman immer wieder lachend erwähnte, auch wenn sie nur halb so alt wie der Vater sei, sei sie allemal eine gute Schwiegermutter und Freundin, grinste Koloman.

Kolomans Mutter war an einem Krebsleiden verstorben, der Vater habe ihn dann einer Gouvernante zugeschoben, die zugleich auch im Privathaus von Herrn Direktor Straubli ausgeholfen habe. Bei Straubli, meinte Koloman, habe Vater dessen Tochter Henny kennengelernt und sie geheiratet und er habe wieder eine Mutti gehabt. Das wäre also sein Familienschicksal in Kürze und wenn sie ihn einmal zu Hause besuchen wollten, es gäbe da einen großen Garten für Partys und einen warmen Keller. Sollte es toll stürmen, fügte er in gepflegtem Schwyzerdütsch hinzu, könne man dorthin ausweichen.

Seine Herkunft, setzte er fort, ließe sich von der Vaterseite bis ins siebzehnte Jahrhundert zurückverfolgen, sie wären aber keine Zirkusleute gewesen, sollte man seinen Namen so deuten wollen.

»Na, da bekommst du ja Konkurrenz, Beaufort«, grinste Remsky, »fehlt nur noch, dass seine Herren Vorväter den ganzen historischen Werdegang der Ahnenschaft ebenso gründlich aufgeschrieben haben wie die deinen«.

»Ich bin gespannt, was wir noch alles erfahren, das wird ein kurzweiliger Tag«, gähnte Gerhard Beaufort und stieß den Remsky in die Lende, »schreib mit«, grinste er, »da kannst du was lernen«.

Koloman war sehr zugänglich, außergewöhnlich mitteilsam und ließ die Klasse an der weiteren familiären Entwicklung der drei Zirkusser teilhaben.

»Er redet zu viel«, sagte Remsky zu Beaufort, »der macht mich müde«.

Die erste Unterrichtsstunde am ersten Schultag in der elften Klassse war ganz den neuesten Nachrichten vorbehalten.

Die *Prinzessin* lud für den gleichen Tag nach Hause ein, man wisse doch, meinte sie, dass sie am fünfzehnten September immer ihren Geburtstag feiere und so jung kämen sie nicht mehr zusammen.

Rolle, der junge, dynamische Sportreferendar vom letzten Jahr humpelte in die Klasse. Er wäre beim Klettern etwas zu tief gefallen, habe sich die Schulter ausgerenkt und das linke Schienbein gebrochen. Aber ein Indianer kenne ja keinen Schmerz und so stünde er heute vor ihnen und würde seine Pflicht erfüllen. »Nicht nötig«, meinte *Hamlet* und tätschelte vertraut seine Schulter, »gehen Sie ruhig nach Hause und trösten Sie sich, mit wem auch immer«.

Rolle hatte sich mit einer seiner Schülerinnen vom letzten Abiturjahrgang wohl zu gut verstanden, nach dem Abitur hatte sie sich dann in seiner Wohnung niedergelassen und studierte nun von dort aus das andere Geschlecht und Französisch.

Hamlet hatte seine schwarze Lockenpracht vor dem Ende der Ferien einem neuen Coiffeur im Herzen der Stadt anvertraut und zog alle Blicke auf sich, die Mädchenriege stöhnte

»Warst net beim Friseur, Hamlet«, grinste *Rollo*, »wird as Geld net g'reicht ham, wos?«

»As Geld hät scho g'reicht, aber man will ja was gleichseh'n«, konterte *Hamlet*, »könnt manch anderem a net schaden«.

»Ah, an neien hama a da, wo kimmst denn her«, fragte der unfallgeschädigte Referendar den Koloman. »Koloman hoaßt, wia dös«, fragte er den Schweizer Schlacks.

Koloman setzte zu einer wohl längeren Erläuterung an, da bremste ihn der Remsky. »Setz dich hin, Freund und schweig still, das kannst uns alles später erzählen, das Jahr dauert noch und du wirst noch viel Gelegenheit haben, deine diffuse Herkunft zu begründen«. Koloman Zirkusser hielt still.

128

Remsky setzte ich auf sein Motorrad, ließ Brüssel und die staubtrockenen Büroräume hinter sich und treckte in langer, zügiger Tour nach Gent hinüber. Er setzte sich ins *Valentijn* und überredete den Ober, ihm ein Abendessen zusammen zu stellen. »Roland, ich verlasse mich auf dich«.

»Herr Remsky, ich serviere Ihnen zunächst eine gute *Spargelcremesuppe*. Wenn ich sage *gut*, dann ist sie auch wirklich unübertrefflich, die schmeckt nicht nur nach Spargel, sie ist echt, danach darf ich zu einem *Seelachsfilet* mit *Lauchgemüse* raten, schließlich wäre eine nette, kleine Creme Brulee mit etwas Creme Chocolat mit leichtem Pfefferminzschaum angebracht. Die Karamellkruste wird ihren Gaumen faszinieren. Ein kleiner Weißwein gefällig, ich weiß, Sie sind mit dem Motorrad nach Gent eingefahren, ein Gläschen schadet nicht.«

Wie immer war er im Valentijn von der liebenswürdigen Freundlichkeit, dem ausgezeichneten Essen begeistert.

Er ging die Rodekoningstrat hinunter, bog hinein in die Kraanlei, er würde sich bald Zeit und Boot nehmen und die Kraanlei hinunter fahren oder auf einem der Hausboote seinen Urlaub verbringen müssen.

Remsky schaute sich die Schaufensterauslagen an, die goldenen Ringe bei den Juwelieren schienen im Preis recht deutlich gestiegen zu sein, warum er überhaupt Interesse daran zeigte, konnte er nicht recht einordnen. Ein blankes, im Licht der Straßenbeleuchtung funkelndes Messingschild *Koloman Zirkusser, Steuerberater*, erregte seine Aufmerksamkeit. Sollte das *der Zirkusser sein, der Zirkusser vom Erasmus?*

Niemand wusste, wohin der *Koloman* eines Tages verschwunden war, Monate vor dem Abitur, ohne Abschied. War er in *Gent* gelandet? Koloman Zirkusser war seinerzeit aus Neuchatel in der Französischen Schweiz ins *Erasmus* gekommen, mit einer jungen Stiefmutter im Schlepptau, die für die ganze Klasse eine Willkommensparty geworfen hatte, schön, bildschön anzuschauen war sie gewesen. Es war kurz vor Mitternacht, er machte sich auf den Heimweg, verließ die Autobahn bei Aalst und kam auf schmalen Landstraßen im schlafenden Brüssel gegen ein Uhr am Morgen an, nahm sich die Zeit, einen Schluck Weißwein zu trinken, las noch einmal die Rede durch, die er für den Kommissar hatte vorbereiten müssen. Dann genügten ihm vier Stunden Schlaf und er stand pünktlich wie jeden Tag im Büro. Er würde Koloman Zirkusser anrufen müssen.

Der Geigenspieler an einer Genter Gracht kam ihm in den Sinn. Er erinnerte ihn an den lieben Herrn Trojahn, Vaterersatz in Kinderjahren, der ihm die Welt erschlossen, vermessen hat. »Heimat brauchst du, mein Berthold, dann kannst in die weite Welt hinaus, irgendwohin muss der Mensch dann aber zurückkehren können«. Er wusste, wovon er sprach, hatte er doch seine geliebte Heimat verloren, der Vergangenheit anvertraut, wie er sagte und war über ihren Verlust nie hinweggekommen.

»Der Herr Trojahn ist ein alter Balte«, sagte Mama Ludmilla auf Bertholds Frage, wer denn der Mann mit der Pfeife da drüben im Nachbargarten sei. Neben Remskys Haus stand ein müder, maroder Bau aus alter Zeit, mit einem weiten Garten, ein paar Apfelbäume standen drinnen, Heckenrosen rankten sich am Zaun, Gartenbeete, in denen er Jahr für Jahr beim Blick über den Zaun, bei einem seiner vielen Besuche, prächtige Kürbisse bewundern konnte, der breite Weg vom Haus zur Straße war mit rotem Klinker befestigt.

Berthold war vier Jahre alt, als ihm die Nachbarschaft bewusst wurde, die alte Frau in buntem, langem Rock und der pfeifenrauchende Graukopf, der die Nachmittage in einer kleinen Hütte, wie Berthold das gläserne Gewächshaus nannte, verbrachte.

Dort widmete Trojahn sich schon in den ersten Wochen des März seinen Pflänzchen, Kräuterschalen und Blumenzwiebeln, sammelte Regenwasser in einem Fass, das er sorgfältig abdeckte, damit nicht die Mäuse da drinnen ersaufen, begründete er sein Tun. Der Alte schenkte dem kleinen Nachbarsjungen die ersten Tomaten, die er sorgsam vom Stiel drehte, legte sie in eine kleine, grüne Blechschüssel und drückte sie dem Kleinen, der mit staunenden Augen vor ihm stand, in die Arme. »Wenn die Gurken reif sind, lege ich euch ein paar vor die Haustür, Gurkensalat macht die Haut der Frauen frisch und jung«, er lachte und rollte ein mächtiges, gurgelndes *r*.

»Er ist ein guter Mann und sie ist eine liebe, hilfsbereite Frau und die zwei haben schon was hinter sich«, sagte Ludmilla und nahm dankbar das frische Gemüse in Empfang. Trojahn deckte sie den Sommer lang mit Salat und Gurken ein, legte dann und wann einen Buschen Küchenkräuter dazu, Petersilie und Schnittlauch, einen Bund Zwiebeln. Berthold konnte sich nicht vorstellen, was die zwei Alten »hinter sich« hätten und wo das wäre, fragte er die Mama. Aber die Mama meinte, sie wüsste da nicht mehr.

Berthold deckte den alten Nachbarn, den er lieb gewann, mit Fragen ein. Ob er denn keine Kinder hätte, fragte der Vierjährige. Da wurde der Alte schweigsam.

»Wir hatten och so eenen Jung' wie du bist, och so mit schwarz'n Haar'n und einem flotten kleenen Schnabel, der den ganzen Tag plapperte und sang. Auf der Flucht hat ihn dann een kleener Sensenmann abgeholt und een Engelchen war an seiner Seit' und hat unseren Jung' in den Himmel hinauf getragen, dort oben warteten dann schon Opa und Oma auf ihn«.

Als Berthold fünf Jahre alt geworden war, seine Gefühle tagaus, tagein hochkochten, er an Verstand und Wissen zunahmen, der lieben Mama die Hölle machte, wie sie der Frau Trojahn anvertraute, da schenkte ihm der alte Trojahn eine rot emaillierte Spange an einem schmalen, grünen Leinenband, sie wäre noch von seinem Vater, noch aus dem großen Krieg und wenn sie ihm, Berthold, gefalle, würde er ihm noch mehr von dieser Spange erzählen. »Alles hat so seine Geschichte«, sagte er.

Dann wuchs der Berthold Remsky hinein in eine neue Welt voller phantastischer Geschichten, die ihm der alte

Trojahn erzählte. Berthold saß still im Gewächshaus zwischen den Pflanzen in ihren Bottichen in einem Korbstuhl, Frederik Trojahn schob sich von Pflanze zu Pflanze, sprach ihnen gut zu, goss etwas Wasser in diese oder jene Schale, träufelte geheimnisvolle Tropfen hinzu, streute eine Handvoll Hornspäne drüber, lockerte mit einer kleinen Harke das Erdreich und Berthold wartete, bis der Alte seine Geschichten weiterspann.

Er erlebte mit, wie Trojahn, der tollkühne Pilot, mitten in der heißen Wüste in einem ausgetrockneten Wadi landete, die *Gobi* hat er sie geheißen, weit hinten in der alten Mongolei, wo der mächtige und gefährliche Dschingis Khan schon gehaust hätte, vor langer Zeit wäre das gewesen. Trojahn führte seinen Zuhörer durch die Hitze der Gobi, über unendlich lange Sanddünen hin zu dürftigsten Wasserstellen. Nur seltensten und sehr glücklichen Umständen hätte er es seinerzeit zu verdanken gehabt, dass ihn ein wandernder Mongolenstamm gerettet habe, lange wäre er krank und im Dilirium in einer Jurte gelegen, von den Frauen mit Kamelmilch und Ziegeltee und fetter Butter wieder gesund gepflegt.

Dann suchte Berthold Remsky die Wüste Gobi im großen Atlas des Vaters, erzählte seinerseits dem staunenden Trojahn, was er über diesen Mongolenkaiser Dschingis Khan im Lexikon gefunden hatte, dass die Mongolen ein Reitervolk gewesen wären, die ein Leben lang als wandernde Nomaden umhergezogen seien und das Land nach fetten Weideplätzen für ihre Herden durchstreiften. »Kannste denn schon lesen«, staunte Trojahn und schüttelte den Kopf, soviel Klugheit mochte gar nicht in seinen breiten Schädel.

Dieser Schädel, von langem, weißen Haar umflutet, war es, der den Berthold faszinierte, die mächtige Stirn, mit zwei tiefen Falten, die sich senkrecht auf die Nasenwurzel stützten, beiderseits davon zwei pralle Augenwülste mit buschigen grau-schwarzen Haarriegeln besetzt, große blaue Augen schauten ihn an, hohe, feste Backenknochen erinnerten ihn an ein Bild vom mächtigen Rübezahl, eine feste, gebogene Nase saß markant in diesem breiten Gesicht, wie man sie sich bei einem gefährlichen Raubritter vorstellen mag und dann das feste Kinn, mit einer deftigen Kerbe mittendrin. Nur so konnte ein großer Abenteurer, ein Weltumsegler aussehen, dessen war sich der Kleine sicher.

Trojahn war auch der tapfere Forschungsreisende, der sich mit Aligatoren und Piranhas im Amazonas, mit wilden Indianerstämmen, mit mächtigen Würgeschlangen, den Boa Constrictors in den undurchdringlichen Urwäldern herumgeschlagen hatte. Lange Fußmärsche im menschenleeren Urwald musste er im menschenleeren Dschungel zurücklegen, immer in Angst, von einer giftigen Schlange gebissen zu werden. Ohne die gewohnte Nahrung, habe er sich von einfachen Pflanzen und wilden Beeren ernährt, habe sich nicht gescheut, Würmer und kleines Getier zu essen. Wieder habe er das unvorstellbare Glück gehabt, von einem Indianer, der auf Jagd gewesen war, gerettet zu werden.

Trojahn formte Berthold Remskys Weltbild und Wertekanon, er erklärte und erzählte Geschichte in Geschichten, mehr noch als die Mutter, der abwesende Vater. Tapfer müsse man sein im Leben und mutig und nur der gewissenhafte Mensch, einer der sich um die Armen und Ausgestoßenen kümmere, sei ein wertvoller Zeitgenosse.

Die oft dramatischen Ereignisse aus dem fiktiven Leben des Frederik Trojahn führten den Jungen in die Welt der Römer und der Ritter, er durchkreuzte mit seinem Helden mit Hundeschlitten die Eiswüsten des Nord-und Südpols, mit dem Wikingerfürst Leif Ericson querte er den Nordatlantik und der entdeckte Amerika lange vor Kolumbus, wie Trojahn festhielt, ruderte als Galeerensträfling durch das Mittelmeer, bestieg auf einem Maultier reitend, mit den Sherpas an der Seite, in Bhutan die Berge des Himalaya, auf geheimnisvollen Pfaden drang er ein in das Land der Mönche in Tibet, in das rätselhafte Lhasa.

So bildete sich der große Kosmos des Berthold Remsky und immer ging sein Drang zum Buch, er erlas sich die Phantasiewelt des Frederik Trojahn und übertrug sie in die Realität der Gegenwart, in die kleine Welt der Kinder im Kindergarten. Die Schule ganz besonders war sein Experimentierfeld, dort dozierte er, prägte die Phantasie seiner Spiel-und Lerngefährten.

130

Gerhard und Charly Beaufort waren in der Schlussphase der Planung einer Dependance ihres Reisebüros in Norwegen und in Kanada stand endlich in günstiger Lage ein Gebäude zur Verfügung. Gerhard kannte von seinem Kanadaaufenthalt in jungen Jahren Huntsville, das nur knappe sechzig Meilen südlich des Algonquin Provincial Parks, auf halber Strecke zwischen Toronto im Süden und North Bay am Lake Nipissing gelegen ist. In der King William Street hatte er eine Zeitlang gearbeitet, im King William Inn. Der Kontakt zu Caroline Silvester war abgebrochen, der letzte Briefaustausch dürfte sieben, acht Jahre zurückliegen. So schrieb er an Caroline, stellte ihr Charly's Anliegen vor und bat sie, einen Kontakt zu einem Makler herzustellen.

Die mächtigen Kiefernwälder und die wunderschöne Gegend würden immer mehr Touristen auch aus Europa anziehen, schrieb Caroline nach einigen Wochen und sie könne sich vorstellen, auch nach Gesprächen mit Hoteliers, dass sich die Vorbereitungen und die damit verbundenen

Anstrengungen lohnen würden. Wenn sie gebraucht würde, wäre sie gerne zur Hilfestellung bereit.

Charly fasste die Gelegenheit beim Schopf und flog nach Kanada. Sie merkte, wie wichtig der Besuch war, denn das Gebiet erwies sich als bereits gut erschlossenes Fremdenverkehrszentrum. Der Kontakt mit Caroline war Gold wert, sie lernte die Repräsentanten der Gastronomie und der Rancher kennen, für die es wichtig sein könnte, ein Standbein in Deutschland zu haben.

»In unserem Land gibt es viele noch unerschlossene Gebiete. Die Natur bietet hier unglaubliche Schönheit und wer das Land im Sommer und Herbst kennen gelernt hat, wird es sicher auch im Winter sehen wollen.« Caroline und zwei ihrer Verwandten machten Charly in den drei Wochen ihrer Anwesenheit mit Land und Leuten vertraut. Die unbeschreiblich schöne Natur und die landschaftliche Vielfalt, die meterhohen Graslandschaften der Präriegebiete in Mantoba und Alberta faszinierten Charly. Flache und hügelige Landstriche wechselten, die dicht bewaldeten nördlichen Bezirke würden langsam übergehen in die arktischen Zonen, in eine nahezu unüberwindbare Eisregion. Die westlich gelegenen Rocky Mountains würden die Urlaubsgäste sicher ebenso beeindrucken wie die Küstengebiete am Pazifik mit ihren tief eingeschnittenen Fjorden und die Tundren in Alberta mit ihren Birken- und Buchenbeständen und mächtigen Teppichen aus Douglasfichten.

Charly nahm umfassende Eindrücke mit nach Hause. Sie wollte nichts über das Knie brechen, aber mit Hilfe der kanadischen Bekannten dürfte einem guten Anfang in Huntsville nichts im Wege stehen. »Ohne Caroline wäre das nicht zu machen, sie kümmert sich um ein angemessenes Gebäude, ebenso um eine versierte Fachkraft, wird die wirtschaftlichen, rechtlichen und steuerlichen Probleme und

Fragen abklären - so ein Glück hat nicht jeder, wie haben wir das verdient«?

»Wir könnten zu Weihnachten nach Huntsville fliegen«, meinte Gerhard, »da könnten wir auch den winterlichen Charme dieser großartigen Landschaft kennen lernen und die eisige Kälte am eigenen Leib spüren, vielleicht ist es ja gerade auch der Winter mit seinen besonderen Reizen, der die Touristen besonders interessiert«, ergänzte er.

»Montreal und Ottawa legen wir im Moment auf Eis«, fügte sie hinzu.

Gerhard Beaufort war vom gesamten Vorhaben begeistert: »Das ist ja sozusagen *Heimat* für mich, da könnte ich mich wohlfühlen und nach meiner politischen Periode in Huntsville zu arbeiten und in deine Dienste zu treten, würde mich sogar zu besonderen Leistungen anspornen, aber mit der Menschenleere Kanadas musst du dich erst anfreunden«.

»Das wird nicht mein Problem werden, ich werde in Deutschland bleiben«, meinte Charly, »in dieser Branche zählen heute Internet und Telefon. Aber ich werde regelmäßig nach Kanada wie auch nach Norwegen fliegen und wenn du einsteigst, ist nur noch halb so viel zu tun für mich. Es ist ja auch dein Betrieb. Nun erweist sich dein jugendlicher Ausflug vor zwanzig Jahren als großer Vorteil, du sprichst ein phantastisches Englisch und Französisch und wir kommen ja nicht umhin, einheimisches Personal in Kanada und Norwegen mit der Leitung unserer Filialen zu betrauen«.

»Das wird etwas Größeres, hoffentlich wächst uns das Ganze nicht über den Kopf«, sinnierte Beaufort.

»Keine Sorgen, sollte die Arbeit uns regieren und wir nicht unseren Alltag, dann stoßen wir die Zweigstellen ab und konzentrieren uns weiterhin auf unsere hiesige Agentur. Wichtig ist eine gründliche Vorbereitung und unbedacht werden wir nicht vorgehen, da habe ich schon genug Erfahrung, die mir jetzt zu Gute kommt«.

»Ich kenne eben aus diesen frühen Jahren in Kanada auch die bergigen und bewaldeten Gebiete in Ontario oder weiter westlich in Manitoba und Saskatchewan und auch lange und harte Winter, die vor allem im hohen Norden die Welt einfrieren. Im Südosten an der Küste herrschen erfreulicherweise atlantische Einflüsse, die sich auf das Klima auswirken. Dort kann man es ganzjährig aushalten, auch wenn man die Temperaturen nicht gewöhnt ist«.

Im örtlichen Büro hatte Charly nun zwei Angestellte mehr und mit Hilfe der Verwandten in Norwegen gediehen die planerischen Überlegungen für die Niederlassung in der Heimat ihrer Mutter. Da war viel zu bedenken und sie war sich der Stütze der Mutter dankbar bewusst. Vor allem würde es vornehmlich die Stadtbevölkerung sein, die in die Reisebüros kommen und ihnen allen viel Zeit für die Beratung abverlangen würde. Es galt den Ort der Niederlassung abzuwägen. So überlegte sie, das norwegische Büro doch eher in Stavanger einzurichten, ihre Verwandten rieten immer noch zu Oslo. Dort waren jedoch die Gesamtkosten, vor allem die Mietpreise deutlich zu hoch. Da sie norwegisch sprach, fielen ihr die Verhandlungen leicht. So zogen sich die Überlegungen für Norwegen wie für Kanada in die Länge. »Gut Ding braucht Weil«, tröstete Gerhard. Und es wurde Charly immer bewusster, dass Erfolge sich ohne gründliches Überlegen und Planen nicht einstellen, dass alles eine gewisse Zeit braucht, um zu einem respektablen Schluss zu kommen.

Gerhard Beaufort wurde vom Alltag sehr schnell eingeholt, die Arbeit im Landtag rief, verbannte ihn in die Ausschussarbeit, die Anrufe aus den Ortsverbänden wurden nicht weniger. Die Kontakte mit den Freunden liefen auf Sparflamme. Josh Fahrenttorf hatte aus Innsbruck geschrieben. Er war ein rechter Familienmensch geworden und Remsky war in Brüssel gefordert.

131

Das Schicksal nimmt dem Menschen oft genug die Planung für die Zukunft ab. Dass es von heute auf morgen anders sein kann, wusste Remsky. Er war pünktlich im *Vincent*. Der elegante Ober führte ihn an den Tisch des Kommissars. Der winkte schon mit beiden Armen und lotste ihn an seinen Tisch. Unkompliziert war er, der Rudolf Hollander, österreichischer Kommissar für Energie in der EU, das zählte bei Remsky.

»Das ist der Remsky, schau ihn dir an, ich hab dir schon genug von ihm erzählt und das ist die Sophie, meine Klane«.

»Jesas, Papa, so klan bin i a nimmer, net woar, Herr Remsky«.

Der Remsky ergriff die Hand dieser Sophie. Da saß eine Mischung aus Ingrid Bergmann, Sophia Loren und Joanne Woodward und er war weder Paul Newman noch Steward Granger, nur Remsky, Berthold Remsky mit etwas zu großen Ohren, einer deutlichen Figur, und er starrte diese Sophie an, wie eine Schlange das Karnickel.

»Setz'n Sie sich, ah, setz dich, Berthold, die Sophie stand heut' Nachmittag in meiner Kemenate, grad wia i ins *Vincent* wollt'. Mei, tuat mir des guat, Madl, das'd da bist«.

Der Berthold Remsky wusste nicht recht, wie er sich möglichst geschickt aus der Affäre ziehen könnte. Da saß diese schöne Frau ihm gegenüber, er wusste nicht, ob sein Haar, seine Krawatte geordnet waren, sie lachte ein herzliches Lachen, ein wunderschönes, ein bestrickendes Lachen, hatte er nach dem Abschied in Erinnerung.

Sie verzichtete auf den üblichen Salatteller und freute

sich auf die Entenrillette auf geröstetem Brioche und dazu einen Teller Rucola, das Dressing bereitete sie sich selber zu.

Sein Rinderbraten mit Kartoffelpuffer und etwas gewöhnlichem Tomaten- und Gurkensalat nahm sich dürftig, provinziell dagegen aus. Remsky war immer schon einer gewesen, der gerne und auch gut gegessen hatte. Die friedlichsten Stunden erlebten die Remskys, da hatte Berthold das zehnte Lebensjahr hinter sich, wenn sie alle drei am Mittagstisch saßen. Tags zuvor ging er mit der Mutter auf den Markt und sie ließ es sich nicht nehmen, mit Sorgfalt und Akribie den Fisch und das Fleisch auszuwählen. Großes Augenmerk legte sie auf frisches Gemüse und wenn die abgeschnittenen Stiele von Lauch oder Porree spröde und bräunlich, die Blätter der Radieschen oder vom Wirsing trocken und faltig waren, verzichtete sie. »Das welke Zeug taugt nicht mehr viel, das lassen wir liegen Berthold, die hat der Händler heute früh mit Wasser abgespritzt, aber ich kenne, was schon alt und runzelig ist«. Der Kopfsalat musste dicht und fest sein und der Kopf musste dem kräftigen Druck ihrer Hand standhalten. Im Winter kam kein Salat auf den Tisch, seine Zeit wäre im September vorbei, sagte die Mama. Da brutzelte dann in der Pfanne der Rosenkohl und der Weißkohl, die hatte sie mit der Schwarzwurzel und dem festen Kohlrabi im Keller gelagert. Der Geruch der im Butterfett angebratenen Zwiebel zog in seine Nase und er konnte kaum die Mittagsstunde abwarten. Mutter freute sich dann über jedes lobende Wort. Am frühen Sonntagvormittag schon begann sie das Gemüse zu putzen, das Fleisch zu zerlegen, zu würzen und in die Pfanne zu legen. Der Bratenduft zog aus der Küche in das Wohnzimmer und selbst der wortkarge Vater wurde munter und freute sich auf das Mittagsmahl. Auf den Mittagstisch legte sie eine weiße, silbrig glänzende Damastdecke, stellte zwei mit roten, gelben und blauen Blumenmotiven emaillierte Kerzenleuchter dazu und dann hob sie die Bratenschüssel auf den schmiedeeisernen Untersetzer. Berthold wartete wortlos und mit großer Vorfreude, bis sie den Deckel von der Terrine abhob und ihm das erste Stück Fleisch auf den Teller legte.

»Gut is' es, gut«, sagte der Vater, dann schwieg er, bis das Mahl zu Ende war. Berthold freute sich die ganze Woche auf diese sonntägliche Gemeinschaft mit den Eltern, es gab dann kein hartes Wort, der Vater kritisierte nicht und die Mutter fragte ihn, ob es ihm geschmeckt habe. Nach dem Essen ging er mit seinem Hütehund durch die Siedlung bis an den nahen Wald, dort verschwanden sie und kamen erst am frühen Nachmittag wieder zurück. Da hatte die Mutter den selbstgebackenen Kuchen schon auf die Teller gelegt und Berthold erinnerte sich zeitlebens an dieses feine Service mit dem Goldrand. Das Geschirr stamme von *Rosenthal*, sagte Mutter und jeden Sonntag aufs Neue verdeutlichte sie diese Tatsache ganz bedächtig, wohl um diesem Nachmittag auch noch eine zusätzliche Feierlichkeit zu verleihen.

»Sie besuchen uns doch in Wien, Herr Remsky«, sagte die schöne Sophie beim Abschied und Remsky wusste vor lauter Erregung nicht recht, was er darauf antworten sollte. »Gerne«, stammelte er, »gerne komme ich nach Wien und bald«, setze er hinzu, was ihm dann recht peinlich war. War das nicht zu aufdringlich, überlegte er auf dem Nachhauseweg, was wird sie sich denken, dumm und ungelenk habe er sich benommen.

»Also, Berthold, dass du die Einladung der Sophie angenommen hast, hat ihr sehr gut getan. I kenn' doch mein Madl, und die Mama wird sich auch g'freun«.

132

Es gibt die Duplizität der Ereignisse. Charly und Gerhard Beaufort würden den letzten Septembertag in Erinnerung behalten. Charly war am Vormittag wegen Unpässlichkeiten beim Arzt, der schließlich meinte. »Das wird ein Baby, Frau Beaufort, anderes kann man definitiv ausschließen«. Sie fuhr nach Hause, um Gerhard im Landtagsbüro anzurufen. Die unterschiedlichsten Gefühle bewegten sie. Der Herr Abgeordnete wäre eben zum Herrn Ministerpräsidenten gebeten worden, sagte die Mitarbeiterin im Sekretariat.

»Lieber Herr Kollege«, sagte der MP zu Gerhard, »nehmen Sie doch Platz«. Dann erklärte er ihm, dass sich die Umstände eben immer wieder einmal schnell, sozusagen von heute auf morgen ändern würden. Er müsse unvorhergesehen aber sofort das Kabinett umbilden, kein großes Roulette und er habe zunächst daran gedacht, die Kollegin Bajors mit dem Staatssekretariat im Innenministerium zu beauftragen, aber auch das Umweltministerium sei komplett neu zu besetzen und die Bajors findet sich im Umweltbereich auch ganz vortrefflich an der Spitze zurecht, außerdem sei sie schon in der vierten Legislaturperiode im Mandat. Süffisant, wie Gerhard zu spüren glaubte, setzte der MP hinzu, dass einige Strippenzieher in der Fraktion sich einiges zu viel anmaßen würden. Es sei der *Ministerpräsident*, der sich sein Kabinett zusammenstellt und nicht irgendjemand sonst. Gerhard Beaufort wusste, wen der Ministerpräsident meinte. Das wollte der Ministerpräsident ihm sagen? Deswegen kann er ihn doch nicht in sein Büro gebeten haben.

»Sie brauche ich als Staatssekretär im Innenministerium, sagen Sie nicht nein, ich zähle auf Sie«. Als der Anruf aus dem Allerheiligsten ihn im Büro erreicht hatte, war er gerade auf dem Sprung zu Charly gewesen, die meisten Abgeordneten waren längst zu Hause. »Wir sind am Anfang der Legislaturperiode«, erläuterte der MP nun, »ich muss das Kabinett umstellen und kann mir keinen Fehler leisten. Die Umstände zwingen mich zu schnellem Handeln. Am dritten Oktober ist ein Feiertag, der fällt auf den Montag, am Dienstag erfährt die Presse meine Entscheidung. Beaufort, Sie können mit ihrer Frau alles bereden, rufen Sie mich morgen gegen zehn Uhr an. Es gibt keinen weiteren Kandidaten«. Dann entließ ihn der Ministerpräsident.

»Zwei Neuigkeiten, die unsere Welt verändern«, sagte Charly, »ein neuer Mensch hat seinen Weg angetreten und ich freu mich schon so. Das ändert alles, Gerhard«.

»Und ein neuer Staatssekretär erblickt das Licht der Welt«, ergänzte Gerhard, »ich werde den MP nicht enttäuschen dürfen. Nichts ist ungewisser als die Zukunft, da haben wir neue Prioritäten zu setzen«.

»Ich glaube wir *fliegen* ab und zu nach Norwegen und Kanada«, ergänzte Charly, »und bleiben im Übrigen zu Hause. Das Kind braucht mich und dich und deine Berufung scheint nun doch wohl die Politik zu werden«.

»Wer weiß, was morgen ist«, lachte der künftige Staatssekretär, »ich lasse mich überraschen«.

Am Mittwoch darauf wurde Gerhard als neuer Staatssekretär im Innenministerium gemeinsam mit Kerstin Bajor, der neuen Umweltministerin vereidigt. Die Blitzentscheidung des Ministerpräsidenten wurde parteiübergreifend begrüßt.

133

Die Delegierten seines Stimmkreises hatten dem bisherigen Fraktionsvorsitzenden seiner Partei, dem agilen Bühler, die Zustimmung verweigert. Er stehe nun, sagte er auf der Straße, habe sein Leben der Partei und seinem Land gewidmet und das sei der Dank. Mehr wagte er nicht zu kritisieren, den Ministerpräsidenten schon gar nicht, weil sein Schwiegersohn Herschel von Pottenz den Wiedereinzug in den Landtag wider Erwarten geschafft hatte und nun auf höhere Weihen wartete. Er wurde tatsächlich mit dem Vorsitz im Sozialausschuss belohnt, einer Vorstufe zum Staatssekretär, wie ihm der Schwiegervater sagte und er solle keinesfalls ablehnen, man müsse sich nach oben dienen und er sei noch jung, müsse sich seine Meriten eben erst noch verdienen. Gerhard Beaufort war mit dem Staatssekretariat im Innenministerium betraut worden, was in der Fraktion allgemein begrüßt wurde. Aufsteiger des Jahres wäre er, schrieb ein nüchterner Journalist einer überregionalen Zeitung, die sonst kein gutes Haar an der Regierung ließ. Vernunft habe der Ministerpräsident bewiesen und habe nicht wieder die übliche Proporz-und Parteischiene gefahren. Der sprachgewandte Beaufort sei aber jederzeit ministrabel, das Europaministerium sei auf ihn zugeschnitten, sprach- und weltgewandt wie er sei und viele hätten damit jetzt schon gerechnet und noch dazu sei er ein hoch studierter Jurist, aber »was noch nicht ist, kann ja noch werden«, fügte er an.

Im Hause Beaufort war man nunmehr zu neuen Überlegungen gezwungen. Die Planungen für Niederlassungen in Norwegen und Kanada wurden zunächst zurückgestellt, Charly wollte sich dem Kind widmen, sein Wohl ginge ihr über alles und Gerhard hatte in der Einarbeitung in die neue Aufgabe alle Hände voll zu tun.

Herschel von Potenz rief eines Abends an, er würde Beaufort gerne als Referenten für eine Versammlung in seinem Stimmkreis einladen, da könnte man die alte Freundschaft auffrischen und überdies würde er sich freuen, wenn die Kontakte künftig vertieft werden könnten.

Nun wusste Gerhard Beaufort nichts davon, dass eine

alte Freundschaft schon bestanden hätte, gar aufzufrischen wäre.

»Der Herschel hat den Herrn Schwiegervater als Fürsprecher verloren und nun meint er, dass ich gar diese Aufgabe übernehmen könnte, da steckt doch der Bühler selber dahinter. Der Pottenz wäre da nie von selber drauf gekommen«. Gerhard konnte zwar nicht ohne weiteres eine Veranstaltung, zu der er als Staatssekretär eingeladen wäre, absagen, trotzdem stand ihm der eigene Stimmkreis näher und er bat den Herschel von Pottenz um Verständnis, dass er derzeit sich etwas zurück nehmen müsse, die eigenen Aufgaben seien zu umfassend. Er wusste, dass er auf Dauer nicht nein sagen konnte.

Bühler wurde nun zum Ärgernis: »Du hättest dem Herschel schon den Gefallen tun können, ich habe mich auch für dich eingesetzt«. Sein Anruf erfolgte bereits tags darauf.

Beaufort wollte keinen Streit vom Zaun brechen, sagte jedoch dem Bühler, dass er von seiner oder anderer Leute Fürsprache für ihn beim MP wegen des Staatssekretariats gar nichts wisse, das brauche und wolle er nicht.

»Da habe ich für meine Leute alles getan und jetzt lassen sie mich in Stich«. Bühler spielte eine andere Karte aus. »Undankbar ist das, einfach undankbar«, fügte er hinzu.

Beaufort brachte das Gespräch zu Ende. Er habe dem Herschel zugesagt, an einem anderen Zeitpunkt in seinem Revier zu erscheinen, derzeit sei es einfach nicht möglich und in aller Deutlichkeit erwähnte er, dass er, Bühler, ihn, Beaufort, seinerzeit ja dringend gebraucht habe, man habe im Stimmkreis keinen geeigneten Kandidaten zur Verfügung gehabt, der Kreisvorsitzende habe aus guten Gründen seinerzeit abgesagt. Er solle das nicht vergessen. Er habe seinerzeit für ihn, den Fraktionsvorsitzenden wie für seinen Stimmkreis die Kastanien aus dem Feuer geholt. Es war ein insgesamt fruchtloses Gespräch und er würde dem Pottenz sagen müssen, dass er dergleichen Auseinandersetzungen nicht wünsche und er wunderte sich, mit welcher Ruhe er das unangenehme Gespräch mit Bühler hatte führen und zu Ende bringen können.

»Da wird noch einiger Ärger auf dich zukommen«, tröstete Charly, »aber geh von Anfang an deine Wege, dann haben sie Respekt, du bist niemandes Spielball und außerdem bringst du dich mit deinem Vorgehen nicht in irgendwelche Abhängigkeit«.

Charly brachte das Problem wie immer mit ein paar Sätzen auf den Punkt.

134

»Wenn du unseren Fischmarkt nicht gesehen hast, dann kennst du den Libanon nicht«, erinnerte Abeer Al-Mouzdan an den gestrigen Besuch am Markt. Sie lachte ihre neue Freundin an und reichte Charly Beaufort die Fischplatte. Sie saßen in braunen Korbstühlen auf der Terrasse im Garten der Familie Al-Mouzdan, die Luft roch frisch und süß, kaum waren Geräusche von der Straße zu vernehmen. Die weißen, hohen Mauern schirmten den Innenbereich der Häuser auch während der verkehrsintensiveren Abendstunden zuverlässig ab. Die schmale Seitenstraße an der Rachid Karameh lag nahe den mächtigen Hafenanlagen von *Al Mina*. Tags zuvor hatten sie gemeinsam den alten Löwenturm Bourj Al-Siba'a besucht, der in alter Zeit wehrhaft hingestellt, in kriegerischen Zeiten der Verteidigung gedient hat. Omar Al-Mouzdan hatte seine Gäste durch die Stadt chauffiert, vorbei an der Großen Moschee, die sie am Freitag besuchen wollten.

Der Fischmarkt von Tripoli faszinierte Charly und Gerhard Beaufort. Charly liebte Märkte aller Art, sie kannte die Blumenmärkte in Holland, aber auch Trödel-Floh-und Kunstmärkte in Paris, Oslo und Lissabon. »Ich liebe Kitsch und Kunst«, pflegte sie ihr Steckenpferd zu erklären. »Zudem muss ich als Reiseunternehmerin wissen, wo ich meine Gäste hinführen kann«.

Der Geruch von gebratenem Fisch lag in der Luft, eine Wolke aus Gewürzen, leichtem Rauch umgab die Menschen auf dem Markt. Die Fischer hatten ihre Netze schon am frühen Morgen geleert, den Fang an Land gebracht und die Händler hatten ihre mitgebrachten Kisten mit allerlei Meeresfrüchten gefüllt. »Ich könnte mich nur von Fisch ernähren«, sagte Charly, »in Norwegen, in der Heimat meiner Mutter am Fjord gehört Fisch zur Alltagsnahrung«.

In der Hitze mussten die Fische, schon bald nachdem die Kaufleute sie vom Hafen geholt hatten, auf den Marktständen regelmäßig mit frischem Wasser besprüht werden, damit sie bis in die Mittagsstunden hinein einigermaßen frisch blieben. Die Vielfalt des Fangs war jeden Tag umfassend, die Preise für jedermann erschwinglich. »Die Menschen brauchen billigen Fisch, er ist bei uns eines der wesentlichen Grundnahrungsmittel«, sagte Abeer.

Neben Schollen und Zander lagen Heringe, Dorsche, Brassen und Barsche, Seeteufel, Makrelen und Thunfische in den Körben auf den Tischen und das Sommerangebot, erklärte Abeer, unterscheide sich deutlich vom Winterfang, wo Lachs und Hering das Bild auf den Marktständen dominierten.

Abeer würzte die Schollenfilets mit Pfeffer und Salz, rieb Knoblauch darüber, wendete die Filets in weiß-gelbem Mehl, legte sie in eine mächtige, ausladende eiserne Pfanne, in der das heiße Olivenöl zischte, gab einen deutlichen Busch Rosmarin dazu und briet die Stücke heraus.

Dann servierte sie die gebratenen Filetstücke auf großen, rot geränderten Tellern, legte Couscous, Gemüse und Zitronenscheiben dazu und brachte eine gläserne Karaffe mit weißem Chardonnay, den sie in einfach geschliffene, hochstielige Gläser einschenkte.

136

Omar hatte sich vor zwei Monaten mit seiner Frau mehrere Tage in Deutschland aufgehalten, in München hatte er sich nach einer Rundreise zu deutschen Industrieunternehmen mit Gerhard Beaufort angefreundet. Die Staatskanzlei hatte ihn zu Hause angerufen und angefragt, ob er sich am Samstagvormittag um einen wichtigen Gast aus dem Libanon kümmern könnte, dem MP selber wäre sehr daran gelegen, wenn Beaufort den Gast persönlich begleiten und instruieren könnte.

»Das gehört zu deinem Amt, mein Lieber, soll ich dich begleiten«? fragte Charly, nachdem Gerhard ihr seine unerwarteten Wochenendpläne vorgestellt hatte. »Wir werden künftig manches gemeinsam tun, dann sehen wir uns öfter«.

Herr Al-Mouzdan vertrat die Regierung des Libanon und suchte händeringend Investoren im westlichen, befreundeten Ausland, die sich in seiner Heimat beim Wiederaufbau der desolaten Infrastruktur einbringen würden. Westliches Know-How, wirtschaftliche Kompetenz, Erfahrungen beim Aufbau zeitgemäßer Industrien wären dringend notwendig, um das Land endlich in eine gute Zukunft zu führen.

»Wissen Sie, Herr Beaufort, heute ist die Lage noch undurchschaubar bei uns, leicht kann *nach dem Krieg* schon wieder *vor dem Krieg* sein«. Vor allem suchten die verantwortungsbewussten politischen Kräfte in seiner Heimat dringend auf allen Gebieten Fachleute, die einheimische Kräfte ausbilden würden, die Verwaltung neu ausrichten und Impulse für Investitionen geben könnten.

Nun hatte Omar den neuen Bekannten nach Tripoli geladen, seiner Heimatstadt. Gerhard Beaufort hatte vor geraumer Zeit bereits die Anliegen des libanesischen Gastes seinem Freund Remsky mitgeteilt, der hatte ihm nach vier Wochen aus der übergeordneten Perspektive der Europäischen Union ein Konzept zur Diskussion der Fragen und Probleme seines libanesischen Partners ohne jeden verbindlichen Status übergeben. Nach einem Gespräch mit der Staatskanzlei nahm Beaufort die Einladung zu einem unverbindlichen Meinungsaustausch mit Al-Mouzdan an und flog mit Charly nach Tripoli.

137

Auf dem Platz vor der Großen Moschee lärmten Kinder, Besucher reckten die Hälse zum hohen Minarett, eine Gruppe Pilger betrat den Innenhof mit den mächtigen Säulengängen, um die vielen Treppen des Minaretts zu besteigen.

»Da stand zunächst eine christliche Kathedrale, von Kreuzfahrern im 13. und 14. Jahrhundert erbaut und nachdem sie verfallen war, errichtete ein mamelukkischer Gouverneur am gleichen Platz dann diese große Moschee«, erklärte Abeer den deutschen Gästen.

Aus einer Seitenstraße bewegte sich gemächlich eine Gruppe von Touristen auf den Platz vor der Moschee zu. Ihren Gesprächen konnte Gerhard entnehmen, dass sie aus Frankreich angereist waren, um Tripoli kennen zu lernen. Bald trat eine Dame hinzu und begrüßte die Gruppe. Sie war in ein langes, elegantes Gewand, einen dunkelroten

Kaftan gekleidet, ähnlich geschnitten wie Abeers dunkelblaues Kleid, ihr kurz geschnittenes schwarzes Haar war mit einem feinen Seidentuch drapiert.

Aus hunderten Stimmen hätte Gerhard Beaufort die von Leonie Kartzer heraus gehört, da stand sie nun neben ihm in Tripoli, wie sie leibt und lebt, die *Prinzessin* aus seiner Klasse im *Erasmus*. Es war schon in der gemeinsamen Schulzeit ihre Stimme gewesen, die ihn fasziniert hatte. Eine Zeitlang waren sie sich näher gekommen, er war mit ihr in der achten Klasse zum Schwimmen gefahren, hatte immer ein Ziehen und Brennen in der Brust, wenn sie am Morgen den Klassenraum betrat, sie saß rechts von ihm. Sie sprach seinerzeit das schönste Französisch, und als dann die schöne Carmen Luciana aus dem fernen Venezuela in die Klasse getreten war, tat sie ihm leid. Die Schönheit dieser südamerikanischen Grazie hatte Leonie doch etwas zugesetzt, denn bislang durfte sie sich als Inbegriff der Anmut und des Liebreizes am *Erasmus* betrachten. Von diesem Tag an zog die schöne Leonie sich zurück und nach den Weihnachtsferien war sie dann plötzlich seinem Blickfeld entschwunden. Sie hatte niemand vor Ferienbeginn in Kenntnis gesetzt, dass sie zum Schulbeginn im Januar nicht mehr in der Klasse sein würde. Aber schon in der ersten Woche nach den Ferien kam ein Brief von ihr, den Elly May der Klasse vorgelesen hatte. Darin teilte sie in ihrer liebenswürdigen Art mit, dass ihr Vater nach Münster an die Universität berufen wurde und die ganze Familie nun im Haus seines Vorgängers wohnte, der zu seiner Tochter und deren Familie nach Oldenburg übergesiedelt sei. Sie denke gerne an alle ihre Freundinnen und Freunde zurück, an den Herbstausflug nach Bordeaux, wo ihre Mutter auch herstammte. Leonie war zweisprachig aufgewachsen, der Vater war ein Biologe gewesen und ihre französische Mutter hatte er beim Studium an der Universität in Bordeaux kennen gelernt. Mehrere

Jahre hatte Angelique Kartzer am Erasmus Französisch unterrichtet.

»Leonie«, sagte er halblaut, als er nahe genug an der Gruppe stand. »Du bist es doch, Leonie, ich bin es Gerhard Beaufort«.

Mit der ihr eigenen Eleganz drehte sie sich zu ihm, hob die linke Hand an ihren Mund, schaute ihn an: »Mein Gott, Gerhard, du bist es«, sagte sie.

Dann bat sie ihre Gruppe um etwas Geduld. In islamisch geprägten Ländern ist es völlig unüblich und verpönt, dass sich eine Frau und ein Mann öffentlich umarmen. So blieb es beim herzlichen Händedruck, wobei diese westliche Begrüßungsform für manche Muslime schon fast an Blasphemie grenzt, wie Omar Al-Mouzdan auf dem Heimweg erwähnte.

Sie wohne mit ihrem Mann und ihren Kindern in Beirut in einer Seitenstraße nicht weit von der Damaskus Road, wäre beim Goetheinstitut als Lehrerin für Arabisch, Deutsch und Französisch angestellt. Sie wäre mit ihrer Besuchergruppe bis gegen fünfzehn Uhr befasst, dann habe sie noch Zeit, bevor sie nach Beirut zurückfahre. Sie würde Gerhard und Charly wie auch die Familie Al-Mouzdan jedoch sehr gerne für einen der nächsten Tage nach Beirut einladen, fügte sie hinzu. »Wann habe ich schon Gäste aus der fernen Heimat, noch dazu einen Schulfreund mit seiner Frau und lieben Freunden«.

»Wir müssen übermorgen schon wieder zurück nach Deutschland fliegen«, sagte Gerhard, »aber bei unserem nächsten Besuch holen wir die Visite bei dir nach, das ist versprochen«.

»Jetzt bist du im Land der Phönizier gelandet«, lachte sie Gerhard an, »ich erinnere mich noch an deinen Vortrag im Religionsunterricht, du hast uns damals alle zutiefst beeindruckt, das kannst du daran sehen, dass ich mich noch erinnere«.

Schließlich war es Omar Mouzdan, der Leonie für den Nachmittag zu Tee einlud.

138

Noch bevor sich die Klasse im Abiturjahr im Religionsunterricht mit dem *Volker Kosar* abmühen musste, hatten sie das Jahr vorher zunächst den Oberstudienrat Jürgen Porka, einen liebenswürdigen, gutmütigen, hoch kompetenten älteren Priester, der als siebzehnjähriger junger Mann noch die Kriegstage im *Feld*, wie er sagte, verbringen musste, zwar nur als *Blindgänger*, fügte er hinzu, der die Briefe vom Generalstab an die Frontlinie bringen musste, aber er sei eben auch involviert gewesen, was ihn heute noch bedrücke. Dann war er eines Tages vor der Osterzeit auf dem langen Schulkorridor zusammen gesackt, starb in den Armen vom weinenden *Mariandl* und brauchte nicht lange leiden.

Dann kam Ottokar Heretzer und stieß sich die Hörner ab. Jede Woche verteilte er ein Thema aus der biblischen Geschichte des Alten Testaments, das müsse man kennen, dann könne man mitreden, sagte er. Da ginge es nicht nur um das Werden einer Religion, die Entwicklung eines Glaubens, sondern um handfeste Geschichte und von einem Menschen, der die Reifeprüfung abgelegt habe, müsse man mehr verlangen können, als von anderen. Sie würden es ihm noch danken, da hatte er recht.

»Haßler, du wärst jetzt dran«, er blätterte in seinem Notenbuch, » a bisserl was über die Phönizier«. In der achten Klasse durfte er seine Schülerinnen und Schüler ja noch *duzen*.

»Herr Studienreferendar«, antwortete der Haßler, »ich

schreib schon an einer Physikarbeit, die muss ich bis nächste Woche abliefern. Könnten Sie mich, bitte, noch verschonen«.

Weil er Verständnis hatte und er seine eigene Gymnasialzeit noch gar nicht zu lange hinter sich hatte, rief er den nächsten Kandidaten auf.

»Herbolzheimer, hast du auch schon eine Arbeit, sag's gleich, dann geh ich zum Nächsten«. Der Herbolzheimer war tatsächlich mit irgendwelchen Tieren in der Biologie beschäftigt und er würde eine Doppelbelastung nicht verkraften, wie er sagte.

»Fräulein Ingheim, du gibst doch *mir* keinen Korb«, flehte der Ottokar Heretzer.

»Herr Referendar«, seufzte die mollige Kathy Ingheim, »ich sag es Ihnen wie es ist, ich fühl mich krank, nichts als krank, wenn sie mich vielleicht aufsparen könnten, bis ich wieder gesund bin«. Die Klasse lachte und der Herr Referendar meinte: »Es wären nur die Phönizier, Sydon, Byblos im heutigen Libanon und so, habt ihr davon schon einmal was gehört, Gottheit Baal, Seefahrer, Händler...«? Er streute noch einige Impulse, die auf unfruchtbaren Boden fielen.

Dann sagte Josh Fahrenttorf: »Der Gerhard macht das schon, der macht das mit links, Herr Referendar, bitten Sie ganz einfach den hugenottischen Abkömmling Gerhard Beaufort«.

Die Klasse grinste, der Gerhard Beaufort hatte tatsächlich bisher kurzfristig in anderen Unterrichtsfächern kein Referat zu halten. Dass der Heretzer ihn bisher überhaupt übersehen hatte, wunderte ihn, stünde er doch im Alphabet sehr weit vorne. Er bedachte in Sekundenbruchteilen sozusagen die Vor-und Nachteile einer Zu-oder Absage und entschied sich sein Einverständnis zu signalisieren.

»Wie viele Seiten, Herr Referendar?«

»Mach nur, es passt, zwei oder drei Seiten, das überlass ich dir.«

Gerhard Beaufort durchwühlte den Bücherschrank seines Vaters und nahm die Bibel, die ihm seine Mutter immer ans Herz legte, zur Hand.

Die nächste Stunde war dann ein Lehrstück. Der Herr Referendar wurde immer andächtiger und die Klasse hörte staunend, was es so alles in früheren Zeiten schon gegeben hat. Beaufort erzählte von Religionen und Gottheiten, von Kriegen, die sich die Phönizier mit anderen Völkern geleistet hatten und dass sie von den Persern schon unterdrückt worden waren, und er erzählte von der noch nicht christlichen Seefahrt, die sie meisterlich beherrschten, von der Kunst des Schiffbaus in früher Zeit, dass sie berühmt und vermögend geworden waren durch den Handel mit den verschiedenen Imperien der damaligen Zeit, dass sie schon Glas produziert hätten und das Mittelmeer und die anrainenden Länder hätten sie schon früher okkupiert als die heutigen germanischen Touristen, die vor Cattolica und Rimini in der Sonne brieten und ihre Zeit totschlagen würden.

»Beaufort, das ist eine besondere *Eins*, ihr Referat werde ich für die Klasse kopieren, wenn ich darf, ich gebe zu, so was Ausgereiftes habe ich noch nicht gehört«.

139

»Jetzt bist *du* im Land der *Phönizier*, dein Referat habe ich noch irgendwo liegen, es hat mich so begeistert«, brachte Leonie das Gespräch am Nachmittag bei der Familie Al-Mouzdan noch einmal auf dieses schulische Ereignis. »Mein Mann stammt aus Byblos, studierte jedoch Zahnmedizin in Beirut und praktiziert auch dort«.

Omar erzählte dann noch von der schwierigen Nachkriegssituation besonders in Beirut, dem Aufbau und -Versöhnungswillen der Bevölkerung, den Problemen mit den noch stationierten syrischen Truppen. »Wir stecken in einer Endlosschleife von Zerfall und Wiederaufbau, aber wir lassen uns nicht unterkriegen.

Leonie lebte nun schon über zehn Jahre in Beirut: »Beirut ist eine der wunderbarsten Städte des Nahen Ostens und wenn du durch die Stadt gehst, siehst du Schiiten und Sunniten, als auch Christen und Drusen gemeinsam mit griechisch-orthodoxen Geistlichen über die Straßen flanieren. Die unterschiedlichen Religionen leben in Frieden ihren Alltag und das seit Jahrhunderten, es sind immer wieder verantwortungslose Politiker und Religionsführer, die die Menschen unterdrücken, Hass säen, demokratische Bestrebungen stören und unsere Völker mit Kriegen überziehen, bedauerlicherweise findet man jedoch seit langer Zeit keine jüdischen Bürger in der Stadt«.

140

Josh und Lucia Ana Fahrenttorf wollten ein Stück Himmelreich auf Erden haben. Er hatte die spanische Erde mit seiner angestammten Heimat getauscht und dafür einen lieben Menschen gefunden, sie würden ihre Kinder erziehen, dem grauen Alltag auch die schönen Seiten abgewinnen. Beide waren keine Kinder von Traurigkeit. Aus dem jugendlichen Helden, für den die Theaterbühne einmal die Welt hätte bedeuten können, aus dem jugendlichen Weltverbesserer, war durch lange Umwege ein solider Ehemann, ein treu sorgender Vater, ein gewissenhafter Unternehmer geworden. Er brauchte keinen Alltag der Extreme und der Exzesse, die Ereignisse der Vergangenheit waren oft verwirrend gewesen, manche Probleme ging er verbissen an, meinte alles in der

Gewalt zu haben. Das erschütterndste und wesentlichste Ereignis seines Lebens war die Liebe zu Lucia Ana, mit ihr würde er seinen Kindern eine Zukunft bauen.

Der geliebte Onkel hatte Lucia Ana Fahrenttorf-Morales nun sein großes Haus vermacht, er hatte es vor Jahren modernisiert und rund um den eingeschossigen Bau zog sich eine überdachte, ausladende Veranda. Die tragenden Stämme waren Walnusshölzer und verliehen dem Bau Festigkeit. Der Anstrich des Gemäuers war noch ansehnlich. Rund um das Haus hatte schon der Opa in den Jahren vor dem spanischen Bürgerkrieg mehrere Walnussbäume gepflanzt. Sie tragen nach Jahrzehnten noch immer, wenngleich Lucias' Onkel immer meinte: »Wenn die Bäume nur mehr zehn oder fünfzehn Kilo bei der Ernte bringen, ist es besser sie abzuholzen, für Nussbaumholz bekommst du auch gutes Geld«. Er hatte bei der Ernte viel Geduld und wartete bis sie von selber zu Boden fielen, das Pflücken war ihm zu mühselig. Die Böden in der Umgebung bestanden aus einem deftigen Lehm-Sandgemisch, die Rinder, die dort weideten, gediehen prächtig, aber der Aufwand ging allmählich über die Kräfte der Verwandten, so dass sie schließlich die Landwirtschaft einstellten. »Das ist prächtiges Bauerwartungsland«, redete ihnen der Bürgermeister ein und sie sollten doch warten. Aber die Gemeinde ließ das Gelände links liegen und favorisierte Areale auf der gegenüberliegenden Seite des Städtchens. Dann pflanzten sie Walnussbäume, auf zehn Hektar Fläche setzte der Onkel gut vierhundert Bäume, und die ganze Familie trat im September und Oktober zur Ernte an. Immer wieder wurden Bäume, die nicht genug abwarfen, abgesägt und verkauft und neue Setzlinge gepflanzt.

Lucia Ana war in den Kinderjahren mit ihren Geschwistern oft zu Gast im Haus der Tante und des Onkels gewesen, sie spielten in den weitläufigen Plantagen und halfen bei der Ernte. Nun war sie selbst Besitzerin der Plantagen, an die sich der Campingplatz anschloss.

141

Nach langer und mühseliger Arbeit hatte Josh Fahrenttorf die alte, seit Jahrzehnten still gelegte Hammerschmiede, die sich an den westlichen Hang der Walnussplantage schmiegte, wieder in Stand gesetzt. Lucia Ana's Studienkollege und Freund aus Jugendtagen Camillo Sanchez hatte zwei Freunde aus seinem Dorf mitgebracht und Josh's Bruder Ernst hatte drei Urlaubswochen auf der Finca verbracht. Die gesamte Familie aus Deutschland verlebte die heißen Ferientage ihres Sommerurlaubs bei den spanischen Verwandten. Die Kinder strolchten mit zwei jungen Eseln und den drei Hunden durch das Gelände und die beiden jungen Frauen renovierten das Wohnzimmer.

Die alte Hammerschmiede war seit Jahrzehnten außer Betrieb und Josh verbrachte in den letzten Monaten seine freien Stunden mit der Fertigung neuer Pläne.

Ernst, auf dessen Erfahrung er nicht verzichten konnte, hatte die doch recht antiquierte, herunter gekommene Schmiede schon im Herbst des vergangenen Jahres begutachtet, wie auch das unterschlächtig angelegte Mühlrad. Es war eben so wenig in Gebrauch, aber das alte Kropfrad aus den zwanziger Jahren würde sicher noch einwandfrei arbeiten. »Da fehlt nichts, das ist alte Schmiedekunst, beste Qualitätsarbeit und mit der gediegenen Schaufelanordnung arbeiten heute noch viele Mühlräder auch in Mühlen, wir müssen das Kropfrad jedoch trotzdem ausbauen und gründlich überprüfen. Das ist ein bewährtes Zuppinger-Rad, dem fehlt nichts, das arbeitet unentwegt und über Generationen und mit den neuen Blechschaufeln schaffen wir auch eine bessere Leistung als mit den alten Holzschaufeln. Andererseits wäre doch zu bedenken, ob die Akazienschaufeln nicht besser zu diesem alten Rad passen, Vater hätte seine Freude daran«. Überrascht zeigte er sich von der Stabilität des aus schweren Granitblöcken gebauten Mauerwerks, in dem das Mühlrad eingespannt war. »Das ist alte Wertarbeit, die Spanier haben eine uralte Erfahrung zur Meisterschaft ausgebaut nicht nur in der Nutzung der im ganzen Land genutzten Windmühlen«. Ernst war begeistert. Die Räder selber hatten eine akzeptable Breite von nahezu einem Meter und würden für deutliche Kraft sorgen. Josh staunte über die unbändige Macht des Wassers, das dieser eher harmlos scheinende Bach mit sich brachte. Er wusste, dass der Bach im Frühjahr beträchtliche Wassermassen führte, aber nicht umsonst scheinen Lucias' Vorfahren das Zuppinger Mühlrad eingebaut zu haben, weil es auch bei schwankenden Wasserständen einwandfrei arbeitete und im Spätsommer und frühen Herbst brachte der Bach teilweise nur geringe Wasserstände, oftmals nur Rinnsale auf.

»Der alte Amboss wie der Hammer sind in bestem Zustand, müssen jedoch ebenso ausgebaut und gründlich entrostet werden. Die ehedem gebräuchlichen Schaufeln, die der Uropa Anfang des Jahrhunderts aus eisenhartem Akazienholz in das Wasserrad eingebaut hat, sollten wir vielleicht durch moderne evolventenförmige Blechschaufeln ersetzen, das muss ich jedoch noch einmal gründlich mit meinem Bruder bedenken«. Die Abendgespräche mit Lucia Ana drehten sich hauptsächlich um die Hammerschmiede.

142

Mit vereinten Kräften hatten sie die Hammerschmiede und das Mühlrad gründlich instand gesetzt und renoviert. Josh hatte nichts verlernt, was ihm der Vater vor Jahren beigebracht hatte, in den letzten Jahren zudem viel studiert und bei Besuchen in der Hammerschmiede eines Familienfreundes der Morales viel Neues erfahren. Die Vielfalt der Metallgestaltung war ihm schon in seinen Jugendjahren in der Werkstatt des Vaters in Fleisch und Blut übergegangen. Vater war ein ungemein kreativer Handwerker gewesen, er bezeichnete sich jedoch nie als Künstler: »Wenn du dein Handwerk verstehst und magst, dann geht es nicht um Berufsbezeichnungen, merk dir das, Josh«.

»Wie sich der Kreis vollendet, nach mehr als zwanzig Jahren stehe ich endlich wieder vor der Kohlenesse und dem Amboss und spüre die wuchtigen Schläge und den Rhythmus des schweren Hammers«. Lucia Ana hatte viel Verständnis für die Liebhaberei ihres Mannes. Da vergingen seine Sehnsucht und das Heimweh.

Moderne Kunstobjekte hatten es ihm angetan, er machte sich vertraut mit der einschlägigen Literatur. Vor allem aber ließ er sich akribisch auf die Fertigung von Skulpturen ein, da kamen ihm seine nahezu unbegrenzte Phantasie und sein feines Gespür für Formen zu Gute. Sancho Maduro betrieb nahe Barcelona seine Schmiedewerkstatt, musste von seiner Arbeit leben, fertigte schmiedeeiserne Grabkreuze, Eisentore, Fenstergitter und Treppengeländer, aber in seinen freien Stunden widmete er sich der Schmiedekunst, der sich auch seine Vorfahren seit Generationen verschrieben hatten. Dort entwickelte Josh seine Ideen, nahm den Rat, die vielfältigen Impulse an, die ihm Sancho weitergab. Die Zeit war auch in der Kunstschmiedetechnik nicht stehen geblieben, Sancho zeigte ihm seine wunderbaren Dekorstücke aus härtbarem Nirostastahl, führte ihn wieder ein in bewährte und moderne Legierungstechniken. Im Gymnasium hatte ihn besonders die Mythologie der germanischen Sagenwelt fasziniert, da wurde Wieland der Schmied vorgestellt und wenn er die muskulösen und behaarten Arme seines Vaters betrachtete, dann dachte er an diesen Recken, von dem seine Literaturlehrer erzählten, oder er hatte die schönen Frauen, die Königinnen und die Kämpfer, die Verräter und die Zauberkundigen der Nibelungensage vor Augen, insbesondere der strahlende Held Siegfried hatte ihn angezogen. Er erinnerte sich an die Gespräche, die der junge, unbedarfte Siegfried mit dem missgünstigen Mime führte, der ihm schließlich sagte, dass wohl nur ein gänzlich Furchtloser imstande wäre, das Schwert Notung zu schmieden. Der Musikwelt Richard Wagners vermochte der junge Josh wenig abzugewinnen, aber es waren sicher auch solche Mythen und die Erzählungen, die ihn inspirierten, sich in den letzten Schuljahren dem Theater zu verschreiben.

Allmählich fand Josh sich wieder in die ehemalige Routine ein, hatte er doch schon seit seinem zwölften Lebensjahr, wenn er die Hausaufgaben gemacht hatte, in der Schmiede des Vaters gestanden und in den Ferien war er den ganzen Tag über in der Werkstatt zu finden. Mit Hingabe schmiedete er nun Riegel nach alter Art und barocke Beschläge. Er wollte kein Schwert Notung schmieden, aber seine Schmiedekunst, die Präzision seiner Arbeiten wurde immer größer, die Schönheit seiner Skulpturen hatte es seiner Lucia Ana angetan.

Dann bereitete er sich auf die erste Ausstellung vor. Mit Sancho Maduro und der Kunstschmiedegilde von Barcelona und Sabadell hatte er die Auktionshalle von Sabadell angemietet, wo Sancho schon in früheren Jahren ausgestellt hatte. Josh fand durch Sancho Zugang zur spanischen Künstlerszene, erhielt aber auch einen umfassenden Einblick in die Existenznöte der gestaltenden Künstler, vor allem der Bildhauer. Viele von ihnen arbeiteten am Existenzminimum und er war dankbar, dass ihm ein gütiges Geschick einen anderen Lebensweg gewiesen hatte. Allein zur eigenen

Freude würde er das Eisen schmieden und vielleicht irgendwann die Bronze in Formen gießen. »Fest gemauert in der Erden, steht die Form aus Lehm gebrannt. Heute muss die Glocke werden, frisch Gesellen, seid zur Hand...« Josh gehörte zu den Wenigen, die seinerzeit in der Oberstufe dem Dichterfürsten Schiller huldigten, hatte er doch den Karl Moor mit aller ihm zur Verfügung stehenden Emotionalität gespielt. Nun aber würde es nichts werden mit Bronzeguss, nichts mit geschmolzenem Blei. Er würde das Eisen in hergebrachter Weise in der Esse erhitzen, schmieden, hämmern, formen, gestalten.

143

Unter der Post fand Berthold Remsky einen Brief von Ingrid Bergmann, Joanne Woodward und Sophia Loren. Sie hatten sich gemeinsam verschworen, ihn in die Verwirrung seines Herzens zu treiben. So viel innere Unordnung und Kopflosigkeit waren ihm fremd. Er solle bald kommen, schrieb sie ihm, sie würde sich unendlich auf ihn freuen. Das hatte ihm zeitlebens noch niemand gesagt. Der Flug brachte Klarheit in seinen Kopf. Sophie hatte Einzug in sein Herz gehalten, ihr Brief hatte ihn überwältigt, ihre einnehmende Liebenswürdigkeit hatte sein ganzes Gemüt, seine Empfindungen tief getroffen.

Die Umstände der vergangenen Monate hatten sein ganzes Leben verändert, der Bruch der Beziehungen zu Nina, der Abschied aus dem Ministerium, der Einzug in ein Zentrum europäischer Politik in Brüssel und nun diese unerwartete Liebe zu Sophie. Remsky dachte an seine Mutter, die glücklich wäre, ihn heute zu sehen, wie er das Leben bewältigt und bald einen Menschen an seiner Seite haben würde, der mit ihm eine gemeinsame Zukunft bauen würde. Seine Tante Monika, die Schwester seiner Mutter, hatte ihn vor ein paar Jahren zum Erben ihres kleinen, mühsam Ersparten eingesetzt. »Du warst der einzige, der zu meinem Geburtstag geschrieben hat, wenn Ludmilla mich einladen wollte, hat dein Vater es verboten.« Dann listete sie Vaters langjähriges Fehlverhalten, wie sie es nannte, ihr gegenüber auf. Er kannte all die Vorgänge nicht, die den Vater so oft ungerecht hatten handeln lassen, wie die Tante sagte. Das Leben der Eltern war ihm fremd geblieben. Als ihm sein Hund als Begleiter von den Eltern geschenkt wurde, er war gerade zehn Jahre alt geworden, war das Verhältnis zur Mutter harmonischer, maßvoller geworden, wie es ihm nachträglich schien. Er tat Abbitte für sein oft ungehaltenes und wenig einfühlsames Verhalten ihr gegenüber. Er wurde nachsichtig mit seinem unwirschen Vater, der oft ungeschickt und so wenig väterlich agierte, und der sicher auch nur das Beste für ihn wollte.

Sophie erwartete ihn in der Halle des Wiener Flughafens. Sie lachte, nahm ihn in ihre Arme und dann fuhren sie nach Hause. Remsky's Genialität und ideenreiches politisches Denken, seine präzise Reflexion und Hellsichtigkeit und sein Entscheidungsvermögen fielen in sich zusammen. Nicht mehr der Kopf und der Verstand erklärten die Welt, lenkten sein Wollen uneingeschränkt. Unerwartet und für ihn auch überraschend reagierte er gefühlsmäßig, neue Empfindungen durchzogen seinen Körper bis in die Fingerspitzen. Remsky ahnte, dass hier etwas auf ihn zukommt, das, obwohl neu, ihn doch sehr beglücken würde. Die Liebe zu Nina war von einer anderen Art gewesen, sie hatte ihm eher den Kopf verdreht. Sophie machte ihn einfach glücklich.

Wie sie redete, tat ihm gut, sie bezauberte ihn, er war glücklich wie noch nie in seinem Leben. Remsky hatte bisher kein Gespür für den Geruch eines geschälten Stammes und der Rinden, die auf dem Waldboden lagen, den Duft und die Farbenpracht von Blumenwiesen entwickelt, eigentlich war ihm alles fremd, was nicht mit Wissenschaft, Pragmatismus, Geistesarbeit zu tun hatte. Wenn er nach langem Aufstieg in den Bergen ausruhte, dann nur um zu neuen Kräften zu kommen, der Blick auf die Gipfel, hinab ins Tal, hinauf in das Blau des Himmels war unmaßgeblich. Er schaute, sah jedoch nichts. Mit Sophie war das anders. Die Empfindungen ließen sich nur annähernd beschreiben, Remsky lernte, dass das Fühlen, das Schweigen auch, ihn beruhigten und belebten zugleich, Sophie brachte neue, unbekannte Saiten in ihm zum Schwingen.

»Es muss nicht immer Brüssel sein«, dachte er, als sie an der UN-Atomenergieorganisation vorbeifuhren, »zudem reden die in Wien Deutsch«. Remsky war schon wieder im Dienst, als sie Wien hinter sich gelassen hatten, vor Klosterneuburg rechts abbogen und bald darauf am Landhaus der Hollander angekommen waren.

144

Die erste Nacht im Hause seiner Sophie war immer wieder gestört durch eine Kohorte hupender Fahrzeuge, die von der Donaulände herauf donnerten, die Reifen ihrer Autos kreischten, die johlende, lachende Horde junger Männer und Frauen machten die Nacht zum Tage. Erst gegen vier Uhr morgens wurde es still, dann fiel Berthold Remsky in einen tiefen Schlaf. Das ungezügelte Geschrei der jungen Leute verfolgte ihn bis in den Schlaf, dann peinigten ihn abstruse Träume, chaotische und verworrene Eskapaden, derer er nicht Herr wurde, verfolgten ihn.

»Sie sollten mit Ihrem Getöse zu einem Ende kommen, Ihren Geräuschpegel sollten Sie herunterfahren, meine Damen und Herren, man versteht ja sein eigenes Wort nicht mehr und Sie«, wandte er sich an Remsky. »Sie stehen immer am Fenster, das habe ich Ihnen nicht erlaubt, man sagte mir, sie hätten ein enzyklopädisches Gedächtnis, Herr Remsky, an Ihnen wäre ein neuer Schelling verloren gegangen, aber Sie werden sich nicht gegen mich durchsetzen«.

Sie hatten einen neuen Religionslehrer in der Abiturklasse bekommen, *Volker Kosar* hieß er und verstand sich selber als aufgeklärt und modern, Glaube und Verstand hätten sich zu ergänzen, stellte er fest und die Damen und Herren sollten ihren Verstand doch einfach nützen. Kosar war tatsächlich ein von seiner Sache und seinem Auftrag Begeisterter, was Remsky auch unumwunden zugab und anerkannte, ein Eiferer war der Kosar zudem. Er lieferte sich mit Remsky ein Scharmützel um das andere und zog ohne Unterlass den Kürzeren. »Reden wir über das Wesentliche, Herr Kosar, über das Wesentliche, lassen wir einfach einmal die Legenden beiseite«. Der Studienrat z.A. *Volker Kosar* setzte sich, nachdem er den Klassenraum betreten hatte, auf den Lehrertisch, ließ die Beine baumeln und war tatsächlich der Meinung, damit die jungen Leute für sich und die Materie, die er zu vertreten hatte, einzunehmen. Auch wenn Remsky der Inbegriff unduldsamer Forschheit war, so verfügte er doch über ein eminentes Feingefühl, machte *Kosar's* Gehemmtsein aus, gespielter, unreifer Klamauk widerte ihn an, er spürte mit größter Klarheit oft unnötiges Theater des Herrn *Kosar* und einem Lehrer ließ er gar nichts durchgehen. Was er dann äußerte, hatte den Charakter der Endgültigkeit, sein Selbstbewusstsein schien grenzenlos, er entfachte logische Kaskaden schwierigster Gedanken, denen seine Lehrer kaum zu folgen verstanden. Im Lehrerzimmer beschwerte *Volker Kosar* sich mit Vehemenz über diesen zügellosen Berserker Remsky, dem nichts heilig sei, der zu spät geboren sei, ja in die Französische Revolution hätte der nämlich gepasst, ein Jakobiner wäre der und radikal noch dazu, solche Leute würden Anstifter, Aufrührer werden.

Remsky träumte schon immer recht intensiv, er ordnete in seinen Träumen den abgelaufenen Tag. Er glitt nun allmählich in die Wachphase, wälzte sich im Bett und der *Volker Kosar* verfolgte ihn: »Bin ich froh, dass ich nicht aus ihrem Holz geschnitzt bin, Remsky«, giftete Kosar, hob seinen mit rotem Tuch bespannten Lehrerstuhl auf das Pult, schwang sich auf das Katheder und setzte sich dann noch oben auf den Stuhl. Von dieser Anhöhe ließ er seine langen Beine baumeln, betrachtete Remsky mit schräg gestelltem Kopf, fuhr sich mit beiden Händen durch das Haar, hieß Remsky zu sich an das Pult kommen, fasste ihn an den Ohren, hob ihn hoch und stierte ihn an: »Remsky, Sie können noch so scharf denken und argumentieren, Sie überzeugen mich nicht, der Atheismus wird nicht siegen, wir müssen wieder zu den Fundamenten zurückkehren, sonst wanken die Festen, merken Sie sich das Remsky. Sie sind ein erleuchteter Geist zwar, jedoch ein Freigeist, eben nicht christlich, was ich bedaure«. Dann stürzte er mit laut hallendem Schrei an Remsky vorbei vom Stuhl. Berthold schaute ihm nach, wie der *Kosar* in grundlose, unendliche Tiefen stürzte, Remsky wurde schwindlig.

Dann erwachte Remsky schweißgebadet aus diesem obskuren Traum. »Immer dieser *Kosar*«, dachte er, »der Mann verfolgt mich nun seit zwanzig Jahren. Den hätte man früher vermutlich verbrannt, er hatte das Zeug zum Ketzer«. Remsky duschte, nahm das weiße, flaumige Handtuch vom Haken an der Wand und dachte an seinen Großvater Florian, der in den zwanziger Jahren in seinem schlesischen Dorf noch als Junge die Gänse des Dorfes gehütet und später das Schusterhandwerk gelernt hatte, schließlich als junger Mann ins Militär gezwungen wurde und über eminente Geisteskräfte verfügt haben muss. »Niemand hat mir von meinen Vorfahren erzählt«, dachte er. »Vater war der große Schweiger, Mutter die Dulderin, hat mich geliebt, aber gelitten und die Briefe von Großvater Florian waren eines Tages unauffindbar gewesen, wer waren meine Vorfahren, wie hausten sie, überlebten sie die Unbilden der Jahrhunderte, das interessiert mich«. Er dachte an Beaufort, der seine hugenottische Abstammung bis ins siebzehnte Jahrhundert zurück verfolgen konnte. Von den Eltern seiner Mutter Ludmilla wusste er nahezu nichts und die Vorfahren väterlicherseits waren auch in den Abgründen der Vergangenheit verloren. Er, Remsky, war scheinbar der einzig Lebende aus der langen Kette seines Stammes. »Es bleibt also noch viel zu tun«, dachte er, während er sich den Seifenschaum aus dem Gesicht wischte, »ich bin mit meiner Lebensgeschichte noch nicht am Ende«, und er dachte an Sophie, an die Zukunft mit ihr.

145

Mamas Heimatlosigkeit hatte sich auf den kleinen Berthold übertragen. Jahrelang war er ein Verlorener, der weder mit andauernder, fordernder Liebesbedürftigkeit noch mit harscher Aggressivität diesen Panzer der Mutter durchdringen konnte. Die Aura, die die geliebte Mutter umgab, hatte ihn jedoch eingebunden in ihr ganzes Leben und wenn sie kleine Begebenheiten aus ihrer Kindheit erzählte, nahm sie ihn mit in diese ihm doch so fremde Urheimat, dann verließ er mit ihr die Alltagswelt. Diese weichen, sanften Geschichten aus Mutters Kindheit, aus ihrer verlorenen, nie wieder kehrenden Heimat stärkten sein inneres Gleichgewicht und nahmen ihm seine kindlichen Ängste. Von bunten Blumenwiesen in den Flussauen erzählte sie, wo die Kinder spielten, von den geliebten Großeltern, die an stillen, langen Abenden geheimnisvolle Geschichten zum Besten gaben, von den jungen Ziegen, denen sie zuschaute, wenn sie mit der Schafherde polternd und meckernd über die dürren Hänge hinabstolperten und in den warmen Schafstall mit hineindrängten. Mutter erzählte mit leuchtenden Augen, wenn sich die lachenden Frauen und Männer der Dorfgemeinschaft in den Häusern trafen und Neuigkeiten austauschten, während sie stickten und häkelten, klöppelten und nähten und vor allem lachten, wie sie sagte. Er lernte den ständig betrunkenen, alten Borschwiet kennen, der seine Späße mit den Kindern gemacht hatte, und den Herrn Pfarrer, der immerzu mit einem viel zu großen karierten Taschentuch den Schweiß von seiner Stirn wischte. Berthold hing an den Lippen der Mutter und erlebte ihre Kindertage in ihren Erzählungen mit. Als Berthold sich dann in seinen Jugendjahren auf den Weg machte, um die Welt zu erobern, ausgestattet mit dieser unbändigen Lust, alles aufzunehmen, war ihm die Mutter trotz ihrer depressiven Weise Rückhalt, Zuflucht oft genug und gab ihm Geborgenheit.

Mit ihren schwermütigen Liedern hatte sie ihn in den Schlaf gesungen. Ihre weiche Stimme war wie Balsam und beruhigte ihn, wenn seine Affekte ihn tagsüber überwältigt hatten. Dass die Mama unter seinen unbeherrschten Stimmungen gelitten hatte, konnte der kleine Berthold nicht ahnen. Bei ihr lud er alles ab, was ihn bewegte, ängstigte, auf ihn eindrang. Ihr fehlte jedoch oftmals die Kraft und sie schlief übermüdet neben ihm ein. Die Verluste und Dramen ihrer Kinder-und Jugendjahre hatte sie nicht bewältigen können und sie kämpfte sich mit großen Mühen und steter Trauer im Herzen durch ihren Alltag. Ihr Mann spielte keine Rolle mehr in ihrem Leben, er war abwesend, körperlich präsent, aber keine Stütze für ihren Lebenskummer. So versorgte sie ihren kleinen Berthold mit einer Unzahl von Geschichten und Bilderbüchern, erzählte ihm diesen *orbis pictus, diese Welt in Bildern,* die er in sich aufsog. Diese Bilder und Geschichten prägten seine Seele und seinen Verstand, sein Fühlen und Denken, formten seine kindliche Vorstellungskraft, sein Reden und Debattieren, seine Argumente, mit der er die gemeinsamen Abende in der kleinen Familie dann nach seinem Gutdünken arrangierte.

146

Remsky galt in seiner Behörde als Problemlöser, als zupackender Experte, der im Hintergrund bleibt, als in keiner Weise anmaßend, als tatkräftiger und zielbewusster Arbeiter. Die Jahre, in denen er überdominant Probleme anpackte, wenig kooperativ Fragen löste, waren längst Geschichte. In den Debatten und Konferenzen mit den fachlichen Leitern in den verschiedenen Kommissionen, mit den Experten aus der Wirtschaft, aus Länderministerien und anderen Behörden erwies er sich als jovial, freundlich und zupackend, aber er durchschaute nur allzu schnell und immer gründlich die oft widersprüchliche Logik der Argumente der häufig schlecht vorbereiteten Diskutanten. Jeder interpretierte zu vertretende Positionen nach eigenem Gusto, oft genug fehlte es an der Authentizität der Beweisführung und spezifischem Sachverstand. Remsky polarisierte nicht, ging den Sachverhalten sachlich und ruhig auf den Grund. Seine Argumentation lieferte er in drei Sprachen, wenn es sein musste und war immer wieder der Mittelpunkt und der Rudolf, sein Kommissar meinte, dass der alte Metternich an ihm, Remsky, seine Freude gehabt hätte. »Aber geh' nicht in die Politik, da wirst verheizt, Berthold«. Unter den Spitzenbeamten stand er in vorderster Reihe, schon nach kurzer Einarbeitungszeit kannte er nicht nur alle wesentlichen Verantwortlichen, er kannte auch die intimen, der Öffentlichkeit nicht bekannten Sachlagen, Umstände und Personalien. Loyalität forderte er ein, wie er auch anderen vertraute. Remsky hatte sich aber zu einem geschickten Taktiker entwickelt, der Probleme planmäßig analysierte und klug weiter entwickelte. Sich in den Vordergrund zu drängen, war nicht seine Sache, das machte ihn stark und unangreifbar. In schwierigen Auseinandersetzungen war er auf Ausgleich bedacht, »Brückenbauer« nannten sie ihn respektvoll.

»Hätte ich den Berthold nicht um mich«, sagte der Rudolf am Frühstückstisch, »hätte ich den Laden schon dicht gemacht. Er ist die *Persona grata* im Haus, er hält mir alles Unnötige vom Leib, auch die Geschäftigen und die Karrieresüchtigen und da gibt es genug in meiner Umgebung. Dem Herbolitzky hast es ganz schön gegeben«, er lachte dröhnend. »Als Gestalter will er gelten, hat aber nur einen reichen Papa«.

Der Herbolitzky war als Abteilungsleiter ein führender Mitarbeiter im heimischen Außenministerium. Er war einer von denen, die ihr Fähnlein in den Wind hängten und so mancher in seinem Umfeld konnte ein gar hässliches Lied über ihn singen.

147

Der Herbst war für Charly eine freudvolle Zeit, ihre Gedanken kreisten um das Kind unter ihrem Herzen, ihre Mutter war vor Wochen schon aus Norwegen angereist, um sie zu entlasten. Lorenzo Haag hielt sich seit mehreren Wochen in Ecuador auf, dort hatte er vor Jahren einen Freund gewonnen, Carlos Menos, einen Bogenschützen wie er, Professor für indigene Kulturen.

»Die Professoren haben es mit dem Bogenschießen«, lachte seine Frau, wenn sie mit Charly zusammensaß. »Dein

Gerhard kommt auch nicht mehr aus den Sielen, wie man bei uns im Norden sagt, er wird sehr viel zu tun haben«?

Charly musste das bestätigen: »Die Arbeit in der Regierung macht ihm nichts aus, befriedigt ihn vielmehr, die Parlamentsarbeit, die Besuche in den Kreisverbänden, das alles motiviert ihn immer mehr, er scheint doch der geborene Politiker zu sein, aber er sagt immer wieder, dass es nicht auf Dauer sein muss und wir hätten ja auch eine andere Zukunft vor uns. Gestern hat er einen Brief bekommen von einer ehemaligen Schulfreundin, die im Libanon lebt, ihre Situation belastet ihn sehr. Ihren Brief darf ich dich lesen lassen, Gerhard hat nichts dagegen einzuwenden, wir haben darüber schon gesprochen und Gerhard möchte auch mit dir und Vater einmal die Angelegenheit besprechen«. Charly reichte ihrer Mutter Leonies Kartzers Brief aus dem Libanon.

»Liebe Charly, lieber Gerhard, ich erinnere mich mit größter Freude an unser Treffen in Tripoli, vielleicht war es blinder Zufall oder auch ein gütiges Geschick, aber ich war sehr glücklich, dass wir uns nach zwanzig Jahren wieder getroffen haben. Wir würden uns alle freuen, Euch bei nächster Gelegenheit in Beirut in unserem Haus begrüßen zu dürfen. Ich habe von unserem Zusammentreffen meinem Mann erzählt und er lässt Euch herzlich grüßen, er würde gerne wieder nach Münster kommen, dort hat er seine Ausbildung als Lungenfacharzt erhalten und in der Uniklinik mehrere Jahre gearbeitet, und ich möchte meine Eltern wieder sehen, sie machen sich viele Sorgen. Die Menschen bei uns und in der gesamten Levante, vor allem im islamischen geprägten Teil leben heute bedauerlicherweise noch immer - oder schon wieder, immer wieder neu sozusagen - in schwierigen wirtschaftlichen Verhältnissen, oft auch unter gefährlichen politischen Bedingungen, das gilt vor allem für uns Christen und der wunderschöne Libanon verharrt in laten-

ter Kriegsgefahr - als lebten wir zu Zeiten der Phönizier, von denen du uns damals im Unterricht schon erzählt hast. Wir fürchten, dass wir bald vor noch schwereren Zeiten stehen und meine Familie zwischen die Konfliktparteien gerät, ich bin Christin und mein Mann ein moderater Muslim. Wir erwarten von den sunnitisch-islamisch geprägten Parteien, sollten sie an die Macht kommen, nichts Gutes, es könnten schwere Zeiten anbrechen und wir müssen uns tatsächlich überlegen, ob wir nicht in meine deutsche Heimat zurückkehren. Mein Mann hat noch die deutsche Staatsbürgerschaft, so wie ich die libanesische. Die Zukunft unserer Kinder ist uns wichtig, meinen heutigen Brief schicke ich über die Poststelle unseres Goetheinstituts, der normale Postweg ist uns zu gefährlich, Briefe werden geöffnet und Leute oft unter fadenscheinigen Begründungen festgehalten. Ich müsse den Muslimen mehr Respekt entgegenbringen und die Kleidervorschriften deutlicher beachten, ließ der hiesige Imam unserem Direktor im Institut mitteilen. So vermeide ich, westliche Kleider zu tragen, das Kopftuch akzeptiere ich als notwendiges Übel und die langen Kleider ebenso, das tue ich auch meinem Mann zuliebe, der sonst eventuell um seinen Arbeitsplatz bangen müsste. Scheinbar stehe ich unter Beobachtung. Religion wird bei einigen Hardlinern in unserem Land vor allem an der Kleidung festgemacht, das ist engstirnig, peinlich und hat wohl wenig mit einem guten religiösen Leben zu tun, aber danach werden die Menschen hier nicht gefragt. Deine Freunde in Tripoli können davon sicher ihr eigenes Lied singen. Ich habe Omar und Abeer gefragt, ob sie Kontakte mit uns wollen oder ob das für sie zu gefährlich wäre, nachdem ich immer noch als Ausländerin gesehen werde. Abeer meinte, ich solle mich nicht sorgen, sie würde sich über meine Besuche freuen, Omar möchte die Dienste des Goetheinstituts nutzen und auf diese Weise könnten wir unsere Kontakte sozusagen auf reguläre Weise ausbauen. Inzwischen haben wir im Institut mit der Regierung ein Bildungsprojekt vorbereitet, das unter der

Regie von Omar steht und wir können uns auf diese Weise immer wieder einmal treffen. Beide haben uns mit ihren Kindern schon hier in Beirut besucht. Ich werde euch wieder schreiben und wir würden uns freuen, wenn wir unsere Kontakte aufrechterhalten könnten«.
Es grüßt Euch von Herzen
Eure Leonie
PS: Ich lege drei Bilder von meiner Familie bei - und ich freue mich für Euch, wenn Euer Kind zur Welt kommt.

148

Dann kam der große Tag, am sechsten Dezember entband Charly ein Mädchen. Sonja sollte sie heißen oder auch Marte, vielleicht auch Bergitta wie die norwegische Oma. »Wir werden uns einigen«, lachte der junge Vater. So schien im Hause Beaufort das Glück eingekehrt. Charlys Eltern würden wohl in Norwegen bleiben, das Haus in der Stadt müsste verkauft werden, in Charlys Reisebüro arbeiteten inzwischen drei Angestellte und Gerhard Beaufort schien sich mit seinen Lebensumständen arrangiert zu haben.

149

Der Brief des polnischen Pfarrers wurde Berthold Remsky aus Brüssel nach Wien nachgeschickt. Er wäre gerne zu einem Gespräch bereit, schrieb Pfarrer Wischnewski und er würde sich über Remskys Besuch freuen. Über Brünn und Ostrau nach Kattowitz fuhren sie einen langen Tag ins Polnische hinüber.

Der Friedhof, in dem vermutlich seine Vorfahren ruhen würden, wäre in den sechziger Jahren eingeebnet worden, einer Plattenbausiedlung musste er weichen, erzählte der junge Geistliche. »Im städtischen Gemeindekataster habe ich den Taufeintrag ihres Urgroßvaters Paul Adam Remsky gefunden, Schuster muss er gewesen sein, so steht es im Kataster. Er hat dann – übrigens noch sehr jung, er war kaum einundzwanzig Jahre alt - eine Gaby Mronsek aus Gliwice, dem alten Gleiwitz geheiratet.

»Mein Großvater, Florian Remsky, war eines von mehreren Kindern und er übersiedelte bald nach Breslau und hat dort geheiratet. Darüber habe ich in den Briefen meiner Großmutter gelesen. Mein Vater Berthold – er heißt wie ich - ist in der Legnicka-Straße in Breslau geboren, von dort war es nicht weit zum Breslauer Schloss«, meinte Berthold.

»Den ganzen Sonntag hat Oma Marlenchen mit ihrem Berthold dann im Park am Schloss verbracht, er hat mit anderen Kindern gespielt, sie hat sich nach ihrem Florian die Augen ausgeweint, aber die Zeit ist im Park schneller vergangen«.

Die öde, graubraun melierte Plattenbausiedlung umzingelte die grünbleiche, ausgetrocknete Grasnarbe des Parks. »Diese dürftige Rasenfläche haben die Kommunisten schon in den sechziger Jahren vor die damals weißen, achtstöckigen Gebäude hingelegt, der alte Friedhof davor wurde platt gemacht, nur das übrig gebliebene Ahorn- und Kastaniengehölz dort drüben, das seinerzeit den Gottesacker abgeschlossen hat, mag Alte, Eingeweihte an seine Existenz erinnern.« Pfarrer Wischnewski holte mit dem rechten Arm aus und beschrieb einen weiten Bogen. »Dort liegen Ihre Vorfahren begraben, Herr Remsky, wenigstens spielen hier nun die Kinder der Bewohner der Plattenbauten und bringen etwas Leben in das triste Umfeld. Die meiste Zeit im Sommer ist diese spärliche Grasfläche braun und von der Sonne ausgebrannt. Die Miete in den Häuserblöcken ist erschwinglich, die Stadtverwaltung beginnt nun mit der

Sanierung, die Maler nehmen sich die verdreckten Häuser vor, werfen neuen Putz auf. Solche Fassaden finden Sie im ganzen Ostblock, ehemals ockerfarben, heute verdreckt und heruntergekommen, wie das ganze System selber eben von Anbeginn war. Hinter diesen alten Bäumen, die den Friedhof seinerzeit zur Straße hin begrenzt hatten, steht nun ein Bistro mit einem Cafe.«

Berthold und Sophie folgten dem quirligen jungen Pfarrer zu den Gebäudetrakten. »Sehen Sie, das hat uns der gottlose Kommunismus hinterlassen, eine lieblose Bauweise, eine marxistische Barbarei in Reinkultur, Zeichen des Fortschritts, armes Polen. Meine Schwester wohnt dort drüben in dem Haus mit dem Gerüst an der Außenmauer im vierten Stock, mit ihrer Familie in drei Zimmern. Die kommunistischen Städteplaner hatten zunächst vergessen, einen Aufzug in die Steinverliese einzubauen, hinauf in den achten Stock. Erst in den später hingestellten Blöcken erinnerte man sich auch der vielen älteren Leute, die in diesen Kasernen leben mussten. Diese sozialistischen Paläste wurden den Menschen als der große Fortschritt angepriesen. Viele glaubten das auch.«

»Traut diesen verlogenen Tugendbolden, diesen marxistischen Musterknaben, nicht über den Weg«, sagte unser Vater immer wieder, »diese Strolche leben auf Kosten des Volkes und bringen uns alle um das bisschen Zukunft. Er starb vor zwei Jahren«.

Beim Kaffee im alten, ebenso heruntergekommenen Pfarrhaus erzählte der junge Priester von seinen Eltern und Geschwistern, er telefonierte mit seiner Schwester, die mit zweien ihrer Kinder bald etwas Frohsinn in den dürftig möblierten Wohnraum brachte. »In zwei Jahren werde ich nach Deutschland gehen, die deutschen Bischöfe brauchen in ihren Bistümern Priester. Polnische Priester und kongolesische Nonnen gibt es wie Sand am Meer.«

»Ich trauere meinem Bruder jetzt schon nach, hilft er doch immer wieder aus, nimmt meine zwei noch nicht schulpflichtigen Kindern tagsüber, wenn ich zur Arbeit gehe, zu sich ins Pfarrhaus.«Du wirst mir fehlen, ich weiß nicht wie ich zu Recht komme«, sagte sie.

150

»Ich kenne meine Wurzeln nicht, kenne nicht die Kultur meiner Vorfahren, weiß wenig über das Land. Aber die Briefe meines Großvaters Florian, der kurz nach der Gefangenschaft Ende der vierziger Jahre verstorben ist, habe ich heute noch im Gedächtnis. In der Geschichte der Literatur in der Oberprima hat uns der Studienrat Meiser, ein vertriebener Schlesier übrigens, den Martin Opitz nahe gebracht, auch einer, der in die politischen und religiösen Wirren der schlesischen Gegenreformation hineinverwoben war. Übrigens ist der wohl an der Pest gestorben, habe ich in Erinnerung. Er war auch ein Zeitgenosse des Johann Gryphius. Diese Leute sind alle recht jung gestorben, hatten vielleicht mein Alter, waren aber höchst produktiv und führten unter nicht einfachen Umständen oft auch ein sehr aufwändiges und aufreibendes Leben.« Remsky steckte in einem sehr tiefgründigen Gemütszustand.

»Wir werden wieder einmal nach Schlesien fahren, es muss nicht Teneriffa sein oder New York«. Sophie, in deren Bibliothek sich die großen Literaten des 19. Jahrhunderts reihten, verwies auf Gerhart Hauptmann, den großen Schlesier, dessen Dramen »Der Biberpelz« und »Die Weber« sie in ihren Jugendjahren tief geprägt hatten. »Die Schlesier können stolz auf ihn sein, auch weil er den Nobelpreis für Literatur erhalten hat«, erwähnte sie.

»Meine Vorfahren mütterlicherseits«, erzählte Sophie weiter, »stammen übrigens alle aus Klosterneuburg, der Großvater vom Papa ist ein Zugewanderter, vermutlich aus der Gegend um Amsterdam. Er muss mit Pferden zu tun gehabt haben, hat dann G'schäfte g'macht bis hinein ins Ungarische und nach Polen hinter, da wird er wohl auch deinen Vorfahren begegnet sein, so trifft man sich wieder«, lachte sie.

151

Berthold Remsky dachte an den verstorbenen Vater, der vielleicht den Kummer der Nachkriegszeit nie verwunden hatte, an seine Mutter Ludmilla, die sich zeitlebens um ihn, den ungebärdigen Sohn gegrämt hatte, er dachte an den entweihten, verschwundenen Friedhof, in dem die Urgroßeltern ruhen, wo heute Kinder schäkern, lachen, mit ihren Spielen sich die Zeit vertreiben, er hatte die erdrückende Hässlichkeit der seelenlosen, anonymen Plattenbauviertel vor Augen.

Remsky hatte eine beeindruckende Erfahrung in seiner schlesischen Urheimat gemacht, er wollte diese Tage nicht missen, war für jeden Augenblick seines neuen Lebens an Sophies Seite dankbar. Er hatte seinen Frieden gefunden, er hatte nur noch Zukunft. Kremsmünster bestach durch seine ideale Lage nahe der alten Kaiserstadt Wien, es war nicht weit zum Grab der Eltern, nahe genug zudem am Geburtsort des schlesischen Opa Florian und dann könnte er auch die Heimat seiner geliebten Mutter Ludmilla suchen, es trieb in lange schon eine geheime Sehnsucht in diese Urheimat seiner mütterlichen Ahnen.

Er würde Gerhard Beaufort weiterhin um die altehrwürdige Familiengeschichte dieses Hugenottenabkömmlings beneiden, seine eigene kurze, kaum nachweisbare schien eher eine knappe, karge Episode.

»Wir könnten die Historie des kommenden Geschlechts der Remsky/Hollander ja gemeinsam niederschreiben«. Sophie riss ihn aus seinen Gedanken. »Fangen wir einfach an damit«.

152

Eine geradlinige, schmale Ahornallee führte weg vom weitläufigen Wohntrakt der Hollander, hinunter zum Donauufer und mündete dort in eine Feuchtwiese. Die borkigen Stämme der mächtigen Ahorne neigten sich den beiden zu, ihr teils schon gelb und rot gefärbtes Laub wollte vor den abertausend grellen, kurzen Lichtblitzen der nachmittäglichen Sonne schützen, die durch das Ahornblattwerk zuckten, tags zuvor aber war aus dem Osten ein gewaltiger Sturm herüber faucht, wie er noch keinen erlebt hatte, brachte Äste und Wolken trockener Blätter, die an die Fenster peitschten, dichten Staub und körnigen Sand von weiß woher mit, hatte sich jaulend, grölend, heulend um das Anwesen gewunden, sich krachend an den hölzernen Pfosten der das Anwesen auf der Vorderseite umgebenden Veranda gestoßen. Aus den Kronen dieser gewaltigen, urigen Baumungetüme hatte das Unwetter Blätter, Ästchen und Zweige gerissen und sie zuhauf auf die alte, brüchige Teerdecke der Allee gefegt. »Wenn die Stürm' aus der Slowakei herüberrasen, bleibt kein Auge trocken«, sagte Sophie, »da musst dich dran gewöhnen«.

Remsky, vor allem mit den öden Asphaltflächen der Autobahnen vertraut, die begrenzt von Beton-und Holzwänden tristen Korridoren glichen, nahm diese neuen, eigenartigen Eindrücke in Sophies Heimat im tiefsten Innern auf und genoss die stille, friedliche Umgebung. Er freute sich an der Kolonne ranker Birken, die in trauter Gemeinschaft mit langblättrigen Wiesenlärchen und kleinen, knorrigen, krüppeligen, wie Kobolde hingeduckten Fichten, das leicht abfallende Ufer der Donaulände säumten, auch an den schlanken, anmutig gewachsenen Föhren, deren Wipfel aus der Höhe nach unten grüßten, an den vielfältigen, bunt gesprenkelten Sträuchern und hunderterlei Gräsern in den Feuchtwiesen und das Wasser der Donau bewegte sich lautlos stromabwärts, mächtig, unaufhaltsam, zeitlos, Achtung und Respekt gebietend.

Von Franz Spichtinger sind bereits die folgenden Romane erschienen:

Breitbrucker Rhapsodie

Schauplatz dieses figurenreichen Romans ist ein verschlafenes Dorf namens Breitbruck. Franz Spichtinger stellt bewegende, oft dramatische Lebensschicksale in den Mittelpunkt, erzählt in eindringlicher Sprache von Geburt, Leben und Sterben der Dörfler. Vor dem Auge des Lesers lässt der Autor ein faszinierendes Kaleidoskop von Psychogrammen erstehen, erzählt mit langem Atem von einem Menschenschlag, der Chuzpe und Charme versprüht, aber auch in Abgründe blicken lässt. Das Besondere an Spichtingers Geschichten ist die beobachtende, nicht wertende Haltung des Erzählers, mit der er eine nahezu spielerische Leichtigkeit der Figurenkonstellationen erzeugt.

Gebundene Ausgabe, 216 Seiten | 22.90 €
ISBN 978-3-8423-7099-9

Paperback, 216 Seiten | 13.90 €
ISBN 978-3-8423-7109-5

Eine böhmische Serenade

Ferdinand Hrdlicka, Archivoberrat in der Stadtarchiv-Bibliothek, kann die historischen Fakten des Dreißigjährigen Krieges wie die der Weimarer Republik umfassend erklären und er legt größten Wert auf ein geordnetes Leben. Kaum hat ihn seine Frau Antonia verlassen, gerät sein Leben aus den Fugen. Als sie schließlich zurückkommt, kehrt damit die Beschaulichkeit aber nicht wieder ein. Antonia wird von ihrer Tante das Restaurant Treibsand übernehmen, und so steht auch für Ferdinand Hrdlicka eine berufliche Veränderung an. Es sind schließlich die Erfahrungen von Liebe und Freundschaft, die ihn lehren, sein Los zu meistern.
In diesem bunten Bilderbogen ergreifender Geschichten scheinen unterschiedliche Lebensentwürfe von Menschen auf, wie das Schicksal der dem Leben zugewandten Bertil, die nach Krieg, Vertreibung und Flucht aus Böhmen ihr Geschick in die Hand nimmt und in Argentinien neu beginnt, oder der Aufbruch, den Christiane Wordes in späten Jahren auf dem amerikanischen Kontinent wagt.
Eine böhmische Serenade ist eine Erzählung, in der es um Abschied und Verzicht geht, um Neuanfang und Tapferkeit, vor allem aber um couragierte Unverzagtheit.

Gebundene Ausgabe, 224 Seiten | 24.90 €
ISBN 978-3-8482-2051-9

Paperback, 224 Seiten | 14.90 €
ISBN 978-3-8482-2730-3

www.Franz-Spichtinger.de